Pour Jonathan.
Grâce à toi, je garde les pieds
sur terre tout en m'élevant.

1

À la maison, je suis invisible. À l'école, je suis bizarre. Mais pour le reste du monde, je suis journaliste.

J'ai la même sensation – l'estomac noué, le souffle haché – à chaque fois que j'ouvre l'app FlashFame, que je lance une nouvelle vidéo et que je la diffuse en direct à mes 453 000 abonnés.

Après être descendu du train à la station Times Square et m'être frayé un chemin dans la cohue à coups d'épaule, je prends un moment pour rassembler mes pensées. Je prends une inspiration, puis, le téléphone tendu à bout de bras, je me repasse en vitesse les sujets que je veux aborder dans ma vidéo d'actualités hebdomadaire. Ce que je dois dire, ce que je dois faire.

« Salut ! » Je parle un peu trop fort, un grand sourire aux lèvres, tandis que les autres passagers s'éloignent. « Je suis Cal, bienvenue dans ma vidéo actu du week-end. Peu d'infos intéressantes à New York ces derniers jours : quelques meurtres, quelques disparitions, rien d'extraordinaire. En revanche, il y a une information nationale exceptionnelle : on recherche le vingtième et dernier astronaute qui participera au projet Orpheus. »

À l'écran défilent panneaux publicitaires, magasins, taxis et vélos. J'essaye de ne pas laisser la tension m'envahir et je me répète que même les journalistes les plus chevronnés doivent parler de ce qui intéresse le plus leur audience. Et d'après les commentaires que je reçois, il n'y a pas photo. Je ne peux pas dire que ça me surprenne, tout le monde ne parle que de cela en ce moment. Six êtres humains vont poser le pied sur Mars, et cela a déclenché une vague d'intérêt comme le programme spatial n'en a pas connu depuis des décennies.

« L'astronaute en question sera choisi dans les semaines qui viennent, après quoi il se rendra à Houston pour tenter de décrocher une place dans la navette Orpehus V, avec la toute première mission pour Mars. »

Si cette performance ne me vaut pas un Oscar, c'est à n'y rien comprendre. Vous avez déjà tenté de partager votre enthousiasme à propos de quelque chose alors que vous préféreriez vomir dans un seau plutôt que de continuer à en parler ? C'est l'effet que me fait cette mission pour Mars. Je n'ai aucune envie de m'y intéresser.

Mais les gens sont tellement accros qu'on pourrait croire que c'est la dernière série Netflix à la mode. Et voici mon dilemme : mon but est-il de parler de ce qui intéresse les gens ? Oui. Et mon objectif est-il d'augmenter le nombre de mes abonnés et mes spectateurs ? Oui, aussi.

Alors je continue : « Un représentant de StarWatch a parlé de cette sélection aujourd'hui, mais la chaîne d'info n'a pas rapporté de nouvelles informations sur les candidats. »

Après ce bref rappel obligatoire sur l'actu de la Nasa, je reviens à New York et recommande quelques-uns des plus gros événements du week-end : soirées, concerts, marchés bios, etc. Tout en regardant grimper le compteur des spectateurs.

Par le passé, j'ai déjà eu l'occasion de parler d'infos locales, nationales ou mondiales. J'ai couvert une élection présidentielle, assisté à des manifestations devant le Sénat et la Chambre des députés de l'État de New York, même à celle des cinglés qui pensent que les micro-ondes donnent le cancer.

Alors que je me sentais impuissant quand j'ouvrais mon application d'agrégation d'infos, le fait de m'improviser journaliste m'a donné une plateforme pour faire entendre ma voix, et les gens semblent apprécier.

Tandis que les chaînes d'info présentent les news avec des angles biaisés et putassiers censés flatter leurs spectateurs – *Trump est-il homophobe ? Nous avons interviewé cet électeur de Trump, qui est homophobe, pour qu'il nous donne son avis !* –, mes reportages rapportent la *vraie* info. Crue, sans biais trompeur.

Comme la fois où le candidat républicain au siège de sénateur de New York avait disparu des radars. Il refusait de débattre et même de répondre à la presse jusqu'à la soirée électorale… mais passait ses journées à attaquer ses adversaires sur Twitter. Un jour, la rumeur a couru qu'on l'avait aperçu en ville. Alors je suis sorti en douce du lycée et je l'ai attendu à la sortie du restaurant où il se trouvait.

J'ai commencé incognito, avec mon téléphone dans la poche de ma veste, en posant quelques questions sans importance. Il a répondu, jusqu'à ce que j'aborde les accusations de malversations et de harcèlement sexuel qui le concernaient, ainsi que le départ récent et soudain de proches, sans doute lié à ces deux affaires.

Et je me suis retrouvé deux minutes plus tard à poursuivre sa limousine sur la 5e Avenue pendant qu'il m'insultait par la vitre ouverte, tout cela en direct devant 50 000 spectateurs.

Inutile de dire qu'il a perdu l'élection.

Désormais, je planifie méthodiquement mes vidéos de la semaine. Infos nationales un jour, infos destinées aux ados un autre, saupoudrées de quelques anecdotes personnelles. Et enfin, l'actu hebdomadaire de New York. Ce ne sont pas les vidéos qui font le plus de vues, mais ce sont mes préférées. Il n'y a que moi, la ville, et des nuées de New-Yorkais et de touristes à l'arrière-plan.

À l'image, on voit que l'humidité commence à avoir un sacré effet sur mes cheveux, qui étaient parfaits au début de la vidéo. Si je ne termine pas rapidement, je vais finir par avoir l'air d'un maniaque prêt à péter un plomb.

« Eh, on avait pas mal de choses à dire, il faut croire » et – je fais pivoter l'appareil pour montrer à mes spectateurs une vue panoramique de l'endroit où je me trouve, et les gratte-ciel alentour se mêlent en une fusion de verre, de béton et d'acier – « car nous sommes déjà au coin de la 38e Rue et de Broadway ».

Je commence toutes ces vidéos depuis Times Square, et je descends Broadway jusqu'à ce que je n'aie plus rien à dire, ou jusqu'à ce que ma voix commence à fatiguer. Et je suis connu pour faire vivre à mes spectateurs une authentique expérience new-yorkaise : j'achète une bouteille d'eau dans la rue – après en avoir sérieusement négocié le prix, bien sûr.

« C'est tout pour aujourd'hui. Gardez un œil sur mes stories FlashFame pour savoir pourquoi je vais écumer les rues de Lower East Side. » J'esquisse un sourire et mets fin à la transmission, puis je relâche mes manières de présentateur télé en poussant un petit soupir de soulagement.

Sur la 34e Rue, j'attrape le train F en direction de Brooklyn, qui est à peu près le seul moyen de rejoindre le Lower East Side depuis l'endroit où je me trouve. Le charme de la ville s'éteint à mesure que les touristes bloquent les portes du métro, que la rame s'arrête parfois trois longues minutes à une station et que l'air conditionné me souffle un air chaud sur ma nuque.

Les notifications affluent sous la vidéo, qui a été regardée en direct par quatre-vingt mille personnes. Mais FlashFame sait quel commentaire mettre en avant pour me fendre le cœur.

JRod64 (Jeremy Rodriguez) : J'adore ! ♡

Combien de temps met-on à se remettre d'une histoire qui avait à peine commencé ? Quelle ironie de le voir « adorer » mes posts, lui qui n'arrivait pas à m'aimer, j'en ai la rage au ventre.

Ma colère reflue tandis que j'arpente les rues de Lower East Side, où les grands gratte-ciel du centre ont disparu, remplacés par des petits immeubles en brique avec des escaliers de secours et des entresols où l'on trouve aussi bien des bodegas à l'abandon que des boulangeries artisanales véganes. Je vérifie à nouveau l'adresse et descends quelques marches vers la devanture sombre d'une de ces boutiques.

— Ah, Calvin, te voilà enfin, me dit Deb.

Elle m'appelle toujours par mon prénom entier. Et elle en fait autant pour tout le monde, sauf pour elle-même, parce que Deborah est un prénom de mamie d'après elle.

— Je suis ici depuis que tu as terminé ta vidéo et les propriétaires de ce magasin de cassettes aiment vraiment beaucoup parler de cassettes, sauf que je n'ai pas voulu leur dire que je n'étais là que pour t'accompagner. Je pense qu'ils ont compris que je suis nulle.

— Je serais prêt à payer pour te regarder te faire passer pour une fan de cassettes.

Cette idée me fait rire.

— C'est facile. J'ai juste répété les bêtises que tu racontes : le son est beaucoup plus doux, dit-elle en m'imitant. Ça se passait bien jusqu'à ce qu'il me demande quel modèle de radiocassette j'avais et de quelle année.

J'examine la collection du magasin pendant que Deb attend en tapant du pied derrière moi. Je lui ai promis un doughnut végane – ou douze – de la boulangerie de l'autre côté de la rue si elle acceptait de venir avec moi acheter des cassettes. Malheureusement, rien dans les rayons n'attire mon attention.

Je prends quelques cassettes dans le bac à un dollar en me basant uniquement sur les pochettes – des mecs avec de belles crinières années 1980, des bandes-annonces de film aux affiches type VHS – et paye le tout, sans ironie aucune, directement avec mon iPhone.

— Enfin, ronchonne Deb quand nous sortons du magasin. Cet endroit est bizarre. Et toi aussi, tu es bizarre.

— J'en ai bien conscience, merci.

Nous déambulons dans Lower East Side, qui ressemble au fond à notre quartier de Brooklyn. OK, c'est un peu plus sale et il y a moins d'enfants sur les trottoirs, mais pour le reste, je trouve que les deux se ressemblent.

— J'adore ce coin, me dit Deb.

— Ouais, notamment pour des trucs comme ce magasin de cassettes vintage, réponds-je en haussant les épaules. Il paraît qu'un Trader Joe va ouvrir.

— Évidemment qu'un Trader Joe va s'installer ici.

Nous entrons dans une minuscule boulangerie où il n'y a que cinq tabourets pour s'asseoir. Les deux boulangers sont tellement serrés derrière leur comptoir que leur vue me rend aussitôt claustrophobe. Aux murs, des flyers comme autant d'aperçus de la vie du quartier : cours de yoga, baby-sitting, leçons de piano, groupes d'écriture. Dans la rue, les murs sont placardés de drapeaux LGBT et de vieilles affiches défraîchies d'anciennes campagnes électorales.

Où que je sois à New York, la ville a le don de me faire sentir chez moi. Il suffit d'aller dehors, le quartier où je me promène m'accueille comme l'un des siens.

— C'est fait avec quoi exactement, la crème au citron végane ? s'interroge Deb, fascinée, ce qui me ramène à la réalité.

Sans laisser le temps au boulanger de répondre, elle poursuit :

— Cet endroit est génial. Je vais en prendre une dizaine, j'ai envie de goûter tous les parfums. Ça fait trop ? demande-t-elle à personne en particulier.

Je suis végétarien, mais Deb est végane, et elle est au paradis à cet instant. Les véganes ont la réputation d'être pénibles, mais ce n'est pas son cas. Son côté terre à terre lui évite de sombrer dans quelque chose qui serait de l'ordre du culte.

Ce qui n'empêche pas que nous devons *absolument* aller découvrir chaque nouveau restaurant végane, chaque boulangerie végane, chaque boutique éphémère ou festival végane dès qu'ils sont annoncés. Ce dont je ne vois aucune raison de me plaindre.

— Tu partageras avec moi, OK ?

— Oh là là, doux Jésus, dit-elle en mordant dans un premier doughnut. Hors de question s'ils sont tous aussi bons que celui à la crème citron.

Nous marchons tranquillement en direction de Brooklyn, sans destination précise en tête. C'est trop loin pour faire tout le chemin à pied, mais il fait étonnamment doux et je ne suis pas pressé. Et je sais que Deb non plus.

— Tu n'aurais pas dû payer les doughnuts, dit Deb. J'ai un boulot, maintenant. Ce n'est plus la peine de m'entretenir.

Je rougis.

— Ce n'est pas ça. Mais je t'ai laissée toute seule dans ce magasin de cassettes, et tu as dû faire semblant d'être l'une des nôtres pour survivre. C'est le moins que je pouvais faire après t'avoir fait subir une horreur pareille.

Je sais surtout que Deb économise tout ce qu'elle peut. Je ne connais personne qui travaille plus dur qu'elle. Si je pouvais changer sa vie, je le ferais. Mais tant que nous ne pouvons pas quitter nos cages à poule respectives, le mieux que je puisse faire est de lui payer ses envies de sucre.

— La tour du One World Trade. On approche du centre touristique, dis-je. Je vais prendre des photos pour ma story Flash, ensuite on ira prendre le train.

Le soleil est le grand absent, mais des nuages bas passent et se font éventrer par la tour étincelante. C'est un parfait après-midi new-yorkais, mais je m'inquiète déjà de ce qui m'attend à la maison. Quand nous montons dans le train, nous échangeons un petit sourire et je sais que nous pensons la même chose. Il y a d'assez bonnes chances pour que l'un au moins d'entre nous voie sa soirée gâchée par ses parents.

***

Nous rentrons à Brooklyn en un temps record. L'angoisse m'étreint au moment où nous montons les quelques marches de notre immeuble. Pour être franc, je préférerais retarder ne serait-ce que de quelques minutes les conversations gênantes et les inévitables engueulades qui m'attendent à l'appartement. Les cris ne s'adressent pas toujours à moi, mais ils sont là en permanence. Et quand on ne les entend pas, ils menacent.

La famille se déchire.

Je laisse Deb au troisième étage de l'immeuble et, la boule au ventre, grimpe quatre à quatre l'escalier jusqu'à mon appartement. Avant même d'atteindre la porte où brille le 11, j'entends qu'ils se disputent.

Ça n'a pas toujours été comme cela.

Je mets la clé dans la serrure et, en poussant un soupir, je la tourne.

Mon visage se referme instantanément. Je claque la porte pour faire connaître ma présence, mais cela ne change rien, ils ne s'arrêtent pas. Je voudrais que mon retour à la maison ait un impact. Je voudrais… Je ne sais pas ce que je voudrais, à part ne pas me sentir impuissant dans ces situations. Je tente de m'échapper dans mon téléphone, mais mes notifications sont prises d'assaut par des questions sur… les astronautes.

Je les parcours d'un œil las.

Kindil0o (Chelsea Kim) : Salut, grande fan. Hum, c'est moi ou tu ne parles plus trop des astronautes ? J'adorais tes streams,

et je les aime encore, mais j'aimerais que tu refasses des trucs comme avant. On va sur Mars ou pas ? Tu n'as passé que 30 secondes sur la recherche du nouvel astronaute ??

Je désactive les notifications. Bien sûr que mes followers ont remarqué que mes segments sur la Nasa sont courts et que mon regard fuit la caméra quand j'évoque la recherche des derniers astronautes.

Tout le monde veut savoir pourquoi, et la raison est là, devant mes yeux : mon père vient de rentrer de Houston où il a passé un dernier entretien avec la Nasa.

Si ça ne tenait qu'à lui, je n'échapperais jamais à cette mission.

2

— Ne reste pas à attendre près du téléphone, crie ma mère. Ils ont dit qu'ils rappelleraient si tu étais choisi. Il est cinq heures et demie. Tu as épuisé tous tes jours de congé alors qu'on est à peine en juin. Tu fais des allers-retours à Houston toutes les trois semaines. Ça a envahi ta vie. Et la nôtre avec.

Elle me montre du doigt en prononçant ces derniers mots, sa manière de me faire entrer dans leur jeu. Mais je ne suis qu'un pion posé là pour attirer le fou adverse et piéger son roi. Elle croise mon regard, et je lis de l'épuisement sur son visage. La panique, le stress. Je détourne la tête. Je ne lui donnerai pas ce pouvoir. Je ne veux pas participer à ça.

— Je suis désolée, mais il est temps de renoncer à ce rêve, dit ma mère en tournant de nouveau son attention vers papa. Écoute… réfléchis-y de façon pratique. On ne peut pas déménager. J'ai une vie, un boulot.

— Vous êtes obligés de vous engueuler *tous les jours* ?

Énervé, je prends le couloir en direction de ma chambre.

— Il n'est que quatre heures et demie à Houston. (Papa se racle la gorge, presque nerveux.) Et tu télétravailles. Tu peux faire du code de n'importe où. Je sais que tu ne veux pas l'entendre, mais j'ai encore une chance. Une vraie chance.

— Et Calvin ? rétorque-t-elle. Tu lui ferais quitter le lycée juste avant sa dernière année ? Tu lui as expliqué ce que ça signifierait par rapport à ses vidéos ?

— Attends. Quoi ? Quel rapport avec mes vidéos ?

Je retourne dans le salon. Mais pendant ces quelques secondes, je comprends. S'il décrochait ce job, non seulement on déménagerait à Houston, mais on se retrouverait au cœur d'une véritable téléréalité.

Tous les moments de notre vic seraient filmés, enregistrés par StarWatch pour leur émission débile, *Étoiles filantes.*

Ils évitent tous les deux de croiser mon regard.

— Eh ben, c'est pas sûr, commence papa, mais il y avait une clause dans la paperasse.

— La clause est très claire, répond maman en se massant lentement les temps. Elle dit qu'il ne peut pas y avoir d'autres transmissions vidéos publiques que les leurs, y compris de la part des gens impliqués dans la mission. Et la famille est considérée comme impliquée dans la mission.

J'en ai assez entendu.

— Cal, attends !

Je claque la porte de ma chambre derrière moi avant de m'y adosser.

Quelques secondes plus tard, mes parents recommencent, et une partie de moi voudrait retourner dans le salon pour les calmer. Remettre un peu de concorde entre eux. Il leur arrivait de se bagarrer avant cette histoire d'astronaute, mais rarement, et pas comme ça. Je serre les poings en me demandant si ça vaut le coup de ressortir pour les aider, tenter de les arrêter.

Mais ça n'a jamais marché.

— Je commence à avoir peur de rentrer, Becca. Chaque fois que je rentre avec de bonnes nouvelles, tu pètes un plomb !

— J'ai vécu toute ma vie ici, répond ma mère derrière la porte.

On dirait qu'ils ont deux conversations séparées. Aucun des deux n'écoute l'autre.

— Ça a été notre première maison. Je suis née ici, ma... famille est née ici.

J'entends ce qu'elle ne dit pas : ma tante est née ici, elle aussi. Elle a vécu au bout de la rue pendant des années. Cette rue, ce quartier, sont imbriqués dans nos souvenirs d'elle. Pas étonnant que ma mère ne veuille pas partir.

— Tu n'as pas eu la décence de me demander mon avis avant de...

Je préfère ne rien entendre de plus.

Voilà encore une raison pour laquelle mon père ne peut pas devenir astronaute : nous ne sommes pas faits pour être une famille d'astronaute.

La Nasa a choisi ses premiers astronautes pour la mission Orpheus il y a trois ans, par petits groupes – ils en ajoutaient trois ou quatre à chaque fois. Orpehus I à IV testait des composants individuels de la navette, et chaque test a été une réussite.

Pendant ce temps, les familles des astronautes sont devenues des stars. Elles n'ont aucun défaut ; leurs histoires personnelles et professionnelles suivent un arc que même moi, je n'aurais pas su écrire. Je ne peux pas les regarder sans me dire qu'ils ont tout ce que nous n'avons pas.

Les disputes des familles d'astronautes se retrouvent à la une des magazines people, et, OK, parfois l'une des épouses a bu un coup de trop pendant le brunch. Mais ils sourient quand même devant les caméras. Ils savent faire, et ainsi, leurs imperfections participent de leur perfection.

Au bout du compte, ils ont l'air heureux et se soutiennent les uns les autres. Et cela fait un bon moment que je ne peux pas en dire autant de mes parents.

***

J'enfonce la prise de mon casque dans le lecteur radio-cassette, puis je passe en revue mon éclectique collection de cassettes : Nirvana, Dolly Parton, Cheap Trick, etc. Tous ces groupes et ces artistes, je les connais uniquement grâce à mes virées dans les magasins de vieilleries d'occasion. Optant pour Cheap Trick, je mets en route et laisse les guitares recouvrir les voix de mes parents.

Papa voulait en être. De la mission Orpheus, je veux dire. Il n'a pas très envie de rester ce qu'il est aujourd'hui, un pilote de chasse devenu pilote de ligne. Il voudrait troquer son Boeing 747 pour une navette spatiale. Il y a quelques mois, quand la Nasa a annoncé qu'elle recrutait cinq derniers astronautes pour le projet alors que la plupart des places étaient déjà prises, il a déposé sa candidature.

Je n'ai pas eu le cœur de lui expliquer les chances qu'il avait. J'avais couvert tous les recrutements dans mes reportages : parmi les nouvelles recrues, il y avait un astrophysicien ayant presque autant de followers sur les réseaux sociaux que Kim Kardashian, ou encore une géologue et biologiste qui avait gagné deux Oscars pour ses documentaires et même un Grammy pour sa lecture « inspirante » de son livre audio – qui avait été un best-seller, bien entendu. Et ceux deux-là n'étaient pas forcément les plus impressionnants.

Papa est un bon pilote, j'en suis sûr, mais il n'est pas comme eux.

Il est colérique. Impatient. Bourru. Je ne le peins pas sous son meilleur jour. Au fond, c'est un bon père dans l'ensemble, il est super intelligent et il est toujours de bon conseil pour mes devoirs de maths. Mais on dirait que tout ce que lui dit maman le blesse physiquement. Alors il riposte avec des mots durs, décuplant l'angoisse de maman. Leurs disputes ne feraient pas bon effet devant une caméra. C'est crade, c'est réel, beaucoup trop cru pour le public.

S'ils n'arrivent même pas à faire semblant devant moi, comme les parents de Deb, comment feraient-ils une fois sous les feux de la rampe ?

Assis par terre les yeux fermés, j'écoute quelques morceaux. Rien d'autre n'existe que la musique. Et quelques agités du klaxon dans la rue. OK, ils sont nombreux. On est à Brooklyn.

Après quelques minutes, le calme m'envahit, la peur reflue. Je me sens… en paix. Seul, sans la moindre inquiétude face à l'avenir. Même mon début de stage la semaine prochaine chez Buzzfeed ne m'effraie pas. Ni les centaines de messages dans ma boîte de réception – des réponses à ma Cal Letter hebdomadaire (je n'ai pas trouvé de nom plus intelligent, ne me jugez pas), dans laquelle je parle d'informations importantes, accompagnées de liens vers mes vidéos pour les gens que le monde extérieur intéresse.

Tout cela rôde dans un coin de ma tête, mais sans l'envahir, et je reste ainsi de longues minutes, jusqu'à ce que la musique s'arrête et que je doive changer de cassette. Ma tension est redescendue. C'est comme de la méditation. Pour moi, il n'y a pas de système de soin plus efficace.

Enfin, jusqu'à ce qu'on frappe à ma porte.

Malgré le casque à réduction de son et la musique à fond, j'ai entendu. Ce qui veut dire qu'on cogne sans ménagement. Je retire mes écouteurs.

— Oui ?

Ma mère passe la tête par la porte – elle a toujours peur de me surprendre en train de faire « quelque chose », et on sait très bien de quoi il s'agit, mais je ne suis pas idiot et je sais comment faire ce « quelque chose » deux fois par jour sans me faire prendre, merci bien.

Puis je remarque son expression. Elle est en larmes, ce qui n'est vraiment pas bon.

D'ordinaire, elle ne pleure pas. Ils se disputent, ils crient, ils rendent la vie désagréable pour tout le monde dans un rayon de deux ou trois appartements, mais ils ne pleurent pas. Quand ils ont terminé, maman se retire dans sa chambre tandis que papa va se promener. C'est comme ça qu'ils gèrent. Ils se sautent à la gorge, mais sans se faire mal au point que l'autre souffre pendant des heures.

Sauf que cette fois… elle pleure.

— Je, euh…

Maman s'avance dans la chambre. Je cherche sur son visage et ses bras des traces de coup, n'importe quoi, mais je sais que papa ne la frapperait pour rien au monde. Comme je ne l'ai jamais vue dans cet état, je cherche une explication.

Puis elle me parle.

— Viens dans le salon. Ton père a quelque chose à te dire.

Je me crispe. Le téléphone a-t-il sonné durant la dernière heure ? La Nasa a-t-elle interrompu leur dispute pour informer papa qu'il avait été choisi ?

Non, ça n'aurait aucun sens. Nous ne sommes pas comme eux. Nous ne serons jamais comme eux. La Nasa doit être capable de le comprendre, non ?

J'arrête la musique, passe là où ma mère se trouvait une seconde plus tôt. Elle tourne déjà au coin du couloir, je vois un pan de sa robe disparaître derrière elle. Elle fuit cette conversation, et la tête que j'ai faite quand elle m'a annoncé que papa avait quelque chose à me dire.

Comme si ça ne pouvait signifier qu'une chose.

Alors que je suis au milieu du couloir, *pop*, le bruit d'un bouchon de champagne qui saute confirme mes pires craintes. Mes entrailles se liquéfient. Mon cœur se met à tambouriner. C'est comme un électrochoc à travers tout mon corps, mais au lieu de provoquer des convulsions, j'ai l'impression d'être au ralenti. Mon cerveau réclame des mouvements, mais mes membres refusent de coopérer. Tout n'est que cendres, le monde est privé de goûts et d'odeurs, et je ne trouve même pas de métaphores adaptées parce que…

— Un verre chacun, même toi, Cal ! C'est une grande occasion.

Papa nous tend deux coupes, visiblement aux anges, comme s'il ne voyait pas notre terreur et notre accablement.

— Et je porte un toast, eh bien… à moi. Le dernier astronaute de la Nasa !

Il me faut quelques secondes pour intégrer la nouvelle, mon cerveau refuse d'accepter l'information. Mes poings se serrent. J'ai le souffle court, la tension me raidit tout le corps, m'obstrue les sinus, me noue le ventre. Le mot tourne en boucle dans ma tête. *Astronaute. Astronaute.*

Astronaute.

Parfois, quand on se répète un mot pendant un long moment, il perd son sens. Mais ça n'arrive pas, ici. La définition reste gravée en lettres de feu dans mon esprit. Et même son étymologie. *Astro-naute.* « Explorateur de l'espace. » Ce que tout gamin de trois ans rêve d'être depuis les années 1960.

Je repose bruyamment ma coupe de champagne et sors en bousculant ma mère. Le couloir est flou, je me réfugie dans la salle de bains. Je ne sais pas ce que ça signifie pour mon père, ma mère et moi. Mais je sais une chose :

Je vais être malade.

Étoiles filantes

Saison 1, épisode 6

INTERVIEW EXCLUSIVE : Dans cet épisode d'Étoiles filantes, l'astronaute Grace Tucker répond au présentateur Josh Farrow qui lui pose les questions les plus demandées par les fans de StarWatch. (Première diffusion le 15 juin 2019.)

— Bonsoir à tous les admirateurs de l'espace, je suis Josh Farrow. Ce soir, nous accueillons Grace Tucker, pilote d'élite, brillante ingénieure et, surtout, astronaute d'avenir. Qui sait quel rôle elle jouera dans le projet Orpheus ? Aidera-t-elle depuis la Terre ou sera-t-elle la première humaine à poser le pied à la surface de Mars ? Ce n'est que son troisième mois sur ce projet mais elle s'est déjà fait un nom. Ce soir, Grace est dans notre studio et nous allons l'interroger sur tout ce qui vous passionne... Grace, merci d'être avec nous ce soir. Vous êtes neuf désormais, et la Nasa vient d'annoncer que vous serez onze sur le projet Orpheus d'ici l'année prochaine.

— Merci de me recevoir, Josh. Vous savez comme moi que la Nasa veut les meilleurs astronautes. Hier encore, les astronautes étaient des hommes blancs très sérieux et résistants. Repensez aux sept premiers astronautes du programme Mercury ou à ceux du projet Apollo, des hommes comme Deke Slayton, Alan Shepard, Jim Lovell, Peter Conrad. Ils étaient tous très intelligents, de vrais génies, mais au fil du temps la Nasa a compris l'importance de la diversité. La diversité des compétences, des origines, de la race, du genre, de l'identité et de l'orientation.

— Oui, bien sûr. Mais les téléspectateurs d'*Étoiles filantes* savent bien que la Nasa n'a pas toujours été à l'avant-garde sur ces sujets. Mae Carol Jemison, la première femme noire à être allée dans l'espace, était à bord de la navette Endeavour au début des années 1990, c'est-à-dire, quoi… une trentaine d'années après le lancement du programme spatial ?

— Si je peux me permettre, c'est pour cette raison que la diversité dans le programme spatial a toujours été une de mes priorités, et je l'ai affirmé dès mes premiers jours à la Nasa. Je soutiens donc pleinement l'action de la Nasa aujourd'hui, et j'ai hâte de rencontrer nos nouvelles recrues et de voler avec elles.

— Je vais vous poser la question autrement : pensez-vous que vos chances de diriger ce vol aient baissé avec toutes ces nouvelles recrues engagées par la Nasa ?

— Je ne suis pas inquiète, Josh. Rien n'est dû dans cet environnement, vous le savez. On peut me retirer de la mission la veille parce que j'ai attrapé la grippe. Le gouvernement peut suspendre le financement. Vos fans pourraient perdre tout intérêt. Je fais de mon mieux chaque jour, c'est tout ce que nous pouvons faire.

3

C'est peut-être la panique, mais je songe à la première interview de Grace sur StarWatch. Elle passe en boucle dans ma tête. Je ne peux penser à rien d'autre. Sa posture très droite, son air de dire : je suis prête. Sa vague inquiétude.

Je tire la chasse et me plante devant le lavabo pour regarder mon reflet. La sueur fait briller mon visage et mon souffle embue le miroir. J'essuie et commence à me brosser les dents en soutenant mon propre regard, comme si c'était la seule chose qui me faisait tenir ici.

D'autres informations me reviennent. Locales, nationales, des rumeurs, des trucs lus sur des blogs. Le communiqué de presse à peine relayé annonçant que toutes les familles des astronautes devaient déménager à Houston, les rumeurs d'annulation de la mission : pourquoi dépenser de l'argent dans l'exploration spatiale alors qu'il faudrait mieux financer les écoles ou les infrastructures ?

Et je me souviens du moment où tout a basculé.

Le jour où la chaîne StarWatch a annoncé son partenariat avec la Nasa et diffusé dans la foulée un premier épisode d'*Étoiles filantes* où l'on suivait un pilote dans un simulateur. La sueur perlait sur le front de l'astronaute Mark Bannon tandis que la voix *off* expliquait le test.

Durant la simulation, la navette entre dans l'atmosphère de Mars et l'écran devient vierge. Pendant que la surface de Mars apparaît et se rapproche très vite, Mark réinitialise les jauges mais cela échoue. Il prend un crayon et un papier sous son fauteuil. Changement de caméra : Mark entre des coordonnées et une nouvelle trajectoire dans le module de commande où des diodes clignotent. Au dernier moment, alors que le crash semble inévitable, les panneaux reviennent à la normale, laissant tout juste le temps à Mark de faire d'ultimes ajustements avant que… *tccchhh.*

— Orpheus V a atterri, dit-il, le souffle court.

L'écran devient noir et un message apparaît, avertissant que la chaîne diffusera chaque semaine un épisode de sa nouvelle série : *Étoiles filantes.*

Les fans se sont tout de suite intéressés aux familles. Pour certains, c'étaient des héros américains ; pour d'autres, les stars du dernier show de téléréalité. Ils sont passionnants. Ils sont parfaits. Ils sont…

Pas comme nous.

— Calvin, chéri ?

Ma mère a la voix rauque.

Je trouve la force de déverrouiller la porte et mes parents entrent tous deux à la suite dans la salle de bains. Ma mère incarne à la perfection la mère inquiète avec son front plissé et ses yeux cernés. Mais mon père n'a pas la même expression. Sa bouche est tordue en une moue, il a l'air détaché de tout. Je n'arrive pas à savoir s'il est énervé ou s'il trouve juste ma réaction disproportionnée. OK, c'était un peu trop, mais je n'ai pas vraiment choisi que le falafel de ce midi décide de quitter mon estomac précipitamment.

— Tu as fini ? demande-t-il.

Je me raidis à nouveau.

— Ça va, dis-je. Je... euh... j'ai trop mangé.

Papa rit un peu en prenant une grande gorgée de champagne.

— D'accord. Donc ça n'a rien à voir avec...

— Le fait que tu deviennes un astronaute contre toute attente ? (Je me force à rire.) Non, pas du tout. Aucun rapport non plus avec le fait que nous devrons nous déraciner d'ici quelques mois. Et encore moins avec le fait que je ne pourrai plus faire mes vidéos. Mais ça fait quand même beaucoup à encaisser, d'accord ?

— Peut-être qu'ils pourraient le laisser continuer les vidéos ? demande maman. Tu devrais leur demander quand tu iras...

— Je n'arrive pas à croire qu'on parle de ça, s'emporte papa en vidant son champagne dans le lavabo. Écoute, je suis désolé que tu ne puisses plus faire joujou sur les réseaux sociaux, mais on parle de la vraie vie ici.

Je réprime un rire.

— La vraie vie ? Je dois renoncer au journalisme, et à toute ma vie, parce qu'une émission de téléréalité l'a décidé. Tu crois vraiment que c'est moins *réel* que StarWatch ?

Ma mère est coincée entre nous deux dans notre petite salle de bains. Elle se tord les mains en nous regardant tout à tour. Sans oser intervenir. Quand elle se dispute avec mon père, elle trouve toujours une repartie. Mais là, son visage est figé entre panique et impuissance.

Comme je sais que ça ne va pas arranger ses angoisses, je prends une grande inspiration pour me calmer.

Puis je passe devant elle, sors et traverse le couloir en vitesse pour retourner dans ma chambre.

— Cal ! m'appelle papa dans mon dos.

Je m'arrête. Son ton n'a rien de doux. J'entends presque de la pitié dans sa voix.

— Je… je vais leur demander.

— Non, ça ira. C'est génial. Pourquoi j'aurais besoin de faire la seule chose pour laquelle je suis doué et qui me plaît, hein, alors que je peux me retrouver sans amis au fond du Texas ? J'ai toujours aimé le Texas. Des ploucs armés à chaque coin de rue. Le royaume du barbecue et du tex-mex, un vrai paradis pour rester végétarien. Non, vraiment, j'en rêvais.

Je suis égoïste maintenant, et je le sais. Mais toute cette situation est née de l'égoïsme. Papa ne nous a pas dit qu'il allait se porter candidat. Il ne nous a pas expliqué ce qui se passerait s'il était pris. Il a juste posé un classeur sur la table un soir. C'était son portfolio – je ne savais pas que son CV pouvait remplir un classeur entier alors qu'il aurait aussi bien pu gribouiller « Pilote de ligne chez Delta Air Lines » sur un coin de nappe.

Et ensuite, on a attendu.

Enfin, il a attendu. Maman et moi n'en avions rien à faire, parce que nous refusions d'accepter qu'il avait peut-être une chance. Cela risquait de changer nos vies, de nous transformer en personnages d'*Étoiles filantes*, émission qui, après son début patriotique et unificateur, s'est peu à peu dégradée en show de téléréalité aux mécaniques dramatiques surjouées afin de satisfaire les besoins primaux des téléspectateurs. Mais il ne nous a jamais demandé si nous en avions envie.

—Mon Dieu, dit papa. Reprends-toi.

Je croise le regard de ma mère, et je vois que nous sommes d'accord.

—Laisse-le un peu tranquille, dit maman d'une voix étranglée en l'éloignant.

Je respire mieux, l'espace d'une seconde, même si je sais ce qui va se passer.

—Ce n'est pas ma faute s'il ne comprend pas les enjeux. Aucun de vous deux n'a l'air de comprendre l'importance de cette mission pour moi. (Il lève la voix.) J'ai travaillé toute ma vie pour ce jour.

—Tu devrais arrêter avec ça, dit maman d'une voix forte, refusant d'écouter ses divagations. Ça fait dix-sept ans qu'on est ensemble. Tout le monde sait à quel point tu aimes l'espace, mais tu n'avais jamais parlé de devenir astronaute avant de nous balancer ton classeur sur la table du dîner.

Je profite de la diversion offerte pour fuir dans ma chambre. Mais au moment où je vais fermer la porte, papa traverse le couloir à grands pas dans ma direction.

—Attends !

Je m'arrête, pousse un soupir et lui adresse la réponse la plus gentille que je puisse trouver à cet instant.

—Je n'ai pas très envie de te parler, là, tout de suite Je dois virer les commentaires des trolls sous ma vidéo, et j'ai mon stage chez Buzzfeed qui commence lundi, je dois remplir des formulaires. On parlera tout à l'heure.

—Cal, tu ne comprends pas. (Papa a l'air nerveux.) On n'a pas le temps d'attendre que tu sois enthousiaste.

Une seconde passe, et c'est comme si mes poumons se vidaient de leur air. Mes jambes se mettent à trembler, je sens mon cœur accélérer, mes mains devenir moites.

— On doit commencer les préparatifs ce soir, m'annonce-t-il. Il y a une maison qui nous attend.

— Comment ça ?

— On déménage lundi.

Mes entrailles se disloquent. Je vis littéralement une perte d'organes. OK, peut-être pas littéralement. Je le fixe, bouche bée, sans répondre. Puis, reprenant le contrôle de mon corps un instant, je m'écarte de lui. Juste assez pour lui claquer la porte au nez.

Je ferme le verrou et me précipite sur mes écouteurs. J'appuie sur le bouton « Play » du radiocassette et laisse la musique m'envahir, oubliant les cris, les attentes et ma frustration.

Je bloque tout hors de moi.

Du moins, j'essaye. Pendant quelques minutes. La musique ne fonctionne pas. Je n'arrive pas à me concentrer, tout ressemble à du bruit et me crispe. Je me sens en colère, triste, mais je ne sais pas lequel des deux sentiments me met le plus les larmes aux yeux. Je commence à pleurer, mais j'enlève mes écouteurs avant de me laisser aller. Je ne veux pas que mon père entendre.

Mes parents recommencent à se disputer dans le salon. Enfin, pas vraiment. C'est plutôt une discussion. J'entends des nombres voler, ça parle « déménageurs (et) salaire », et je me doute qu'ils en ont pour un moment.

Je sors mon téléphone et envoie un texto à Deb.

Je peux descendre ? J'ai besoin de prendre l'air une minute.

Elle répond du tac au tac.

Ouais, on a entendu le bruit. La porte ou la fenêtre ?

Je lui envoie un emoji de fenêtre et vérifie que ma porte est bien verrouillée. Ils ne refuseraient pas que j'aille voir Deb, elle habite juste l'étage du dessous, mais je n'ai aucune envie de voir leur tête en traversant l'appartement.

Je les imagine venir frapper à ma porte pour voir comment je vais et n'avoir aucune réponse. Ils croiront que je fais la sourde soude oreille, et s'ils utilisent la petite clé dorée planquée au-dessus de l'encadrement, ils sauront que j'ai fait le mur. Ils arrêteront de se prendre le bec une minute et diront « Oh merde » en même temps. Et pour une fois, ce ne sera pas moi qui essayerai d'arranger les choses, de régler les problèmes.

Pour une fois, on s'intéressera à moi.

J'enjambe la fenêtre et me glisse sur l'escalier de secours. Le vent souffle fort. C'est rafraîchissant et apaisant. Je regarde en contrebas la rue, les passants, les parents, les chiens, tout ce petit monde qui se presse de rentrer dîner avant le coucher du soleil. Les vélos, les voitures, les camions. Les immeubles de briques qui bordent la rue. Plus loin, des arbres me barrent la vue.

C'est peut-être la dernière fois que je me tiens là.

C'est peut-être mon dernier week-end à Brooklyn.

***

Arrivé au troisième étage, j'hésite devant la fenêtre ouverte. Les rideaux sont écartés et je la vois courir à droite et à gauche, sans doute pour jeter le linge sale dans le panier, histoire que j'aie un endroit où m'asseoir.

Saisi d'un vertige, je m'appuie au garde-corps : je vais devoir annoncer à ma meilleure amie que je pars. Immédiatement. Et pour toujours. Sans doute. À moins que quelqu'un fasse une énorme blague à papa.

Elle s'avance à la fenêtre. Je reste muet. Au moment où elle voit mon visage, sur lequel commencent à couler des larmes, sa mâchoire se décroche.

Un souvenir brutal me revient en mémoire. J'ai déjà vu cette expression. Et c'était moi qui l'avais provoquée. L'année dernière, quand j'étais venu à sa fenêtre lui annoncer, en panique, que je devais rompre avec elle.

Sans savoir pourquoi, je n'ai pas cherché à enjoliver avec des explications sur le fait qu'on s'était éloignés, qu'on prenait des chemins différents ou que je voulais me concentrer sur l'école ou autre. J'avais pourtant répété toutes ces phrases avant de descendre.

Mais elle était ma petite amie… et ma meilleure amie. Elle méritait mieux qu'une mauvaise excuse, alors je suis allé droit au but : « J'ai embrassé Jeremy. »

On a parlé, et, quelques mois plus tard, elle a accepté mes excuses. À vrai dire, Jeremy n'était jamais loin de mes pensées. Mais il était inaccessible, et j'étais bien avec Deb. Malheureusement pour elle, j'ai compris que je pouvais être mieux que bien au moment où nous nous sommes embrassés, avec un goût de bière sur nos langues.

J'ai découvert le feu, une passion à côté de laquelle je ne pouvais passer. Mon identité a comme changé en un clin d'œil, même si je savais que j'étais bi, et Deb aussi. Le plus dur pour elle a été d'accepter que je n'étais pas homo, mais simplement que je ne l'aimais pas comme elle aurait voulu que je l'aime. Notre histoire avait duré trois mois, mais je voulais être amoureux. Et j'étais tombé sur Jeremy.

Deux semaines plus tard, c'était Jeremy qui était tombé sur quelqu'un d'autre.

— Calvin ? (Elle m'attrape par la main, m'attire près d'elle.) Approche. Qu'est-ce que… La dernière fois que je t'ai vu dans cet état, j'ai dû te sortir de ta panique pour que tu réussisses à rompre avec moi. Qu'est-ce qui se passe ?

J'ai du mal à respirer. Je suffoque, j'étouffe dans le rose omniprésent de sa chambre. Le fauteuil rose, le coussin rose, le tapis rose – *pourquoi je n'arrive pas à respirer ?* – sur lequel je suis étendu, alors que je ne me souviens même pas être entré par la fenêtre.

Je me concentre sur un détail au plafond. Inspire. Expire. Petit à petit, je me reprends. Tout va bien.

— Ça va.

Deb lève les yeux au ciel.

— Je vois ça, oui.

— Je m'en vais. Lundi. Papa est un putain d'astronaute.

Elle éclate de rire. Je suis en larmes, et elle est pliée en quatre. Je vois bien qu'elle essaye de garder son sérieux – elle se mord la lèvre, entre autres – mais rien ne marche.

— Oh mince, c'est nase. Désolée. (Elle se calme, pose sa main sur mon bras.) C'est tellement improbable. Ton père est la personne la moins qualifiée pour ce job.

Je hausse les épaules.

— Il est quand même pilote.

— Pour Delta Air Lines… (Dans sa bouche, on dirait que ce nom sent mauvais.) Ça doit être le premier non scientifique à participer depuis, genre, les années 1970.

Je préfère ne pas lui expliquer que mon père est diplômé en ingénierie aéronautique, ce qui fait de lui un scientifique, qu'elle le veuille ou non.

—Peu importe. (Je tends la main vers elle, et c'est comme si le temps s'arrêtait. Elle détourne la tête, se concentre sur un bout de vernis qui part d'un ongle de pied.) Je pars, Deb. Lundi, apparemment. On déménage à Houston, et je ne sais pas quand je reviendrai. Ni même si je reviendrai.

À croire que le monde réagit aux mots que je prononce : un nuage passe, plongeant la pièce dans l'ombre. Le rose s'affadit. Elle fait une sorte de moue en me regardant.

Elle ne rit plus.

Non, je ne l'aime pas comme elle aurait voulu. Mais je l'aime. Depuis le moment où nous nous sommes croisés devant les boîtes aux lettres du rez-de-chaussée, alors que je guettais l'arrivée d'une cassette de Prince que j'avais achetée sur eBay. Elle avait emménagé le matin même, mais ça ne l'avait pas empêchée de se moquer aussitôt de mon obsession pour les cassettes.

J'ai tenté de lui expliquer, je lui ai dit que le son des cassettes était beaucoup plus chaud, qu'il y a une qualité qui n'existe pas avec le numérique, et même avec les CD, j'ai tellement parlé que j'ai fini par l'inviter à venir dans ma chambre en oubliant l'état de celle-ci. Elle s'est assise sur mon lit défait et elle a écouté.

Ça ne lui a fait ni chaud ni froid, que la musique vienne d'une cassette. Mais elle a écouté.

Et durant l'année qui a suivi, nous avons noué une amitié facile, évidente. Je n'avais jamais à lui demander si elle était libre, on se disait juste : « On fait quoi ? » On passait tellement de temps ensemble que c'était un peu comme être en couple. Si bien que nous avons franchi le pas sans presque nous en rendre compte. Tout à coup, nous étions en couple, et c'était presque la même chose.

Sauf que ce n'était pas ce que j'espérais. Je voulais le feu, l'excitation, j'avais une relation calme, confortable.

— Et Buzzfeed ? me demande-t-elle en me tirant de mes souvenirs.

Je marque une pause. Après que certains extraits vidéo sur les élections ont été repris par des chaînes nationales, et après une grosse année à faire grandir ma réputation dans le journalisme, Buzzfeed News venait de me proposer un stage pour l'été. Je devais m'occuper du contenu vidéo de leur nouvelle rubrique sur la vie new-yorkaise.

En entrant au siège, avec ses murs jaunes et les canapés partout, je savais que j'arrivais dans un endroit spécial. Il y avait un tas de jeunes d'une vingtaine d'années à grosses lunettes, le téléphone brandi au-dessus de leur ordinateur dans des espaces de travail partagés. Un vrai rêve. Je devais commencer la semaine prochaine. J'allais…

— Je n'irai pas.

Je comprends en le disant. Tout ce pour quoi j'ai travaillé. Le pied dans la porte d'une carrière de journaliste. Tout cela, envolé à cause des astronautes.

— Merde, ça craint. Qu'est-ce que je vais leur dire ?

— Dis-leur que tu vas couvrir la mission pour Mars. Ils postent un article sur les familles chaque semaine.

— Sur la page divertissement. J'étais censé couvrir les infos sur New York, dis-je en faisant un geste vers la fenêtre. Et StarWatch a mis une clause interdisant à toute vidéo, ou n'importe quoi d'autre, de sortir de Clear Lake, l'endroit où on sera au Texas. Papa va signer le contrat, je ferai partie de l'émission. Je ne pourrai même plus faire mes vidéos FlashFame.

— Quoi ? C'est pas juste, mais, attends, je viens de me rendre compte que tu seras dans *Étoiles filantes*. Oh mon Dieu, Josh Farrow prononcera ton nom à la télé.

Je grogne.

— Je n'arrive pas à comprendre que tu regardes encore cette émission. Rien que des familles parfaites, des fêtes parfaites et des ragots. Je ne m'entendrai jamais avec ces gens.

La tension revient.

— C'est une su-per é-mis-sion, proteste Deb en articulant nettement chaque syllabe. Bon, OK, c'est un peu nase. Mais au moins, c'est marrant. Ne fais pas comme si ça ne te mettait pas des étoiles plein les yeux – et oui, je fais exprès de parler d'étoiles. Tu regardais autant que moi jusqu'à ce que tu apprennes que ton père était candidat.

— D'accord, j'ai couvert l'actualité des astronautes et j'ai parlé pendant des mois des débats sur le financement la mission Orpheus, jusqu'à ce que le Sénat vote la loi de financement. Mais c'étaient des infos importantes.

— Eh bien, peut-être que voir des astronautes boire du champagne avant de descendre en flammes dans un buisson sur Mars, c'est aussi important.

Elle sourit. J'espère que c'est une blague.

— Je te rappelle que j'ai fait un reportage fouillé sur les drames que la Nasa a provoqués en rachetant toutes les maisons sur le marché à Clear Lake, et ça a même été repris par le *Washington Post*.

Elle hoche gravement la tête pendant que je rumine ma frustration.

Clear Lake City est situé juste à côté du Johnson Space Center de la Nasa. Quand les astronautes et les équipes de Mercury, Gemini et Apollo se sont installés, Clear Lake et les environs sont devenus célèbres. Les héros de l'Amérique qui tondaient leur pelouse le dimanche en ont fait le Hollywood du Sud.

Et, comme à Hollywood, ce n'était pas qu'un effet de mode.

— StarWatch considère que les gens ne s'intéressent pas à l'aspect scientifique, dis-je. Ils se foutent de l'exploration elle-même, de ce qu'elle pourrait signifier pour notre planète. L'émission est écrite, chiante. Tu sens qu'un producteur tire les ficelles, qu'il attise le feu ou oriente les questions.

Elle soupire.

— On s'égare. Oublie ça et revenons à toi. Demande au moins à BuzzFeed si tu pourrais faire ton stage depuis le Texas ? Ça vaut le coup d'essayer, au lieu de perdre cette opportunité. Je suis sûr qu'ils sont flexibles. Ce n'est pas le *Times*.

— Tu as raison, je vais demander, dis-je. Et puis, ça me fera un truc à faire pendant le trajet en voiture jusqu'au Texas.

Elle rit et me donne un coup de poing dans l'épaule.

— La Nasa ne vous paye pas l'avion ? Arrête !

— Tu sais très bien que mon père ne voudra pas. Il a passé les dix dernières années à payer le parking toutes les semaines alors qu'on n'utilise la voiture que quelques fois par an. Il ne va pas s'en débarrasser. Il va nous faire charger la voiture et partir. Pour toujours.

Elle me prend dans ses bras et je la serre contre moi, très fort.

— Qu'est-ce que je vais devenir sans toi ? demande-t-elle.

Ce n'est pas qu'une question en l'air, je le sais. Une fois par semaine au moins, elle vient frapper à ma fenêtre parce qu'elle veut échapper à sa famille. Eux aussi se disputent. Peut-être que tous les parents se disputent, je ne sais pas. Mais les disputes des parents de Deb sont vraiment flippantes. Le bruit d'un poing traversant une porte en laminé me revient à l'esprit.

Ils lui brisent le cœur à chaque fois, et c'est moi qui le répare. C'est toujours comme ça. Qu'il faille partager un yaourt végane à Pinkberry avec elle ou improviser une soirée pyjama, lui mettre du baume au cœur me fait toujours du bien à moi aussi.

Un frisson me parcourt tandis que la vérité affleure à mon esprit. Parfois, j'ai l'impression que la seule chose qui préserve mon équilibre, c'est le bouclier que je brandis. Cal est toujours maître de lui-même. Cal est l'ami toujours présent pour régler les problèmes des autres.

J'ai beau essayer, je n'arrive même pas à voir le *vrai* Cal. Celui qui existerait sans les vidéos et les contenus planifiés, celui qui a une vision claire de son avenir, celui qui n'a personne vers qui se tourner.

Et j'arrive encore moins à me voir à Clear Lake, au Texas.

Je pose ma tête sur l'épaule de Deb en refoulant mes larmes. J'y arrive un peu mieux cette fois, et je trouve le courage de lui dire :

— Tu vas me manquer, Deb.

Je fais un signe de la tête vers l'escalier de secours, et elle m'y accompagne. On prend nos places habituelles, moi quelques marches au-dessus d'elle, et le fer grillagé sur lequel je m'assieds me fait mal aux fesses. Le vent est glaçant malgré la belle journée de printemps, et j'ai les cheveux en bataille.

Tout serait presque parfait.

Le soleil ne va pas tarder à se coucher, on pourrait rester là toute la nuit.

— Ma vie va changer, dis-je.

Deb réprime un éclat de rire.

— Est-ce que c'est forcément un mal ?

Elle est au bord des larmes, je le vois à ses yeux qui brillent. Un peu de changement ne lui ferait pas de mal, je le sais. Sa seule satisfaction à l'heure actuelle, c'est son boulot à Paper Source, qui lui permet d'éviter ses parents une bonne partie de la journée ou de la soirée, en fonction de ses horaires.

Si elle pouvait, elle partirait, mais est-ce que ce serait pour le mieux ? J'aimerais pouvoir l'emmener avec moi, ne serait-ce que pour avoir avec moi quelqu'un qui ne me rende pas dingue, contrairement à papa et maman.

— Ce ne sera peut-être pas si mal… Merde… pourquoi est-ce que je chiale ? (Elle s'essuie les yeux du revers de la manche.) J'irai te rendre visite, et tu viendras quand tu auras un moment. Tu finiras par revenir à Brooklyn, tu ne crois pas ?

— Hum… Sans doute.

Je n'avais pas encore pensé à un éventuel retour, mais c'est surtout parce que je n'avais pas encore réfléchi à mon départ.

— C'est trop, dis-je.

— Promets-moi… (Elle montre mon téléphone.) Promets-moi de ne pas arrêter. Continue à tourner des vidéos. Tu sais que les gens sont capricieux. Si tu arrêtes un an… À ton retour, il ne te restera rien.

Elle a raison. Ses mots sont comme une gifle, elle réveille un feu qui s'était presque éteint. Dire que j'avais soigneusement prévu les dix prochaines années… J'ai les brochures des facs, des prépas, sur mon bureau. Je savais exactement comment j'allais mener ma carrière.

En partant, même une seule année, je pourrais tout perdre.

— Je sais que c'est contre les règles, poursuit-elle, mais poste tout ce que tu peux jusqu'à ce que StarWatch t'arrache le téléphone des mains.

C'est vrai, je ne peux pas changer l'état d'esprit des gens de la Nasa. Je ne peux pas empêcher ce déménagement. Mais il y a une chose que je contrôle, et je la tiens dans le creux de ma main.

Un esprit de rébellion réchauffe mon âme. Ce n'est sans doute pas le plus intelligent à faire, je pourrais attirer des ennuis à ma famille, mais peut-être qu'il y a à Clear Lake une histoire qui n'attend que moi pour être connue du grand public.

Étoiles filantes

Saison 1, épisode 10

INTERVIEW EXCLUSIVE : La maison des Tucker a la réputation d'être centrale quand il s'agit d'organiser une fête pour accueillir de nouveaux astronautes, célébrer la réussite d'untel ou improviser une soirée. Dans cet épisode, nous rendons visite à Grace, Tony, Leon et Katherine Tucker afin d'en savoir plus sur les sacrifices que la famille a consentis pour la mission Orpheus. (Première diffusion le 17 juillet 2019.)

— Bonsoir, bonsoir, je suis Josh Farrow et je suis heureux de vous accueillir pour ce tout nouvel épisode d'*Étoiles filantes*. Ce soir, nous allons plonger dans l'intimité de la famille Tucker en visitant sa maison. Mais d'abord, faisons connaissance avec notre famille d'astronautes : Grace Tucker, son mari Tony, et leurs enfants Leon et Katherine. Cela fait plusieurs mois que nous n'avons pas eu l'occasion de parler, n'est-ce pas, Grace ?

— Tout à fait, et j'arrive à peine à croire à tout ce qui a changé en aussi peu de temps. Je remercie tous les téléspectateurs pour leur aide. Sans leur soutien, et les milliers d'e-mails et de coups de téléphone aux membres du Sénat et du Congrès, eh bien… on ne serait peut-être pas là aujourd'hui.

—Je n'aurais pas pu mieux le dire. Alors, la dernière fois que je suis venue, nous avions fait une petite interview avec vous, Grace, sur le canapé qui est ici, mais nous n'avions parlé que de la mission. Je voudrais en savoir plus sur votre petite famille. Leon, avec une mère comme Grace, ce n'est pas facile d'être à la hauteur. Pourtant, tu as l'air de faire ton propre chemin. Tout le monde connaît aujourd'hui ton extraordinaire talent pour la gymnastique. D'ailleurs, Tony me parlait tout à l'heure de ta séance d'aujourd'hui. Je ne veux pas te mettre la pression, bien sûr, mais tu crois qu'on te verra bientôt en compétition ?

—Je… je ne sais pas trop. Je viens de m'y remettre. Je cherche encore le bon entraîneur. Kat m'a traîné jusqu'à une salle de gym à Houston tout à l'heure, et j'ai passé pas mal de temps aux anneaux, j'ai fait de la technique au sol aussi, et je me suis un peu raté… Je ne suis pas sûr d'avoir le niveau pour la compétition.

—Mon frère fait trop le modeste. En Indiana, Tony était presque assuré d'avoir une place dans l'équipe de gymnastique nationale. Mais quand on a emménagé ici, ça a été dur pour tout le monde de trouver le bon rythme. En plus, notre école ici est beaucoup plus compétitive, je parle du côté scolaire. Mais on sait tous qu'il a les moyens de faire de la compétition.

—Je suis ravi de l'entendre, et j'adore que tu le soutiennes autant. Ma sœur et moi, on avait un an d'écart, mais il y avait trop de rivalité pour qu'on ait ce genre de relation ! Avant la pub, je voudrais annoncer à nos téléspectateurs que nous avons acquis les droits de plusieurs vidéos des enfants Tucker pendant leurs séances de gym. Vous pouvez aller les regarder sur StarWatch.télé. Et sur notre site, vous découvrirez aussi comment la carrière de gymnaste de Leon a fini de manière dramatique, l'écartant de l'équipe olympique nationale. Comme nous le savons tous, il n'est pas le seul membre de la famille dont la vie ou la carrière a été affectée par les missions Orpheus. Grâce à votre pass StarWatch, vous avez accès à une minisérie exclusive qui vous plonge dans la vie de tous les proches des astronautes, leur destin, leurs rêves brisés…

4

Le week-end passe vite. Trop vite. Il y a quelques jours, je n'aurais jamais pensé devoir dire adieu à ma chambre, mon petit refuge, avec mes étagères de livres, mes lits jumeaux, mon bureau. Mais maintenant, c'est une réalité.

Je quitte Brooklyn.

— Écoute, fiston, me dit papa.

Je déteste quand il m'appelle comme ça. Alors je garde le nez dans mon bol de glace. Je remue juste les pieds nerveusement, par habitude.

Ce boui-boui fait partie de ma vie depuis aussi loin que je me souvienne. Ils servent toujours les mêmes quatre parfums de glace. Contrairement à une bonne partie de Brooklyn – le nouveau Brooklyn, en tout cas –, c'est un endroit sans chichi. De la glace l'été. Des soupes l'hiver. Et les deux vous réchauffent le cœur.

Mais aujourd'hui, j'ai le cœur lourd. Il y a des peines que même quelques boules de glace ne peuvent réparer.

— Je veux que tu saches que… je comprends. Je sais que c'est dur. Ton grand-père était dans l'armée, on déménageait tout le temps, et je détestais ça. Je lui en voulais, et je sais que tu m'en voudras, mais j'espère qu'un jour, tu comprendras.

— Et moi, j'espère… (Je m'arrête, ne sachant trop comment exprimer ce que j'ai sur le cœur… comment le dire d'une manière qui lui fera prendre mon travail au sérieux.) J'espère que tu as conscience de ce que cela me coûte. Je sais que tu as toujours vu mes vidéos comme un loisir, et je suis sûr que ça en a l'air pour toi. Tu ne les regardes même pas. Tu ne vois pas le temps que j'investis dans mes reportages. Tu ne vois pas les dossiers dans mon disque dur, les portfolios que j'ai créés pour rentrer en école de journalisme, les recherches que je fais sur les bourses pour payer la fac. J'ai passé tellement de temps à tout ça, fait tellement d'efforts que devoir y renoncer, c'est insupportable.

— Je sais, dit papa en avalant une cuillerée de glace.

je l'imite.

— J'aurais dû jouer franc-jeu avec vous deux dès le départ. Vous auriez pu vous faire à l'idée, l'intégrer dans vos projets. Je sais comment tu fonctionnes, même si j'ignore comment tu es devenu si organisé, étant donné ce que nous sommes, ta mère et moi. Il faudra que j'y réfléchisse. Mais j'ai besoin de ton soutien, fiston, et il faut aussi que tu aides ta mère, d'accord ?

Je fais signe que oui. Pour l'instant, je ne peux pas lui offrir mieux que ce geste fait presque à contrecœur.

Mettant de côté la fin de ma glace, je regarde une dernière fois la petite échoppe. Le sol collant va me manquer, et aussi le plafond avec ses infiltrations d'eau, l'énorme cône plastique représentant un cornet de glace devant l'entrée, celui dont la peinture s'écaille mais qui s'allume encore la nuit comme un phare zombie.

Pendant que nous sommes ici, les déménageurs chargent les cartons dans le camion. Toute ma vie va être transbahutée à travers le pays. Je soupire, et enfin la détente promise par la glace m'atteint. Jusqu'à ce que la main de papa se pose sur mon épaule.

Sa voix n'est qu'un murmure :

—Moi aussi, ça va me manquer, ici.

***

—Je n'arrive pas à croire que tu vas rencontrer les astronautes, s'exclame Deb tandis que papa charge les valises dans le coffre de la voiture. Tu vas parler avec Grace Tucker et Mark Bannon. Genre, tu seras leur voisin !

je lève les yeux au ciel.

—On va y aller mollo. Ils ont le double de mon âge, et ils sont tout le temps aux infos.

—Oh, tais-toi. (Elle me frappe.) Tu vois très bien ce que je veux dire.

L'idée de rencontrer Mark Bannon, l'un des premiers astronautes choisis pour le projet, m'intimide. J'ai fait un reportage sur lui, il défendait le programme spatial avant même qu'on apprenne qu'Orpheus V avait été validé par les autorités. Cette vidéo m'avait rapporté beaucoup d'abonnés, les mêmes sans doute qui se plaignent aujourd'hui que je ne parle pas assez du sujet.

Je sais qu'il a une vraie présence et qu'il a toujours l'air prêt pour les caméras. Sa personnalité, sa passion rappellent aux gens les astronautes d'Apollo, et on raconte que Grace et lui se battent pour la même place sur le vol Orpheus.

Je repense à l'interview de Grace dans *Étoiles filantes* – interview que je n'ai regardée que pour des raisons professionnelles, et parce que je m'intéressais un *tout petit peu* à ces nouvelles pseudo-célébrités. Je me souviens comme elle a gardé la tête froide quand Josh Farrow a essayé de lui faire parler d'éventuelles tensions avec les autres astronautes.

Je me dis que finalement, autour de cette mission, et derrière ces faux-semblants, peut-être qu'il y a de *vraies* gens. Une vraie histoire. L'urgence de mes vidéos revient. Le sang bat à mes tempes.

Je vais chercher la dernière une du *Times* sur mon téléphone et je vois les Tucker m'adresser un sourire radieux. Deb, toujours à regarder par-dessus mon épaule, ne manque pas l'occasion.

— Qu'est-ce qu'ils sont beaux, dit-elle.

Mon regard se pose sur leur fils, Leon Tucker. Son regard de braise fait accélérer mon pouls. Elle n'a pas tort.

— Tu nous imagines sur cette couverture ? Mes parents et moi ? Ce serait atroce ! (Je me racle la gorge.) Tu sais, dans les films ou les livres, quand un personnage change d'école et qu'il a peur de ne pas s'intégrer ou de ne pas se faire d'amis ? Eh ben… je ne ressens pas ça du tout.

Elle me regarde, interrogative, alors je continue.

— Je me ferai des amis. Ou pas, je n'en sais rien. De toute façon, la plupart des gens sont nases. Mais ma famille ne s'intégrera pas. Ma mère est tellement anxieuse qu'elle ne sort presque plus de l'appartement à part pour une promenade à Prospect Park. Et ils ne font que se battre depuis que papa a déposé sa candidature. Les autres astronautes sont d'un autre niveau, et leurs enfants aussi. Est-ce que j'ai l'air d'un gymnaste comme Leon Tucker ? J'ai l'impression que je n'aurai pas ma place là-bas.

— Calvin, tu as un demi-million d'abonnés sur Flash-Fame. Tu as fait des reportages qui ont quasiment fait basculer une élection. Et même si tu dois y renoncer, tu étais quand même pris pour un stage chez BuzzFeed à dix-sept ans, ce n'est pas donné à tout le monde. (Elle pose sa main sur mon bras pour que j'écoute attentivement.) Tu as *carrément* ta place. Vous allez vous intégrer, tous les trois. Mais tu dois aider tes parents. Il faut que tu défendes cette mission. Merde, après toutes les conneries qu'on a vécues en Amérique ces dernières années, on a bien besoin d'un truc derrière lequel se rallier et dont on puisse être fiers. On va sur Mars, putain. Et je ne sais pas ce que la Nasa attend de vous, mais ton père, ta mère et toi, vous allez nous aider à y aller.

— Je sais.

Et c'est vrai, elle a raison. À cet instant, après ses mots, le sens de cette mission m'écrase presque. Nous allons faire partie de l'histoire, d'une entreprise scientifique extraordinaire, même si nous n'y jouons qu'un petit rôle.

Je parle à voix basse pour ne pas être entendu par mes parents.

— Je pensais qu'en ignorant tout ce qui s'est passé ces derniers temps… je ne sais pas, peut-être que si je n'y croyais pas…

— Ton père ne serait pas pris ?

— Non, même pas. Je me disais que si je gardais les pieds sur terre, si je jouais le réaliste, j'aiderais mon père à ne pas péter un plomb quand on finirait par lui dire non.

— C'est noble de ta part. Mais ce n'est pas du tout ton boulot.

— C'est une compulsion. Je veux que tout aille bien. Que les gens soient contents.

— Et parfois, ça te joue des tours. Comme la fois où tu m'as parlé de Jeremy, dit-elle sans tressaillir, et où j'ai dû te tenir par la main et te calmer alors que je venais d'apprendre que tu m'avais trompée. Mais tu n'es pas parti, il fallait que tu fasses en sorte que j'aille bien.

— Tu m'en veux encore ?

— Oh arrête, dit-elle. Tu recommences ! Mais non, je n'en parlerais pas comme ça si j'avais gardé de la rancune, Calvin.

Deb me prend dans ses bras et m'enveloppe de son parfum floral. Ni rose ni lavande, mais comme une bougie d'automne au milieu d'un pot-pourri. C'est réconfortant. Mais je n'arrive pas à la serrer contre moi.

Elle continue :

— De toute façon, tu ne pouvais pas réparer par magie notre relation. J'avais besoin de temps. Et c'est pareil pour tes parents, tu n'as pas le pouvoir d'arranger la situation entre eux.

Je pose ma tête sur son épaule et les larmes viennent tremper sa chemise.

— Je vais te donner mon plan, dit Deb après un long silence. Il ne nous reste qu'une année de lycée, sauf si tu plantes ton diplôme, ce qui foutrait en l'air mon plan, donc évite. En fonction de nos classements respectifs, on pourrait avoir une place à la fac dès le mois de mai. J'ai un boulot, et ta famille sera peut-être riche d'ici là, alors on pourrait se prendre un appartement ensemble à Brooklyn.

— Quel genre d'appartement on trouverait ?

— Je ne sais pas. Une cage à lapins à Bed Stuy ? On peut même vivre à Coney Island, je m'en fiche. Il faut que je me tire d'ici.

Le désespoir dans sa voix me saisit.

— Deb, que se passe-t-il ?

Elle marque une pause, et je sens mon estomac se nouer. Deb n'hésite jamais. Ce n'est pas son genre.

—C'est pas génial à la maison ces temps-ci, dit-elle, et je sens que c'est la litote du siècle. Enfin, bon, c'est carrément horrible. Mes parents sont tout le temps dans les parages depuis que mon père s'est fait virer. Et le chômage ne durera pas éternellement.

—Je croyais qu'il devait se mettre à son compte ?

Son père était designer pour une grosse boîte, et je me souviens l'avoir entendu dire que son licenciement lui offrait une bonne excuse pour monter son propre business.

—C'est ça. Il a quelques clients, des cartes de visite, il dépense son chômage à acheter des ordinateurs et des logiciels, mais il n'a pas déclaré sa société. Maman se bat en permanence avec lui parce qu'il n'a pas le droit d'avoir d'autres revenus en même temps qu'il touche des indemnités, mais putain, on a à peine assez d'argent pour vivre. (Elle se racle la gorge.) Ils prennent dans mon argent, en partie. Pour les courses, le loyer, ce genre de choses.

—C'est pas juste ! Tu travailles dur…

—Je sais, je sais, mais je suis la seule à avoir un salaire stable, et ils se sont occupés de moi pendant des années. C'est normal que j'aide, je suppose. Mais… Cal, je ne sais même pas si j'ai encore une *assurance santé*.

—Et tu crois que tu auras mis assez de côté pour les quitter l'année prochaine ? Comment tu vas économiser s'ils se servent dans ce que tu gagnes ?

Elle pousse un long soupir.

—Je ne sais pas encore. Mais je vais trouver, même si je dois faire un trou dans mon radiateur pour cacher mon argent.

— Ne t'inquiète pas, dis-je. Je sais comment régler la situation. Je reviendrai dès que je pourrai. Attends juste que je sois diplômé. J'aurai dix-huit ans. Il y a plein d'écoles supérieures sur ma liste ici. New York University, St John's, Columbia. J'aurai sans doute besoin d'une bourse, mais on devrait pouvoir y arriver.

Ma mère nous rejoint en me montrant gentiment la voiture.

— Cal, mon chéri ? (Elle a l'air exténuée.) Je sais qu'elle est triste.

Elle déteste l'idée de quitter son quartier. Je le vois à la manière dont elle a les épaules tendues et les dents serrées.

Et je m'en veux d'avoir envie de la supplier de me laisser rester ici.

— Tu es bientôt prêt à dire au revoir ?

— On n'est pas obligés, dis-je d'une voix plaintive, et je sens la gêne de Deb dans mon dos.

Mais je dois continuer.

— La Nasa veut papa. Pas nous. Ce n'est pas juste. Tu as googlé Houston ? C'est un cloaque.

— Je sais, Cal. C'est différent à Clear Lake City, c'est une belle banlieue. Et je pense que je comprends pourquoi ils font emménager tout le monde là où les premiers astronautes se sont installés. Je ne peux même pas aller sur Facebook sans voir tous mes anciens amis de la fac poster à ce sujet. Et j'ai beau avoir du mal à quitter la ville où j'ai vécu quarante-trois ans, je dois le faire. Et toi aussi. Pour papa.

Ses cheveux bruns détachés cachent à moitié son visage. Elle pose sa main sur mon épaule et esquisse un sourire qui peine à s'épanouir.

— En plus, ajoute-t-elle, vu le tempérament de ton père, je lui donne une semaine avant de se faire virer.

On rit tous les deux, mais quand le silence revient entre nous, je sais que l'heure est venue. Au bout du trajet m'attend une nouvelle vie. Ce qui me laisse trois jours et vingt-quatre heures de route pour deviner comment je vais m'adapter à une ville d'astronautes.

***

Devant la voiture, je prends Deb dans mes bras et je l'embrasse. Nous sommes un peu mal à l'aise, à la fois à cause de la solennité de l'occasion et à cause de ma mère qui nous observe.

— Je t'aime, dis-je.

Deb sourit.

— Je sais.

Je m'installe sur la banquette arrière et baisse la vitre pour profiter des dernières minutes avec ma meilleure amie. Mais nous ne disons rien. Que pourrions-nous bien dire ? À part adieu…

Une fois sur la route, je m'occupe en rassemblant toutes les informations disponibles sur le programme Orpheus. Ses objectifs, son importance pour le pays – en plus du côté divertissant, je veux dire. Orpheus V emmènera six astronautes sur Mars, où ils construiront une base martienne temporaire, exécuteront des projets d'excavation sophistiqués et réaliseront des expériences scientifiques. Dans la foulée, Orpheus VI et VII partiront avec de quoi établir une base permanente tandis qu'Orpheus V reviendra vers la terre avec un tas d'échantillons de terre et de roches.

Je reviens à l'article du *Times* et observe les différents portraits de la famille Tucker. Leurs yeux me dévisagent :

impossible de saisir les émotions que cachent ces visages. Alors que je cherche de la panique, je crois discerner une sorte d'excitation discrète. Comme s'ils la mimaient sur commande. Les deux ados de Grace Tucker jouent bien leur rôle ; Leon, le gymnaste accompli (qui est *très* beau, si je n'ai pas été suffisamment clair), et Katherine, sa sœur à la tête bien faite.

Et soudain, je me demande... *Quel rôle jouerai-je ?*

Il y a dans l'article plusieurs autres photos de toute la famille réunie, qui pose comme dans les années 1960. Ça me rappelle de vieux magazines que j'ai vus. La famille prise sur le vif, autour du poste de télévision avec son cadre en bois et son antenne moche.

— Vous connaissez un peu les années 1960 ? Les missions Apollo ?

Papa fait semblant d'être surpris et de faire une embardée. Je lève les yeux en l'air tandis que maman soupire, mais sans lui tomber dessus.

— Tu me demandes de te parler des années 1960 ? Tu préfères me demander à moi plutôt qu'à Siri ?

— Papa, personne n'utilise Siri. Laisse tomber, je vais chercher, dis-je, sachant qu'il ne me laissera pas faire maintenant que j'ai manifesté mon intérêt.

— Bon, évidemment, je n'étais pas né, mais les années 1960 et le début des années 1970, c'est l'âge d'or de la conquête spatiale. (Dans le rétro, je vois ses yeux briller tandis qu'il s'anime.) Tu vois, les astronautes s'installaient à Clear Lake et dans les environs, ils vivaient ensemble, ils faisaient la fête ensemble, ils pleuraient leurs morts ensemble, et ils ont réussi à aller sur la Lune et à en revenir. Jamais un truc pareil n'avait eu lieu. Je sais que tu ne t'intéresses pas à *Étoiles filantes*, mais déjà à l'époque, la ville était envahie par les journalistes. Les jours de lancement, les rues étaient impraticables à cause de tous les camions des chaînes d'info et des fans. C'était comme Hollywood, si tu veux.

— Tu m'as déjà montré des articles là-dessus, je crois.

— J'ai tous les magazines les plus importants dans un garde-meuble. Bon, ils ne me servent pas à grand-chose là-dedans, je sais. En tout cas, le pays était obsédé par les astronautes. Tout le monde a retenu son souffle quand les mathématiques et notre génie ont ramené l'équipage d'Apollo 13 après l'explosion qui aurait pu leur coûter la vie. Et on a pleuré quand l'équipage d'Apollo 1 a brûlé vif sur la rampe de lancement, à cause d'un câble défectueux et de l'oxygène pur dans le module de commande. (Le silence remplit la voiture.) C'étaient de vrais héros américains, tous autant qu'ils étaient.

Je l'écoute avec fascination. Je ne me doutais pas qu'il était si passionné. OK, il a des livres sur le sujet, et il a toujours adoré tout ce qui vole, ce qui explique pourquoi je ne comprends pas ce trajet de quinze mille kilomètres en voiture. Mais… c'était donc son rêve depuis toujours ? Comment se fait-il que je ne l'aie pas su ?

— C'est cool, papa.

— Tu trouves ?

Ça fait rire maman, qui pose doucement sa main sur la cuisse de papa. L'atmosphère est détendue, nous sourions tous pendant un moment. Je ne me souviens plus de la dernière fois que nous avons été sincèrement heureux tous ensemble. Pas de cris, pas de porte qui claque, pas de musique à tue-tête pour ne plus rien entendre.

Ça ne durera pas. Je connais mes parents, et une partie

de moi se demande si c'est vraiment du bonheur ou de la résignation. Mais je savoure le moment en regardant de vieilles photos de paparazzis et des images tirées d'*Étoiles filantes*. Je remarque un trait commun à tous les gens que j'ai sous les yeux : ils sont impeccables, parfaits. Font-ils semblant ou sont-ils tous d'accord avec tout ce qui se passe ? Je ne vois pas la réalité derrière l'émission. Jusqu'à ce que je tombe sur une photo d'une fête, apparemment chez les Tucker. Grace porte une robe cocktail moulante rouge, son rire a l'air si pur qu'on a envie de la rejoindre. Mais à l'arrière-plan…

— Leon… dis-je.

Maman se retourne.

— Quoi ?

— Non, rien. Je pense à voix haute.

Je me concentre sur l'image. Il est assis sur le canapé, et la lumière de son téléphone éclaire son visage. Mais il regarde la scène, par-delà la caméra. Et je sens un voile d'inquiétude ou d'humeur sombre qui m'attire.

Tu t'intéresses à lui purement d'un point de vue journalistique, dois-je me rappeler tandis que j'observe ses yeux étrécis et son menton délicatement tracé. Il est d'une beauté stupéfiante, je ne dirai pas le contraire, mais ce qui retient le plus mon attention, c'est son expression.

Un feu brûle dans ses yeux, et je m'accroche à l'espoir qu'il est cynique, comme moi. Mais c'est peut-être mon imagination. J'ai tellement besoin que quelqu'un dans cette banlieue soit mon allié.

Voire… mieux.

5

Ouf ! J'ai survécu à vingt-quatre heures de route et deux nuits dans des hôtels merdiques en bord d'autoroute. Et croyez-moi, le meilleur hôtel de Higginsville, dans le Mississippi, doit être noté moins trois étoiles selon les standards de New York. Et pour couronner le tout, j'ai dû dormir dans la même chambre d'hôtel que mes parents. Une chambre minuscule avec des lits double dont on peine à faire le tour, et des cloisons si fines qu'on entend le voisin tousser.

J'ai survécu à cet ersatz d'enfer, et pour quelle récompense ? L'arrivée dans un véritable enfer : Clear Lake, Texas, où il fait trente-cinq degrés à l'ombre.

Je descends de la voiture et regarde l'environnement de ma nouvelle ville. En plus de la chaleur, il y a une humidité qui colle à mon corps, à mes poumons, à mes paupières. Nous nous sommes garés sur un parking pour nous dégourdir les jambes, le temps qu'un délégué de la Nasa vienne nous accueillir et nous montrer notre nouvelle maison.

Il y a une balançoire, des poneys à bascule et un vieux toboggan métallique sur un lit de copeaux de bois. J'essaye d'imaginer les gamins des astronautes de Mercury dans les années 1960 – les Astrokids, comme on les appelait – jouer dans ce parc. Je vois très bien la mère parfaite tenant un petit enfant par la main pendant que le petit dernier grimpe dans ce qui ressemble à un uniforme de sumo en plastique.

Déjà ruisselant de sueur à cause de la moiteur, je me demande si elle devait faire semblant pour les caméras. Obligée de sourire, de retoucher son maquillage pendant que le photographe change la pellicule de son appareil. Les astronautes avaient leur boulot – nous emmener sur la Lune – mais leurs femmes n'étaient pas épargnées par les obligations. Il fallait s'intégrer, élever les enfants, s'occuper de la maison, de la pelouse, du jardin, de la cuisine, des petites fêtes pour célébrer telle ou telle occasion, et le tout sans jamais oublier d'être apprêtées.

Les Astrokids devaient jouer leur rôle, eux aussi. Remuants quand les magazines le voulaient, calmes et réfléchis à d'autres moments. Je me raidis en pensant que je vais à mon tour me prêter à cette comédie.

— Cal !

C'est papa qui m'appelle. Il est de bonne humeur, ce qui est la seule note positive au milieu de ce cauchemar.

— Le gars de la Nasa arrive !

Le sourire de papa me rappelle que nous ne nous disputons plus, tous les trois. C'est comme un retour à la normale, avant qu'il devienne candidat à la Nasa. Papa ne manque pas de raisons d'être heureux, mais pourquoi maman sourit-elle ? A-t-elle peur de faire voler en éclats ce fragile bonheur ? Réprime-t-elle ses sentiments ? Sa colère d'être déracinée de Brooklyn, son agacement face aux devoirs qui vont s'ajouter aux cinquante heures par semaine qu'elle passe à coder ? Les épouses ne sont plus les femmes d'astronautes des années 1960, guindées, parfaites, posées, sobres, mais il y a quand même des attentes.

À moins qu'elle soit vraiment… heureuse ? Pleine d'espoir ?

Cette pensée me donne la nausée. Elle était censée être de mon côté.

Le « gars de la Nasa » descend de voiture et s'approche à pas rapides de papa. Il est d'une suprême élégance avec ses cheveux blonds coupés court, sa chemise à carreaux boutonnée jusqu'au col, sans cravate et son pantalon gris qui se confond avec ses bottines marron. Le fait qu'il ne soit pas en short me fait suer deux fois plus. Les Texans sont-ils immunisés contre la chaleur ?

Il me serre la main dès que je rejoins le groupe.

— Brendan, se présente-t-il. Tu dois être Calvin Junior.

Je fais un vague sourire.

— Lui, c'est Calvin, dis-je en désignant mon père. Appelez-moi Cal.

— Compris. Bon, vous voulez voir votre nouvelle maison ? propose-t-il. Préparez-vous. La Nasa s'est mise en quatre pour soigner le look rétro.

Il esquisse un sourire qui semble dire : *Ils se sont lâchés, mais le résultat est pas mal du tout.*

La ville n'est pas horrible. Elle est même plutôt mignonne. Le rapport à l'histoire n'est pas le même ici. C'est une histoire *ultramoderne.* Certains immeubles à Brooklyn ont cent cinquante ans d'âge, le parquet de notre appartement était d'origine, il datait du début du XXe siècle.

Nous nous garons et je découvre un gazon immaculé menant à une maison bordée de haies taillées au cordeau. La façade vient d'être repeinte, elle brille de mille feux.

Les fenêtres étincellent sous le soleil. Notre nom est déjà gravé sur la boîte aux lettres.

L'endroit est bien réel. Quand je voyais les photos, que je lisais les articles, tout avait l'air parfait. Et en effet… c'est parfait.

Je regarde mon père. Il ne sourit même plus, son visage exprime maintenant quelque chose de l'ordre de l'émerveillement pur et simple.

Vu comme je suis moi-même subjugué, j'imagine sans peine les pensées qui lui traversent l'esprit.

— Comme vous le savez certainement, on a eu un petit problème ici, explique Brendan en ouvrant la porte de la maison et en entrant. À cause des médias locaux principalement, toujours à fouiner, ceux-là. Sans compter les amateurs qui veulent vendre des images à StarWatch. Vous allez devoir vous préparer pour affronter cet ogre. Cela dit, même StarWatch doit obéir à des règles strictes. Ils ont l'exclusivité pour ce qui est de filmer à l'intérieur de la maison des astronautes – dans la limite du raisonnable, bien sûr – et à la station spatiale, mais ça reste votre maison. Vous décidez quand vous les laissez entrer et quand vous les foutez dehors.

Brendan m'adresse un sourire. Je trouve réconfortant que les limites soient claires et que nous ayons un peu de contrôle sur notre nouvelle vie.

— Pourquoi n'y a-t-il personne à notre arrivée, d'ailleurs ? demande papa, visiblement déçu.

On dirait qu'il a hâte d'être assailli par des journalistes. Brendan éclate de rire.

— La Nasa tient une conférence de presse en ce moment même, et on a mentionné qu'il y aurait des informations importantes, alors toutes les caméras de la ville sont là-bas.

L'équipe de communication a fait croire aux médias qu'on allait annoncer le nom du dernier astronaute, histoire qu'ils ne vous sautent pas dessus tout de suite. Ne vous inquiétez pas, on va vous laisser le temps de prendre vos marques.

Ma mère pousse un soupir de soulagement. Je croise son regard, et nous échangeons un petit sourire. Même si papa n'est pas retenu pour le vol, ça va secouer pour toute la famille.

— Tous les gens qui travaillent à la Nasa ont ce problème ?

— Non, me répond Brendan. Par exemple, moi qui étudie les roches de Mars, je ne les intéresse pas beaucoup.

Il rit de bon cœur, et son rire se termine par un petit bruit aigu.

— Mais pour les astronautes, c'est une autre histoire. Ce sont eux qui les excitent. Et vous aussi.

— Pourtant, c'est intéressant, la roche, non ?

— Mon équipe trouve que oui, mais ce n'est pas le cas du grand public en général. Jusqu'à maintenant, en tout cas. (Il hausse les épaules.) Les robots font de leur mieux, ils nous envoient plein de données, mais nous n'aurons les premiers échantillons qu'après l'aller-retour d'Orpheus VI. Alors, on pourra faire de vrais tests, étudier les roches au labo, etc.

S'il y a une chose que je sais sur le « grand public », c'est qu'aucun média professionnel ne sait vraiment ce qui l'intéresse. Parfois, il faut tenter des choses, quitte à se planter, mais je ne suis pas surpris que StarWatch choisisse le glamour et le prestige plutôt que… la géologie.

Nous le suivons à l'intérieur. Enfin, de l'air frais. Les poils se dressent sur mes bras après ce choc thermique. La première impression : tout est neuf, stérile. Étranger.

Mon père fait le tour du salon, où un écran plat est posé sur un buffet milieu de siècle. Un canapé somptueux en tissu, de couleur neutre, fait face à une table basse style rétro flanquée de deux fauteuils à bras.

OK, la maison est vraiment sympa.

La déco vintage raffinée se mêle au nec plus ultra en termes de domotique et de confort. J'aperçois même un tourne-disque sur une étagère avec une collection de vinyles. Ils sont vraiment allés à fond dans le rétro. Il suffirait de remplacer la platine vinyle par une radiocassette pour que je valide le tout.

— La pelouse devant est à vous. Il y a un numéro spécial pour joindre la police sur le frigo, en cas de besoin. Les médias ne se comportent pas de manière si horrible, en général. Mais ça risque de chauffer un peu quand on se rapprochera du lancement d'Orpheus VI.

En somme, il faut profiter de cet instant de répit parce que ce sera le dernier avant un bon moment.

Je suis Brendan dans ma chambre. Après avoir jeté mon sac sur mon nouveau lit, j'explique que je veux me changer et ferme la porte derrière moi. J'ouvre le placard – c'est qu'ira mon radiocassette, me dis-je – avant de m'asseoir, adossé au mur.

Je prends quelques longues inspirations. Admettre que c'est ma nouvelle maison, et que j'habite désormais dans cette ville, c'est tirer un trait sur mon ancienne vie.

Je sors mon téléphone, ouvre l'application FlashFame. Puis je la referme. Je connais les règles. J'ai lu le contrat de papa : *Afin d'assurer la cohérence de l'arc narratif défini par le présentateur et les producteurs d'*Étoiles filantes, *il est strictement interdit de partager publiquement des* *vidéos, en live et ou en différé, sans le consentement et l'accord préalables de StarWatch Media LLC.*

Ce qui signifie qu'ils ne me demandent pas forcément de fermer mes comptes, mais qu'ils veulent les contrôler. Ce qui est encore pire. Mon estomac se noue tandis que j'envoie un message à Deb.

**Je crois que je vais le faire.
Après tout, techniquement,
je n'ai rien signé, non ?
Ils peuvent me poursuivre en
justice, d'après toi ?**

Je comptais communiquer sur mes comptes en chemin, pour dire à mes abonnés que j'allais faire une pause sur les réseaux sociaux, mais je n'ai pas pu le faire dans la voiture et j'ai eu peu d'intimité lors de nos arrêts pour manger ou dormir.

Mais maintenant que je suis là, sachant que mon rêve se meurt comme une bougie à l'agonie, je m'aperçois que je n'ai pas envie de faire de pause. Hors de question de laisser StarWatch me contrôler.

Je me racle la gorge et fixe la caméra de mon téléphone. Mes cheveux noirs tombent un peu sur mes yeux, malgré l'épi impossible à amadouer. Je ne serai pas au mieux mais tant pis, ce sera court de toute façon.

Dès que j'appuie sur le bouton « Live », le compteur des spectateurs commence à grimper. Avant de commencer, j'attends une petite minute afin de laisser le temps aux abonnés de réagir à la notification qu'ils viennent de recevoir sur leur téléphone. Je souris et montre mon épi avec une moue comique tandis que les quelques centaines deviennent plusieurs milliers. Au beau milieu de la journée, un mercredi. *Qui sont ces gens ? Qu'est-ce qui les intéresse ?*

Mais au fond, je me fiche de savoir ce qui les intéresse. J'adore ma petite célébrité. C'est pour ça que je déteste l'idée de fermer mes comptes sur les réseaux. De renoncer à tout ce pour quoi je me suis battu. Quand je rentrerai à New York, je n'aurai plus rien.

— Salut, tout le monde, dis-je d'une voix presque tremblante quand le compteur arrive à deux mille. J'ai… une sacrée nouvelle à vous annoncer, tenez-vous bien.

Je sens l'adrénaline monter. Une fois encore, j'ai une info. Et elle me concerne.

— Je vais aller droit au but, dis-je, décidant de couper court aux phrases d'introduction. Vous avez tous commencé à remarquer que j'esquive les questions concernant la Nasa et les missions Orpheus, et il est temps de vous dire pourquoi. Le vingtième et dernier astronaute retenu pour le projet Orpheus n'est autre que… Calvin Lewis. Non, pas moi. Mon père, Calvin Lewis Senior. Je vous parle en direct de Clear Lake, au Texas, où nous venons d'arriver. Vous reconnaissez cette chambre ? Ce placard ? Non ? Eh bien, moi non plus. Mais si je suis libre d'agir comme je l'entends, j'aurai beaucoup de choses à vous raconter à l'avenir, alors soyez prêts.

Je me relève, traverse la chambre et me laisse tomber sur le matelas, la caméra brandie au-dessus de ma tête.

— Donc, oui, je viens d'annoncer un gros scoop, mais si ça ne vous dérange pas trop, je voudrais en venir à des choses personnelles. Mon père, pilote de ligne qui va devenir astronaute, semble-t-il, a obligé toute la famille à trois jours de road trip jusqu'au Texas au lieu de nous faire prendre l'avion. Moi non plus, je n'ai pas compris, mais je peux vous faire une critique pointue sur le Holiday Inn de Higginsville dans le Mississipi, le long de la Route 49. J'ai beau adorer ma famille… je ne supporterai pas de refaire un road trip comme celui-là.

Je passe les cinq à dix minutes suivantes à récapituler notre parcours infernal dans les moindres (et atroces) détails, jusqu'au moment où ma mère passe la tête par la porte.

— Tu es… articule-t-elle silencieusement avant de faire de grands yeux ronds. Laisse tomber. Éteins et viens avec nous. Tout de suite.

— Attendez deux secondes, dis-je en mode automatique à mon téléphone tout en jetant un coup d'œil par la fenêtre.

Plusieurs voitures sont garées dans la rue, et Brendan et mon père les observent, debout dans l'allée.

— Eh ben, ça n'a pas traîné. J'aurais dû vous en parler, mais il est bien possible que j'aie enfreint quelques règles. Je vous expliquerai ça en détail ce soir… si StarWatch ne me fait pas assassiner d'ici là.

J'arrête le streaming et sors de ma chambre en essayant d'ignorer le malaise qui me vient à l'idée de ce qui m'attend.

Mon humeur change brutalement quand je mets un pied dehors.

L'air conditionné a provoqué une sorte d'amnésie climatique et la vague de chaleur qui me tombe dessus me frappe comme une gifle au visage.

Sur le bitume de l'allée, mon père semble tétanisé. Il fixe la rue où des journalistes s'activent autour de camionnettes, faisant apparaître des caméras de partout.

Maman soupire. Nos regards se croisent et je sens sa tension.

—Rentre. Je vais chercher papa.

Je hoche la tête pour lui assurer que je peux m'en occuper, et elle se renferme dans la maison.

Je ne vois pas l'expression de mon père, qui me tourne le dos, je sens qu'il est raide. Il n'a jamais été au centre de l'attention, sauf quand il faisait les annonces sur les vols en tant que copilote. Mais ici, il ne peut pas se cacher dans le cockpit. Le soleil met en lumière le moindre doute, le moindre défaut.

Au moins, il a eu la bonne idée de mettre une chemise propre.

—Merde, dit Brendan. OK, bon, normalement, ce n'est pas moi qui gère ça. Je vais passer un coup de fil.

Je comprends subitement. C'est moi qui les ai fait venir.

Je viens de dévoiler un scoop national.

C'était un petit acte de rébellion qui me ressemble bien, un peu comme la fois où je me suis faufilé entre les flics devant l'hôtel de ville afin d'assister à une conférence de presse pour interroger le responsable de l'urbanisme sur une épidémie d'ascenseurs en panne dans les logements sociaux.

Mais je n'avais pas agi pour des raisons purement égoïstes. Mon sang se met à bouillir dans mes veines. C'est ma vocation, et je ne laisserai pas StarWatch me l'interdire. Parfois, il faut savoir prendre son avenir en main.

Et c'est ce que je viens de faire.

Sauf que je n'avais pas anticipé les conséquences pour ma famille.

—Qu'est-ce que tu veux ? (Je pose la question à mon père avec une assurance dont je ne me savais pas capable.) Je vais chercher maman ? Ou on se planque tous à l'intérieur ?

La chaleur commence à me donner une sorte de vertige. Papa se tourne vers moi et réfléchit une seconde tandis qu'un journaliste lance son reportage.

— Nous sommes ici devant la maison du dernier astronaute du projet Orpheus, Calvin Lewis Senior, dont le fils est déjà une célébrité sur le réseau social FlashFame. Calvin Senior est l'ultime astronaute sélectionné par la Nasa avant le démarrage des préparatifs d'Orpheus V. Les six astronautes qui auront la chance d'être les premiers à poser le pied sur la planète Mars n'ont pas encore été choisis.

Mon ventre se noue, mes épaules se crispent. Si on veut se tirer d'ici avant que la notoriété ne nous tombe dessus, il faut faire vite. Un sourire. Un vague geste de la main. Et on file à l'abri. Sauf qu'ils filment, et que je peux difficilement expliquer ma stratégie à mon père, qui semble hésiter, son regard passant des journalistes à moi.

Et je comprends pourquoi.

Je sais qu'ils ont vu ma vidéo FlashFame. Et si j'étais totalement anonyme à New York avec mon demi-million d'abonnés, ce n'est pas le cas ici. Pas pour ces chaînes d'infos locales. Ils savent ce qui va se passer quand ils mettront des images de moi en ligne : tous mes abonnés les regarderont. Alors les caméras sont tournées vers moi.

Ce qui signifie qu'ils ne sont pas seulement venus pour mon père.

Ils sont aussi là pour moi.

6

Tant pis pour la courtoisie, me dis-je en voyant papa rentrer précipitamment dans la maison et claquer la porte derrière lui, me laissant seul devant les journalistes. *Sa sortie a été filmée, ça fera de belles images.*

De mon côté, je souris comme si je faisais une de mes vidéos. Je souris parce que mon sourire est la seule chose qui maintient notre famille unie, et j'espère que les caméras auront été concentrées sur moi plutôt que sur la réaction de mon père. S'il perd son calme à l'intérieur, les micros vont tout entendre.

Ne crie pas, s'il te plaît.

Ne crie pas.

Sans trop réfléchir, je me décide à gérer la situation pour éviter tout dérapage. Je me force à avancer. Mon pas est raide au départ, comme si mes jambes refusaient mes ordres. Et mes lèvres semblent rechigner à sourire elles aussi, mais le temps d'arriver au bout de l'allée, j'arbore un sourire presque naturel.

La journaliste reste sur le trottoir – elle n'a pas le droit d'entrer sur la propriété, et elle le sait –, si bien qu'il reste quelques mètres entre nous. Elle ressemble vaguement à Hillary Clinton avec son tailleur bleu impeccable. Elle affiche un sourire professionnel et tend son micro à bout de bras.

—Cal Lewis, je suis Gracie Bennet de KHOU-télé. Nous avons été ravis de voir la vidéo dans laquelle vous annonciez votre emménagement, nous n'avons pas tant de stars d'Internet ici. Félicitations à votre père et à toute la famille pour cette aventure excitante. Doit-on s'attendre à ce que vous fassiez des reportages régulièrement à l'avenir ? Allez-vous nous révéler la vie des astronautes de l'intérieur ?

J'ai un petit rire forcé, mais je mets au défi quiconque de réagir autrement à la situation dans laquelle je suis. Je réfléchis une seconde pour trouver le moyen de ramener la conversation sur mon père et la Nasa.

—Eh bien, je... Je ne sais pas encore. Tout ce que je sais, c'est que mon père est enchanté de rejoindre la grande famille des astronautes comme Jim Lovell ou John Glenn, et de vivre ici comme ils l'ont fait. Ça compte beaucoup pour lui. Et pour nous tous.

Elle penche légèrement la tête, un petit sourire aux lèvres, comme quand on trouve un gamin « vraiment trop chou ». Je l'entends presque penser : « Adorable. »

Je ne vois pas trop quoi ajouter, et je suis de toute façon interrompu par l'arrivée inopinée de quelqu'un qui approche vers les caméras. Ses talons claquent sur le trottoir, et sa robe lavande flotte sous la brise. C'est Grace Tucker. Quand elle enlève ses lunettes de soleil, je me sens ébloui par sa présence. Elle se tourne vers la caméra.

—Bonjour, Grace ! Que pensez-vous de...

Grace la coupe.

— C'est un plaisir pour nous tous de voir la famille Lewis nous rejoindre. Je ne vais rien dire de plus pour l'instant, je suis trop pressée de les rencontrer et de leur présenter ma famille. Au revoir !

Je fais un signe d'au revoir à mon tour tandis que Grace me prend par le bras.

— Venez quand vous voulez dans nos studios, Cal ! lance la journaliste dans notre dos. N'oubliez pas, c'est KHOU-télé !

Je laisse Grace me ramener à la maison. Devant la porte, nous entendons des cris à l'intérieur et échangeons un regard.

— Désolé, on n'avait pas imaginé qu'ils nous sauteraient dessus comme ça. Ils sont surpris.

Elle hoche la tête et fait un petit sourire, faisant semblant de me croire. J'ouvre et annonce à mon père :

— On a une invitée !

Silence.

Reconnaissance.

Malaise.

Je vois papa passer par ces trois phases. Deux fois qu'il a honte aujourd'hui. J'aimerais pouvoir lui dire que ce n'est pas ma faute si les caméras se sont tournées vers moi. Que je ne souhaitais pas lui voler l'attention qu'il mérite. Que je voulais seulement raconter mon histoire, sans laisser un contrat m'en empêcher.

— Grace. Enfin, pardon, madame Tucker, dit papa en s'approchant d'elle et en lui tendant la main. Ravi de vous rencontrer.

— Moi aussi. Et je vous en prie, appelez-moi Grace.

Elle jette un coup d'œil à la maison en laissant un doigt courir sur une machine à écrire vintage.

— La déco vous plaît ? Il faut un moment pour s'habituer, mais c'est vraiment très beau. En tout cas, cela me fait très plaisir de vous rencontrer.

— C'est... bien mieux qu'on n'aurait imaginé, dit papa avant de se tourner vers nous. Voici Becca, mon épouse, et mon fils Cal.

— Becca, répète-t-elle en saluant ma mère avant de se tourner vers moi avec un sourire. Et toi, je te connais déjà. Ma fille Kat est abonnée à ta chaîne depuis des années. Je savais que votre famille allait venir ici, mais j'ignorais que ce serait aujourd'hui. Heureusement que Kat a vu ta vidéo et m'en a parlé. Je suis venue dès que j'ai su. (Elle se tourne vers mes parents.) Les paparazzi, je ne vois pas comment les appeler autrement, ça peut être l'enfer ici.

Papa me fusille du regard.

— Tu as posté une vidéo ? C'est pour ça qu'ils savent qu'on est là ? Tu connais les règles, pourtant.

— J'ai décidé de les contourner.

Ma phrase sonne comme une excuse. J'ai le rouge aux joues en sentant leur regard sur moi. J'ai l'impression d'être jugé. Je voudrais m'en aller, mais je ne peux pas avec les journalistes devant la maison. Peut-être que je pourrais les semer.

— Mais je vais régler ça, dis-je. Je vais voir dehors s'ils sont encore là. Désolé...

Je retourne vers la porte d'entrée, Grace me dit de ne pas sortir mais je ne l'écoute pas. Mes parents, eux, ne protestent même pas. Je ne peux pas rester dans la maison.

Je sais que je suis capable de régler la situation, même si j'ignore encore comment je vais m'y prendre exactement.

Dès que j'ouvre la porte, je suis frappé par la frénésie du cirque médiatique devant chez nous. Le nombre de voitures, de camionnettes et de caméras a triplé. Je me fige en les voyant pointer leurs appareils vers moi, puis je sens mon cœur accélérer. C'est un peu la même sensation que lorsque je tourne une vidéo, mais en mille fois plus forte. Pourquoi le pays s'intéresserait-il à moi ? Juste parce que je suis le nouveau personnage d'une émission de téléréalité obscène ? Parce que mon père a une chance sur quatre d'aller sur Mars ?

Tout ça n'a aucun sens.

— Eh, euh… Cal ?

La voix vient de la maison d'à côté. Quelqu'un d'autre s'exclame :

— Oh mon Dieu, c'est vraiment lui !

Je rougis de nouveau en tournant la tête et en reconnaissant les deux ados de la famille Tucker, qui me dévisagent. Ils ont tous les deux l'air parfaits, préparés à cette vie, le sourire facile et la démarche assurée. Leurs affaires sont repassées, ils paraissent un peu trop habillés.

— Je m'appelle Leon, me dit le garçon en s'approchant et en me tendant la main. (Son port de tête est raide, son expression forcée.) Ravi de te rencontrer.

Il parle un peu trop fort, sans doute pour que les micros l'entendent. Il me donne envie de me recroqueviller, mais quand on fait face à la perfection, il faut bien tenter d'être à la hauteur, même si on transpire à grosses gouttes et qu'on a l'impression de ne pas s'être douché depuis des jours.

— Moi aussi.

Un silence gêné tombe. Nos regards se croisent, et je me perds tellement dans ses yeux quand j'en oublie presque les centaines de milliers de personnes qui verront notre échange.

— On est venus dès qu'on a appris, dit la fillette. Je suis Katherine.

Alors que nous sommes trois, ils se sont naturellement postés de manière à être vus par les caméras, ce qui me donne l'impression de participer à une performance scénique. Je me demande combien d'heures d'entraînement ils ont eues pour que ce comportement leur vienne d'une façon aussi automatique.

Mon sourire commence à disparaître, tout ça ne me donne pas vraiment envie de devenir ami avec eux.

Mon excitation retombe et je ne fonctionne plus qu'à l'énergie du désespoir.

— Parfait, dis-je. Comme ça, nous nous sommes tous rencontrés.

Le silence revient pendant quelques longues secondes, jusqu'à ce que Leon éclate de rire. Sa sœur et moi l'imitons, et, un bref instant, Leon se penche et pose sa main sur mon épaule. Je sens son toucher, et malgré la chaleur, un frisson me parcourt l'échine.

— Désolé, murmure-t-il. Je sais que c'est bizarre avec toutes les caméras.

— La camionnette bleue au premier rang ? me dit Kat d'une voix douce, qui me laisse penser qu'elle ne joue plus un rôle pour le public. C'est StarWatch. Et ils vont vouloir interviewer toute la famille.

StarWatch est déjà là ? Je mets un petit moment à intégrer l'information. Les caméras seront-elles tournées vers moi ? Comment maman réagira-t-elle à cette vie sous microscope ? Combien de temps avant que papa commette un impair ou fasse un esclandre ?

— On se disait... reprend Leon, il y a un chemin entre nos maisons que les journalistes n'ont pas le droit d'emprunter. On pourrait filer et aller se cacher dans l'aire de jeux un peu plus loin. Enfin, sauf si tu veux affronter StarWatch dès ton premier jour...

Je regarde autour de moi et secoue la tête pour dire non sans même que mon cerveau ait émis la commande. La seule façon de régler la situation, c'est de partir pour laisser mon père être au centre de l'attention.

Et de toute façon, j'ai envie de fuir aussi vite que possible.

— Maman est à l'intérieur ? demande Katherine.

Je hoche la tête.

— OK, vous deux, allez à l'aire de jeux. Moi, je vais la prévenir.

Elle se dirige vers la porte tandis que je suis Leon sur le côté de la maison. Son profil attrape le soleil, et je me demande comment il fait pour ne pas transpirer. Il a des pommettes hautes et des yeux clairs qui donnent l'impression qu'il peut sourire sans bouger les lèvres.

— Je m'appelle Cal, dis-je. Je sais qu'on s'est déjà présentés, mais j'ai l'impression qu'il faut qu'on recommence. Parce que c'était... bizarre.

— Leon, répond-il.

Il me conduit vers une pente herbeuse et un chemin bordé d'arbres. Ça n'a rien à voir avec les bois des parcs de New York mais c'est tout aussi parfaitement entretenu.

Nous suivons le chemin jusqu'à deux balançoires. Il saute aussitôt sur l'une d'elles et pousse des deux pieds pour décoller. Je prends place dans l'autre et me balance d'avant en arrière à mon tour.

— Ta mère nous a sauvé la mise avec les journalistes, dis-je tout en retirant un peu de boue collée à mes chaussures. Ce n'est pas évident à gérer.

— Je sais. Les gens sont obsédés par nous. StarWatch rend nos vies tellement spectaculaires. Enfin, la vie de nos parents… En général, ils nous foutent la paix.

Je ris.

— C'est peut-être pour ça qu'ils n'avaient pas l'air tellement intéressés par mon père. Je pense qu'il a peu de chances de participer à la première mission.

— Pourquoi tu dis ça ?

— Il était pilote de ligne pour Delta Air Lines.

Leon me regarde d'un drôle d'air.

— Et ce n'est pas bien ? demande-t-il.

— Si, c'est pas mal, c'est juste… Tout le monde ici est tellement cool. Mon père est intelligent, je dis pas, mais il sait juste conduire un avion.

Il éclate de rire et tire sur la chaîne de ma balançoire. Je tournoie un moment avant de revenir sur ma trajectoire initiale.

— Il sait juste conduire un avion ! Eh bien, je ne sais pas ce qu'il faut pour t'impressionner !

Le silence retombe un instant. Je passe un bon moment, mais j'ai envie de lui demander s'il est vraiment d'accord avec tout ça. Le vernis a craquelé un petit peu quand il a ri en tirant sur ma balançoire, mais… les médias, les interviews, le déménagement, le décor. Ça ne le dérange pas ? Moi, j'ai l'impression que ça m'embrouille. Mais c'est peut-être parce qu'au fond, je pourrais m'en arranger.

— Ah, vous voilà ! (Katherine nous rejoint et me tend la main.) Euh, bonjour, je suis Kat et je regarde toutes tes vidéos.

Je me recule légèrement puis lui serre la main.

— Ça fait bizarre, dit-elle. Je veux dire, tes vidéos et ta lettre d'info, ce sont les seules informations que je suis.

J'ai commencé à regarder quand tu couvrais les élections, parce que tu étais le seul à parler des infos que je n'avais pas envie de taper, avec toutes leurs analyses.

— Oh, merci, dis-je en souriant. Je ne crois pas qu'on m'ait déjà dit un truc aussi gentil.

Elle secoue la tête.

— Promis, j'arrête de jouer la fan après. Mais sérieusement, tu es génial. Ton interview de la femme qui a développé FlashFame est ma préférée, de loin. J'avais envie de devenir comme elle.

Je tourne la tête et croise le regard de Leon.

— Pas de compliments de ta part ? dis-je avec un air faussement outré, et il éclate de rire.

— Pardon, mais non. Tu vois, moi, c'est le contraire, je déteste tes analyses politiques. (Il roule des yeux.) Je plaisante. J'ai vu tes vidéos, mais juste par-dessus l'épaule de Kat.

— Hum, pas de commentaire, dis-je. Tu ne m'aides pas beaucoup.

Katherine se penche vers moi et me susurre tout bas.

— Le seul commentaire qu'il ait jamais fait, c'est qu'il te trouve super mignon.

Je suis à deux doigts de tomber de ma balançoire. Leon, lui, jette un regard noir à Katherine, que ça fait hurler de rire. Il a une tête de dix pieds de long, et je suis sûr qu'il péterait un plomb si les caméras avaient filmé la scène.

— Kat, qu'est-ce que tu fous ?

Elle fait un grand sourire.

— Tu as deux fans, c'est tout ce que j'essaye de dire.

— Ça fait beaucoup d'informations, réponds-je.

Katherine recule de quelques pas en direction de la maison.

— De toute façon, les journalistes ne vont pas tarder à lâcher l'affaire maintenant que StarWatch a repris le contrôle de la situation, dit Katherine. Ah, au fait, il y a une fête vendredi soir chez nous, et ma mère va inviter tes parents. Tu devrais venir, s'ils te laissent le choix. Tu rencontreras une partie des autres astronautes, et quand tu en auras marre de parler de trucs scientifiques, tu pourras venir nous retrouver à l'arrière de la maison, on a piqué une bouteille de champagne de la réserve.

— Kat ! proteste Leon.

J'en reste bouche bée. Les ados Tucker, toujours si propres sur eux... Je les imagine dans un jardin, derrière la maison, une bouteille de champagne à la main, les yeux rivés sur le ciel étoilé. Cela me rappelle mes soirées estivales avec Deb sur l'escalier de secours, avec ce qu'on trouvait dans les bars de nos parents – en général des bières (beurk), du vin rouge (double beurk) ou du whisky (quadruple beurk, mais waouh ça dépote).

— Oh, ça va, Cal est cool ! répond Kat en faisant de petits bonds excités. Ces soirées sont vite pénibles sans ados. Les astronautes ont tous des enfants qui sont petits. On y va juste parce que, bah, on vit ici.

Il doit être assez agaçant d'être coincé avec une bande d'adultes soûls, en effet.

— Je vois, le champagne, c'est pour tuer l'ennui, dis-je en m'esclaffant.

— Oh, tu parles, répond-elle. On finit par en vider la moitié par terre.

— Votre mère ne va pas remarquer la disparition d'une bouteille ?

Ils me dévisagent un instant, et au sourire sur mon visage, ils constatent que je suis plus amusé que révolté par leur larcin.

— Tu comprendras quand tu seras à la fête, répond Leon.

Je me lève et m'époussette. Repensant à ce qu'elle a dit, je jette un coup d'œil en coin à Leon. Je le trouve mignon, lui aussi. Très mignon.

— On se voit bientôt ?

Son regard croise le mien et mon souffle se coupe un instant. Ça me rappelle Jeremy, ça me rappelle Deb. Des histoires d'amour. D'évidence.

Étoiles filantes

Saison 2, épisode 6

INTERVIEW EXCLUSIVE : Notre équipe rencontre Calvin Lewis Senior, le dernier astronaute choisi pour les missions Orpheus. Alors qu'il démarre une nouvelle vie à Clear Lake, au Texas, et qu'il a à peine posé ses valises, il rejoint l'astronaute Grace Tucker pour parler avec nous du programme spatial, de ses chances d'aller sur Mars et de l'annonce qui nous a tous pris par surprise. (Épisode diffusé le 10 juin 2020.)

— Bienvenue pour une nouvelle interview excitante, quoique précipitée, dans *Étoiles filantes*. Je suis Josh Farrow et j'ai le bonheur de vous proposer un entretien exclusif avec le dernier astronaute choisi pour les missions Orpheus. Il s'appelle Calvin Lewis, et avec lui nous avons sa collègue Grace Tucker. Bienvenue à Clear Lake, Calvin.

— Hum, euh… merci ! J'espère que les cartons ne dérangent pas. On est arrivés il y a quelques heures seulement.

— Je vous assure que ça ne dérangera absolument pas nos téléspectateurs. Ce qui les intéresse, c'est Calvin Lewis. Ou plutôt Calvin Lewis Senior, devrais-je préciser, parce que beaucoup de nos téléspectateurs ont déjà entendu parler de Cal Junior. Je dois dire que l'annonce surprise de votre arrivée nous a pris de court aujourd'hui.

— Je crois que nous avons tous été pris au dépourvu. On est vraiment désolés si…

— Nous sommes très heureux que Calvin nous rejoigne à la Nasa. Je sais à quel point ça a été dur pour ma famille de s'adapter, Kat et Leon ont changé d'école, Tony a dû retrouver un emploi ici. Et on veut tous s'assurer que la transition se fasse le plus facilement possible, pas vrai, Josh ?

— Bien sûr, Grace ! Mais je vais être honnête avec vous : d'habitude, je prépare beaucoup plus mes interviews. Là, c'est à peine si j'ai eu le temps de jeter un œil au dossier de presse. Calvin, pourriez-vous nous parler un peu de votre expérience ? Je vois que vous travailliez récemment comme pilote de ligne pour Delta, exact ?

— C'est cela, oui, je pilote des avions pour Delta depuis une dizaine d'années, mais j'ai commencé dans l'armée de l'air comme pilote de chasse, c'est là que j'ai rencontré mon épouse, Becca. Elle travaillait dans la cybersécurité, nos boulots n'avaient rien à voir. Mais nos chemins se sont croisés, et voilà…

— Fascinant. Vous savez ce que j'aime le plus dans les interviews ? C'est creuser et découvrir toutes les facettes des gens que le monde ne verrait pas. Et j'espère que nous en découvrirons quelques-unes, mais d'abord, j'ai une question. D'après vous, qu'est-ce qui vous singularise ici ? Qu'apportez-vous que personne d'autre n'apporte ?

—Oh ! C'est une grande question. J'ai l'impression de revenir aux entretiens d'embauche, sauf que j'ai des lumières braquées sur moi en plus. Ah ah.

—Josh ? Si ça ne vous dérange pas, j'aimerais dire quelque chose.

—Bien entendu, Grace. Allez-y.

—Nous discutions de notre expérience avant l'interview, et je peux vous dire une chose : il est vraiment passionné par la Nasa, il sait déjà énormément de choses, et j'ai hâte de le voir avec nous pendant les simulations de vol. Chez Delta, il a formé plus de pilotes que personne d'autre dans toute la société. Parfois, on sait dès qu'on rencontre quelqu'un qu'il ira plus loin que ce qu'on attend de lui. J'ai rarement vu quelqu'un d'aussi déterminé, au moins depuis Mark Bannon ! Mais il y a quelque chose de personnel en plus. Calvin, vous devriez leur raconter comment vous avez su que vous vouliez devenir astronaute.

—Oh, avec plaisir. C'est une histoire très simple, dans le fond. Je devais avoir dix ans, je regardais un documentaire sur Apollo 11. Tout le monde connaît Neil Armstrong, et nous savons tous que ces astronautes se sont couverts de gloire. Mais dans ce documentaire, ils expliquaient que la RAM, la mémoire vive, de l'ordinateur de bord, était équivalente à celle de la montre que j'avais au poignet, une montre digitale – et c'était dans années 1990, bien avant les montres connectées. J'ai regardé mon poignet, tout ce que faisait ma montre, c'était clignoter et biper. Et j'ai été saisi par la portée de ce que cela signifiait… L'intelligence humaine et la détermination, avec un zeste de bravoure et d'obstination, nous avaient conduits sur la Lune. Je ne vois rien de plus inspirant. Rien ne me donne plus confiance en l'humanité que cela. Alors, oui, j'apporte toute une vie d'expérience et d'enthousiasme, mais aussi un profond respect pour l'histoire de la Nasa et l'extraordinaire ténacité des hommes et des femmes qui font ce qu'elle est aujourd'hui.

7

Papa coupe le son de la télévision.

— Comme tu vois, tu as raté une grande interview.

C'est du sarcasme. Je ne l'ai pas volé. Nous regardons en entier l'émission, qui commence par une présentation étonnamment fouillée de tous les derniers astronautes arrivés à la Nasa. L'ultime astronaute, mon père, est à peine mentionné.

— Ils n'ont pas beaucoup parlé de toi, mais c'est sans doute parce qu'ils savaient qu'il y a cette interview avec Grace, tempère maman.

Il rit jaune.

— J'apprécie ton enthousiasme, mais il est évident que ce Josh me déteste. Il m'a dit quoi, peut-être trois mots en tout et pour tout ?

— Non, beaucoup plus, Calvin. (Elle se masse les tempes.) Cal, il est arrivé juste après que tu es parti avec les enfants des Tucker. Il était énervé, ça se voyait, mais il s'est adouci dès que ton père a raconté son histoire. Je suis sûre que le charme de ton père a opéré.

Maman joue avec l'oreille de papa.

— Euh, comme je vous ai dit, je suis désolé. J'étais crevé, et de mauvaise humeur. Je n'ai pas pensé aux conséquences. Et vous savez quoi ? Qu'il aille se faire foutre, ce Josh Farrow. Il a essayé de te faire passer pour un débile devant les caméras. Et tu lui as bien cloué le bec avec ta réponse.

— Heureusement que Grace était là pour me tendre la perche, dit papa. Elle a vraiment été très gentille avec nous, tu ne trouves pas ?

Maman soupire.

— Je ne sais pas comment elle fait. Dès que tu es parti, elle nous a fait un *media training* express. Elle nous a appris énormément de choses en très peu de temps. Heureusement qu'ils n'ont pas voulu me voir, cela dit. J'étais dans un sale état.

— Ça finira par arriver, dis-je aussi doucement que possible, mais cela ne m'empêche pas de les détromper. Ils seront partout où nous irons à l'avenir. Tous les événements publics. La moindre fête. Il était vraiment très énervé, Josh Farrow ?

— Ah ça, oui, répond papa. Il était temps que quelqu'un lui fasse remballer son air satisfait.

Cela rompt temporairement la tension qui règne dans la pièce, mais nous ne sommes pas sortis de l'auberge. Ce n'est que le premier jour, et j'ai déjà mis en rogne la mauvaise personne. Au moins, pour une fois, la famille est soudée. Sans doute parce que nous sommes tous dans le même bain. Et que nous n'avons aucune distraction. Mes amis sont à des milliers de kilomètres et je n'ai même pas commencé à ranger mes affaires, alors je ne peux pas me réfugier dans mes cassettes.

En allant dans ma chambre, je me sens bizarrement libéré. La tension dans mon dos a disparu, je respire mieux. Je me glisse sous les draps et serre ma couverture sur moi. La lourdeur de la journée finit par me rattraper tandis que je branche mon téléphone pour le recharger.

Et au moment où je vais le poser, je vois qu'un e-mail est arrivé dans ma boîte « professionnelle », celle que je donne en public pour que mes abonnés et mes *haters* n'encombrent pas ma boîte personnelle. Un coup d'œil à l'objet, et mon angoisse remonte en flèche. Tout mon corps s'arc-boute tandis que mon système nerveux se met en alerte.

StarWatch Media LLC : Mise en demeure à l'attention de Calvin Lewis Junior.

—Merde, dis-je dans la pièce vide.

***

—Je suis poursuivi ! dis-je à Deb environ deux millisecondes après qu'elle a décroché. StarWatch lance ses avocats à mes trousses !

—Il est sept heures et demie du mat. (Elle a l'air encore endormie.) C'est quoi ton problème ? J'ai fait la fermeture hier soir.

—Oh, tu as fermé Paper Source hier soir ? À quelle heure ? Huit heures et demie ?

—Neuf heures, mais je suis quand même fatiguée…

Suit un silence. Ce n'est pas parce que j'ai passé la moitié de la nuit debout à lire et à relire l'e-mail qu'il est approprié d'appeler à cette heure, j'en ai conscience. Mais je suis *poursuivi*, bordel !

—Explique, s'il te plaît.

Deb a encore l'air irritée, mais elle a décidé de me supporter, et je l'aime aussi pour ça.

— J'ai reçu un e-mail des avocats de StarWatch hier soir. Je t'épargne le jargon juridique, mais ça veut dire que si je refais une vidéo, ils me traîneront devant les tribunaux. Leur avocat a un papier à en-tête et tout !

Elle soupire.

— Donc, tu n'es pas encore poursuivi.

— Euh, non, pas encore, mais…

— Tu n'es pas poursuivi. Tu es menacé. Calme-toi un peu et parles-en à tes parents. Peut-être qu'ils ne te poursuivraient pas même si tu faisais encore des vidéos. Ça ne leur ferait pas une super pub, non ? Une grosse boîte des médias attaquant un ado faisant des vidéos sur FlashFame…

Je réfléchis un instant. Ce n'est pas faux, mais comment prendre un tel risque ? D'autant que la mise en demeure est tellement large qu'elle parle de n'importe quelle vidéo, quelle qu'en soit la nature ou le lieu de tournage. Je viens de voir ma carrière se volatiliser en un clin d'œil.

— Je ne peux pas prendre le risque de streamer. Je savais qu'ils seraient énervés, mais je ne pensais pas qu'ils iraient jusque-là. Je suis hyper nerveux maintenant, je n'arrive pas à dormir et je ne sais pas quoi faire.

— Va courir.

On rit tous les deux.

— Non, sérieusement, dis-je, amusé par la perspective d'une activité physique, encore plus avec la chaleur qu'il fait ici.

— Je ne sais pas. Mais ne panique pas. Tu es sur leur radar, OK, et ils veulent te faire peur. Oh, et… Calvin ?

— Oui ?

— Ne m'appelle plus jamais à cette heure. Plus jamais.

Je soupire.

— Compris.

Après avoir raccroché, je regarde la carte sur mon téléphone. Il n'y a pas grand-chose dans le coin, et je n'ai pas très envie d'explorer la ville avec notre vieille bagnole aujourd'hui. Il ne me reste qu'une option : le Starbucks à un kilomètre. J'enfile un débardeur, un short, des baskets et des lunettes de soleil. C'est un look mi-sport mi-détente, et ça ira bien. Dehors, l'air est rafraîchissant pour l'instant. L'humidité semble avoir disparu, il y a encore de la rosée sur l'herbe, et je me sens tout de suite mieux.

En marchant, je sens que j'adopte par réflexe mon rythme de croisière de la ville, le pas rapide, mais ici… il n'y a nulle part où aller, j'ai tout le temps du monde devant moi, et le mieux, c'est qu'il n'y a pas de touristes à dégager du trottoir pour avancer. Gagnant-gagnant.

Alors je ralentis en me repassant mentalement l'e-mail reçu. L'en-tête était classe, mais était-il là uniquement pour faire peur ? Et le verbiage qu'ils ont utilisé pour expliquer quelle règle j'avais enfreinte ne s'applique même pas à moi. La seule chose que j'aie signée, c'est le formulaire stipulant que StarWatch peut diffuser n'importe quelle photo ou vidéo où j'apparais – c'était obligatoire.

— Salut, l'ami ! me crie quelqu'un de l'autre côté de la rue. Bienvenue dans le quartier !

C'est Stephanie Jonasson, une autre candidate pour la mission Orpheus V. Je ne me souviens pas de ce qu'elle fait, mais je sais que ça n'a rien à voir avec la navigation, donc elle n'est pas en concurrence avec Grace ou papa.

—Eh, salut. Stephanie, c'est ça ?

—Oui. Et voici Tag, dit-elle en désignant le loulou de Poméranie qui me marche sur les talons. Dis bonjour à Cal, Tag.

Je me penche pour donner une caresse au chien minuscule.

—Ah mais oui, j'ai déjà vu Tag. Il n'y a pas eu un documentaire sur la chaîne Animal Planet ?

—Oh, écoute ça, Tag, tu as un fan !

C'est bizarre quand les gens parlent à leur chien comme s'ils étaient des humains, mais je ne dis rien. Le documentaire me revient en tête – c'était une minisérie sur les chiens célèbres, et un temps disproportionné était consacré à Tag, le loulou de Poméranie.

—Je peux vous poser une question. StarWatch n'a pas vu d'inconvénient à ce documentaire ? Je crois qu'Animal Planet a filmé chez vous, non ?

Elle rit.

—Ils voient des inconvénients à tout. Mais oui, je n'ai pas eu le droit d'apparaître dans le documentaire. Ils ont une politique très stricte avec les astronautes.

—Seulement avec les astronautes ? Je croyais que les familles aussi étaient restreintes.

—Ah, oui, ils jouent le rapport de force, mais ma femme, Heather, est avocate. Elle s'est bagarrée jusqu'à ce qu'ils finissent par lâcher, c'est pour ça qu'elle a eu le droit d'être dans le documentaire avec notre chien. (Elle marque une pause, et une lueur de compréhension éclaire ses yeux.) Oh, laisse-moi deviner, ils ne sont pas très contents de ta petite vidéo ? J'ai regardé *Étoiles filantes* et j'ai cru rêver en voyant ce salopard tenter d'humilier ton père. Mais j'étais en larmes à la fin, j'ai vraiment hâte de rencontrer ton père, ça a l'air d'être quelqu'un de bien.

—Il l'est.

Je souris, et mon sourire flotte le temps de me pencher pour donner quelques caresses à Tag.

—StarWatch est… disons… un mal nécessaire. Ils nous mettent en valeur et ils braquent les projecteurs sur le programme. C'est plus facile de faire financer nos projets par le gouvernement quand une partie du pays se passionne pour eux. (Elle rit.) Bon, évidemment, je préférerais qu'ils s'y intéressent pour de bonnes raisons, mais je ne vais pas me plaindre. Ne t'inquiète pas trop au sujet de StarWatch. Ils aboient fort mais ils ne mordent pas.

Nous nous séparons, et je reste un peu terrifié, mais elle m'a redonné de l'énergie. L'envie de me battre. Comme la veille quand j'étais adossé au placard. Un sentiment de rébellion. Si ça a marché pour Heather Jonasson, pas de raison que ça ne marche pas moi. Enfin, j'espère.

Sur cet élan positif, je sors mon téléphone et ouvre l'application FlashFame. OK, il n'y aura personne à cette heure, mais il faut que je documente ça pour que les gens le regardent plus tard. Les yeux braqués sur la caméra à l'avant, un sourire confiant s'accroche à mes lèvres.

—Bonjour ! Si vous n'êtes pas déjà abonné à la Cal Letter, il est encore temps de le faire, car ce soir je vais poster le texte intégral de la mise en demeure que m'a envoyée StarWatch. Oui, vous avez bien entendu.

StarWatch menace de me traîner devant les tribunaux, mais malheureusement pour eux, je n'ai pas signé d'accord de confidentialité. (Je secoue la tête.) Cette mission a déjà assez bousillé ma vie comme ça, je ne vais pas laisser un connard avec un papier à en-tête m'empêcher de partager la vérité avec vous. Surveillez vos notifications, j'en dirai plus bientôt, et si vous aimez qu'on dise du mal de moi, allumez votre télévision…

8

J'ai beau avoir une petite notoriété, je ne suis pas habitué à me voir aux infos quand je fais des choses aussi innocentes qu'aller chercher un café au Starbucks ou faire des courses. Dans un supermarché !

Il ne s'est passé que quelques jours, mais je vis avec une cible dans le dos depuis que j'ai dénoncé l'attitude de StarWatch. Mes virées quotidiennes au Starbucks sont diffusées sur toutes les chaînes de Houston aux infos de vingt-trois heures, et jusqu'à *Teen Vogue*, et tous les sites ont leurs articles sur le « drame » que ma rébellion a provoqué à Clear Lake.

Mais le seul drame, c'est que sur toutes leurs photos, j'ai les cheveux en bataille. Je n'ai pas l'air au top. Je ne voudrais pas avoir l'air vaniteux mais j'ai un nom à faire fructifier.

Cela dit, ce n'est pas mieux aujourd'hui. Des gants jaune vif, un jean plein de terre et le visage dégoulinant de sueur. La pelle dans ma main couine chaque fois que je l'enfonce dans la terre, et je ne peux pas dire que je lui en veuille.

Ce n'est pas comme ça que j'imaginais mon mercredi.

Kat s'approche de la partie du jardin partagé dont je m'occupe, et vu comme elle me regarde, j'ai l'impression qu'elle admire le travail.

— C'est le coin à poivrons ? (Elle s'agenouille pour se mettre à mon niveau, puis recule la tête d'un air effaré.) Ça va ? Tu as l'air mal ?

J'essuie la transpiration sur mon front d'un avant-bras tout aussi trempé.

— Je n'aime pas spécialement jardiner.

— Je vois ça. (Elle réprime à peine son rire.) Si ça peut te consoler, Mme Bannon a demandé à Leon d'aller vérifier si les melons ne sont pas attaqués par des champignons.

Je plante des graines de poivrons – une petite poignée insignifiante – avant de tenter de me débarrasser d'une partie de la terre en tapant dans mes mains. Ça ne marche pas.

— Leon est ici ?

J'ai posé la question d'une voix aussi nonchalante que possible. L'effet est raté, je crois.

— Je voulais le remercier, enfin, vous remercier tous les deux, pour m'avoir évité une confrontation avec les journalistes la semaine dernière.

— Pas la peine. Et ne t'inquiète pas, je vais te montrer où il est.

Kat tasse la terre autour des dernières graines que j'ai plantées, puis elle regarde les feuilles minuscules alignées, hésite et s'empare finalement de la pelle.

— Une fois qu'on aura arrangé ça. Désolé, ces plantes sont trop proches. Enfin, d'après ce que Mme Bannon m'a dit quand elle m'a demandé de venir voir comment tu t'en sortais.

— Impossible. J'ai suivi ses instructions.

Kat me regarde, et je baisse la garde.

— OK, pas sûr que j'aie tout écouté en détail…

— Pas grave, je vais en déterrer une de temps à autre et les replanter au bout.

Comme elle me regarde de l'air de demander si je suis d'accord, je hausse les épaules.

— Désolée, je suis un cours en ligne de codage informatique et j'ai l'impression que ça déborde dans la vie. Comme si je débuggais tes erreurs de jardinage, tu vois.

Je ris et plonge mes mains dans la terre pour aider Kat à réparer mes erreurs.

— Je ne savais pas que tu codais, dis-je. Remarque, je ne vois pas comment je l'aurais su. Ma mère est développeuse. Si tu as besoin d'elle, je suis sûr qu'elle serait ravie de t'aider.

— Oh, je lui en parlerai. Papa et maman ne sont pas capables de m'aider avec ça. Je voulais commencer doucement, mais j'ai plein de projets. Je note les idées quand elles viennent, et maintenant je vais devoir attendre d'être assez bonne pour les coder.

La fournaise est écrasante, mais quelques nuages calment la morsure du soleil. Entre ça et la conversation de quelqu'un qui ne m'aboie pas des ordres, je me sens un peu moins grognon.

Un peu.

— Tu fais ça souvent ? (Je montre les plants de poivron.) Papa ne m'avait pas prévenu qu'il fallait participer au jardin partagé quand on faisait partie de la famille d'un astronaute.

— Ça, ce n'est pas écrit pas quand tu signes, dit-elle en riant. Mais je trouve ça super. Vraiment. Les panais que j'ai plantés il y a quelque temps seront bientôt prêts à être récoltés et ça me… (Elle hésite…) Merde, c'est même pas bon, les panais. T'as raison, ça craint.

— Je vais faire une pause, dis-je. Si on me demande, dis que je suis parti vérifier le bon espacement entre les plants ou invente autre chose. Il me faut juste dix minutes pour respirer.

Je ne sais pas si elle a compris que j'espère aussi tomber sur Leon en quête de champignon – ce qui n'a pas l'air très miam, mais je suis sûr qu'avec lui, même cette activité aurait l'air agréable –, mais elle n'en dit rien.

Le parc est grand pour Clear Lake, au moins deux terrains de football de long. Apparemment, ils en louent des petits arpents pour l'usage personnel, et les récoltes communes vont à une banque alimentaire.

J'arrive sur un rang de vignes et mon regard tombe sur quelqu'un qui en inspecte de près chaque pied. Leon. Mon cœur accélère un peu, comme si je n'étais pas déjà au courant de mes sentiments.

Quand j'arrive près de lui, j'ordonne à ma bouche de parler mais rien ne sort. Je reste planté là, un sourire sur le visage, comme un cinglé ou un pervers. Il tourne la tête vers moi, couvert de poussière et échevelé, et je doute que je récupérerai la parole un jour.

Mais par bonheur, je finis par retrouver ma langue.

— Comment vont les champignons ?

Ce n'est pas une entrée en matière très convaincante, mais ça vaut mieux que rien.

— Je n'ai rien trouvé, répond-il, mais Mara m'a demandé de revérifier. Elle pense que le coup de froid de la semaine dernière a pu avoir un effet.

Je me retiens de rire.

— Un coup de froid ? C'est descendu à combien ? Vingt degrés ?

— À peine moins de vingt-cinq, je crois.

Leon se lève et, un instant, nous échangeons un sourire. Je me sens paisible en sa compagnie, même quand nous ne nous disons pas grand-chose. Ses expressions de visage pleines de nuances, mon pouls qui s'accélère, tout ça me procure un bien-être qui traverse tout mon corps.

Mais la frontière entre un silence agréable et un silence pesant est fine, surtout quand il y a de l'amour dans l'air, et notre mutisme finit par devenir bizarre.

— Tu as bonne mine.

— Ah ? Comment c'est possible ?

— Je ne sais pas. Peut-être que la terre te va bien ? Ou alors j'ai un faible pour les jardiniers. (Je me tais, puis ajoute :) Désolé, je suis nul à ça…

— Non, ça va.

Avec un petit sourire, il me montre un coin à l'ombre d'un arbre, et nous allons nous asseoir dans l'herbe. Il sort une bouteille d'eau, me la tend, et je bois une gorgée d'eau fraîche. Mais elle ne me rafraîchit pas, et elle ne me calme pas.

— On n'a pas vraiment eu l'occasion de parler plus tôt, dit-il. C'est assez bizarre de rencontrer quelqu'un qu'on connaît vaguement par Internet. Ma sœur sait sans doute tout ce qu'il y a à savoir sur toi.

— Oui, enfin, elle ne connaît qu'une partie de moi. Je donne quelques infos personnelles mais je fais surtout du reportage. De toute façon, le gars à l'écran est juste… une version de moi. La version que je veux que les gens voient. Une marque, si tu veux.

Lui, je veux qu'il voie tout de moi.

— Ça doit être dur.

— C'est dur d'être tout le temps bon. Je ressens toujours la pression d'avoir un commentaire pertinent sur un sujet, ou de savoir tout ce qui se passe en ville. C'est beaucoup de boulot, et comme c'est juste sur les réseaux sociaux, les gens ne se rendent pas vraiment compte.

Alors qu'il veut répondre, je suis distrait par une vibration dans ma poche. Je sors le téléphone.

— Merde.

— Qu'y a-t-il ? demande Leon. Tout va bien ?

— Je... J'avais obtenu un stage chez Buzzfeed, pour couvrir des événements à New York et faire grimper leur contenu vidéo. Ça aurait été ma première vraie chance avec une boîte sérieuse. L'occasion de faire de ce que je veux vraiment faire.

— Et ?

— Eh bien, disons que déménager au Texas n'était pas vraiment mon plan A. Mon amie Deb m'a convaincu de leur envoyer un e-mail pour proposer un stage à distance ou une autre forme de collaboration. J'étais désespéré, alors je l'ai fait, et... maintenant j'ai peur de connaître leur réponse.

Il se rapproche de moi et son bras touche le mien, m'envoyant des décharges électriques. Comme il se penche près de moi, je sens son parfum de terre et d'épice. Déodorant ou eau de Cologne, je ne sais pas, mais ce que je sais, c'est que mon cœur doit se forcer à continuer à pomper mon sang dans mes artères.

— Vas-y, lis-le. Qu'est-ce qu'ils disent ? demande-t-il avec excitation.

Je serre mon téléphone, l'écran tourné vers le sol. Je ne suis pas prêt. Pas ici, pas maintenant. Mais avec Leon à côté de moi, je trouve le courage de retourner le téléphone et de lire l'e-mail.

Eh Cal, j'en ai parlé à mon boss et on a très envie de travailler avec toi à l'avenir, mais malheureusement...

Je ne lis pas plus loin. Je me lève, je n'ai qu'une envie, partir de là. Mais où aller ? Les caméras sont à chaque sortie, les astronautes et leurs familles occupent le jardin... Je n'aurai pas droit à la solitude pour l'instant.

— Je suis désolé, Cal.

Leon m'attire contre lui et passe un bras autour de mes épaules, assez longtemps pour que son parfum emplisse mes narines mais pas assez pour me laisser le temps de reprendre mes esprits et de le serrer lui aussi contre moi.

— Ça va. Ça va, dis-je, même si ça ne va pas. Je savais que ça risquait d'arriver, mais je ne pensais pas que ça me ferait cet effet.

— Tu trouveras autre chose.

— Oui, mais c'est ce que je voulais. C'était mon plan, ma porte d'entrée dans le métier.

Sa main descend le long de mon bras, doucement, et je sens son soutien.

— Alors trouve un autre plan.

Je ris, parce que c'est mille fois plus facile à dire qu'à faire. Mais au bout de quelques secondes, je me mets à y croire. Il doit y avoir un autre moyen, il faut juste que je trouve. C'est un petit revers. J'inspire en essayant de m'armer de courage.

— Je suis encore bien énervé, dis-je.

Je relâche ma respiration, et ma confiance s'enfuit en même temps que mon souffle.

Il pose une main dans mon dos et me ramène vers le jardin. Ça fait un moment qu'on est partis, et ils vont finir par le remarquer si on ne revient pas rapidement. En plus, on dirait qu'ils sont en train de monter une scène pour une conférence de presse improvisée.

Leon se racle la gorge, retire sa main de mon dos.

— Je peux te demander un truc ?

— Qu'est-ce que tu veux savoir ? Je te répondrai, si je peux.

Il rit et fronce les sourcils, comme s'il hésitait.

— Alors… c'est pour ça que tu fais tout ça ? La célébrité ?

— Non, je veux être journaliste. (Il garde les yeux sur moi, alors je continue.) Mais ce n'est pas vraiment ça. Au fond, je suis journaliste maintenant, même si ça peut paraître amateur. Je veux me faire un nom. Je veux que les médias grand public sachent que ce type de reportage a son importance, que ça fait une différence.

— Ça ressemble à de bonnes raisons.

— J'aime bien raconter des histoires. J'aime bousculer les idées des gens, lancer des conversations. Et, je ne sais pas… j'aime que les gens écoutent.

— Eh ben… ça doit être bien de savoir ce qu'on veut faire. (Il se gratte l'épaule d'un air mal à l'aise.) C'est comme si tu avais un pouvoir. Les gens t'écoutent.

Il ne veut plus croiser mon regard, et je crois revoir le garçon du magazine avec son regard distant et son expression renfrognée. Je me demande ce que j'ai dit ou fait pour faire ressortir cette version de lui. Je voudrais qu'il aille mieux mais je ne sais pas de quoi il a besoin.

Alors que je tends le bras vers lui, un effet Larsen déchire l'air depuis la scène bancale dressée au milieu du parc. Nous nous tournons de ce côté. Mais une tension irrésolue continue de me titiller.

Le moment est passé.

Après avoir vérifié que le son fonctionne, puis laissé les journalistes faire quelques photos, l'astronaute géant Mark Bannon approche de la scène. Sur le podium, cinq ou six micros entremêlent leurs fils. Je suppose qu'un seul va jusqu'à l'ampli, les autres devant être reliés aux chaînes d'info locales ou à StarWatch.

— Puisqu'on parle d'e-mail, tu as des nouvelles des avocats de StarWatch ? demande Leon. J'ai, euh... j'ai remarqué que tu n'as pas arrêté tes vidéos.

Je souris d'un air de défi tandis que nous nous asseyons jambes croisées dans l'herbe.

— Pas encore.

— Ça te rend pas nerveux ?

La main de Leon se dirige vers mon coude, mais il la retire. Malgré la chaleur, mes poils se dressent sur mon bras après cette sensation fantôme.

— Moi, j'aurais peur. StarWatch a plus de pouvoir sur nous que même les plus gros médias comme CNN ou le *New York Times*.

— Du pouvoir ?

Je pose la question d'une voix faible, sans plus la moindre trace de bravade ou de panache.

La voix amplifiée de Mark Bannon interrompt notre conversation.

— Les amis, merci d'être là. Et un merci tout particulier à Mara Bannon, ma femme adorée, qui a eu la patience et l'énergie de coordonner ces journées de bénévolat.

On entend des rires, puis des applaudissements.

Mark s'éclaircit la voix.

— C'est une grande semaine pour la Nasa. Après cinq années de recherche, l'équipe des astronautes du projet Orpheus est enfin complète. Certes, nous ne savons pas qui seront les six astronautes à embarquer sur Orpheus V… (il fait un clin d'œil à la caméra sur sa droite)… une info que nos amis de StarWatch aimeraient bien connaître eux aussi. Mais nous savons ceci : dans douze mois, six d'entre nous partiront dans l'espace, et ils ne reviendront pas sans avoir touché le sol de Mars.

Leon se penche vers moi et me donne un petit coup de coude. :

— Prépare-toi, Bannon est du genre idéaliste, tu vas voir.

— Puisque nous ne sommes plus qu'à, oh… trente et un millions de secondes du décollage, demandons-nous pourquoi nous sommes ici. Pourquoi nous faisons tout cela. Et pourquoi *vous*… (il insiste sur le *vous*, comme s'il s'adressait directement à chaque Américain et à chaque être humain en même temps)… vous avez raison de vous y intéresser.

Il marque une pause pour faire bonne mesure, et je crois entendre Leon ricaner tout bas.

— Le progrès. C'est encore un grand pas pour l'humanité, oui, mais il y a plus : nous allons développer l'énergie solaire, les technologies médicales, les recherches sur le climat. Envoyer des humains sur Mars pour y installer une base, c'est la première étape qui nous permettra de découvrir bien des secrets. Lorsque nous poserons le pied sur Mars, je vous promets que vous vous rappellerez où vous étiez jusqu'à votre dernier souffle.

Des applaudissements fusent tandis qu'il descend de la scène, accueilli ou plutôt attrapé au vol par Mara qui l'agrippe contre elle. Je me tourne vers Leon, et je le découvre plus expressif que je ne l'ai jamais vu. Il lève les yeux en l'air, l'air incrédule.

Kat nous rejoint et s'assied à côté de moi.

— Il sait vraiment électriser la foule.

— C'est n'importe quoi, répond Leon.

Je ne dis rien. En vérité, j'ai ressenti la passion de Mark à travers son discours. Mon cœur s'est mis à battre plus fort, j'ai compris son enthousiasme. J'aime bien sa manière de transmettre son énergie.

Au pied du podium, Mark et Mara parlent à des chaînes locales, qui en redemandent. En voyant les époux Bannon main dans la main, j'aurais envie de rejoindre la meute médiatique pour les interviewer moi aussi.

— Je ne sais pas, dis-je. J'ai l'impression que Mark croit vraiment à ce qu'il dit.

Ils gardent le silence, sans doute parce qu'ils sont passés à autre chose pendant que je ruminais. Une fois les Bannon lassés de parler, les caméras se dispersent pour capter des images des familles.

Un photographe s'écarte et va prendre de gentilles photos de papa et maman dans l'un des jardins. Leon m'attrape par l'épaule, fort, et me fait sursauter. Mais je comprends en voyant soudain une productrice et un caméraman de StarWatch se précipiter vers nous.

On se lève et on s'époussette tandis que la productrice demande à son caméraman de s'abstenir de filmer durant quelques instants.

— C'est toi qui es sur les réseaux sociaux, non ?

— Euh… oui.

Elle n'a pas l'air intéressée du tout et je serais incapable de dire si elle est heureuse, triste ou même capable de sentiments humains.

— Je suis Kiara. Je viens de Brooklyn, moi aussi.

Elle ne me demande pas mon nom, mais j'imagine qu'elle le connaît. Ou alors elle s'en fout. Malgré son attitude, il y a quelque chose chez elle qui me plaît. Elle est mignonne et… familière. Je veux dire par là qu'elle est mignonne comme une nana de Brooklyn, ce qui semble logique.

Elle porte des bottines à talons, un jean noir moulant et une blouse presque transparente sous un haut à motif écossais. Ses cheveux bruns dégringolent sur ses épaules et ses yeux sont cachés derrière des lunettes de soleil à effet miroir. Je ne sais pas comment elle fait, mais elle a un look et ne ruisselle pas de sueur.

Et je vois que son attitude n'est pas dirigée contre moi, ni contre personne d'ailleurs. Elle en a juste marre. Ce qui est assez réconfortant, je trouve. Ça me change des Texans et de leur enthousiasme perpétuel.

— Ces événements sont vraiment horribles, dit-elle.

— C'est mon premier, réponds-je en haussant les épaules. Mais j'espère bien être malade pour le prochain.

Leon rit doucement. Elle aussi, et son rire renforce l'affinité que je ressens avec elle.

Kat se rapproche de nous au moment où la caméra se met en route. Nous posons tous les trois maladroitement. Après une courte inspiration, la personnalité de Kiara change du tout au tout. Elle est pêchue. Elle sourit, engageante, tout ça la passionne.

— Je suis ici avec trois adolescents des familles d'astronautes, qui sont aussi trois amis : Cal Lewis Junior, Leon et Katherine Tucker. Alors, qu'avez-vous pensé de ce discours ? demande Kiara. Extraordinaire, non ?

On hésite. Ses yeux se rétrécissent, et je vois la vraie Kiara transparaître.

— Oh oui, dis-je vivement. Écouter Mark, c'est toujours inspirant.

— C'est *tellement* vrai, répond-elle. Y a-t-il des aspirants astronautes parmi vous ?

Elle sourit et penche la tête comme si nous étions de petits chiots, ce qui est très condescendant. Je dois physiquement me retenir de ne pas montrer mon dégoût à la caméra.

Mais même moi, je n'arrive pas à trouver de réponse. Je sais que ces interviews sont bidonnées. Ils coupent comme ils veulent afin de coller à ce qu'ils ont envie de raconter. Je l'ai tellement vu, mais voir StarWatch me le faire en direct ? J'avoue que ça pique un peu.

Heureusement, Kat nous sort de l'impasse. Elle se lance dans une réponse qui semble toute prête, comme quoi elle se voit bien devenir développeuse à la Nasa, mais qu'elle ne montera *jamais* dans une navette.

Elle sourit. Elle glousse. La caméra se repaît.

— Et, Leon, on imagine que tu ne suivras pas non plus l'exemple de ta mère. Mais tout le monde se demande quand nous en saurons plus sur ta carrière de gymnaste. Tu crois que tu pourras faire de l'ombre à ta mère en intégrant l'équipe américaine olympique de gymnastique ?

— Je, euh… je pense que c'est un peu exagéré.

La posture de Leon a changé. Je le sens vide de tout enthousiasme, épuisé.

— Ah, je vois qu'on fait preuve de prudence ! Il reste beaucoup de chemin, mais nous sommes tellement contents d'avoir toute une famille de héros américains. Et toi…

La caméra se tourne vers moi. J'hésite.

Kat est à fond dedans. Leon freine autant qu'il peut.

Moi, je suis entre les deux.

9

En quelques heures, j'ai écouté quatre cassettes, changé trois fois de tenue et ignoré deux disputes (papa a déballé les cartons de la cuisine, donc maman ne retrouve plus rien), tout ça pour me préparer pour la réception. C'est dire l'importance de cette soirée, notre fête de bienvenue.

Sauf que je n'arrive pas à décider quoi mettre à cause de Leon, qui m'a envoyé un message :

Content de te voir ce soir ☺.

Et depuis, mon corps se liquéfie, je n'arrive même plus à boutonner correctement une chemise à cause de mes tremblements.

Je fais le tour des affaires dans mon placard en sachant que je ne trouverai rien qui soit susceptible de l'impressionner.

Je sors mon téléphone sans réfléchir et appelle Deb. Si quelqu'un peut me calmer, c'est elle.

— Salut l'Astrokid, comment ça va ? lance-t-elle en décrochant.

Je tousse, hésite à lui raccrocher au nez pour cet affront, mais je finis par dire :

— Boucle-la, j'ai besoin de ton aide. Attends, ça va peut-être. Ou alors j'en fais trop.

— Tu veux que je reste en ligne ou bien… ?

— Oui, s'il te plaît.

La tenue sur laquelle je me suis fixé est simple. Enfin, elle n'est pas si simple mais elle ne donne pas l'impression que j'ai fait des efforts. Un jean noir, des bottines usées. Une veste en jean bleu délavé et une chemise à carreaux gris et bruns par-dessus un tee-shirt noir. Chaque fois que je me regarde dans le miroir, je sens le doute m'envahir comme rarement. C'est bien ? Ou ça fait trop Brooklyn ? J'ai déjà fait le deuil du chapeau John Mayer et de l'écharpe, il est évident que Clear Lake n'est pas prêt pour ça.

— OK, d'accord, je laisse ce que j'étais en train de faire.

— Qu'est-ce que tu pouvais bien être en train de faire d'intéressant ?

Le silence au bout de la ligne est palpable, et je finis par me rendre compte que je suis malpoli avec elle. J'ai toujours considéré que le temps de Deb m'appartenait, que je n'avais pas besoin de la prévenir à l'avance de quoi que ce soit parce qu'elle était toujours libre (et c'est réciproque).

— OK, pardon, mais je suis flippé. On a notre première fête ce soir. Genre, avec tous les astronautes. Il y aura StarWatch.

— Tu as des nouvelles de la mise en demeure ?

— Pas du tout. Mais ça va venir. Mes vidéos font pas mal de vues en ce moment.

— Ouais, je t'ai déjà vu deux fois aux infos depuis votre déménagement. Une semaine bien remplie !

— C'est clair. Mais je suis surtout flippé parce que Leon Tucker a dit que j'étais mignon, et moi aussi je le trouve mignon, et ce n'est pas comme si je pouvais aller voir mes parents et leur en parler vu que, comme tu l'entends peut-être, ils sont toujours en train de se crier dessus.

— Si tu veux juste que je te dise que tout va bien se passer, on pouvait le faire par texto.

Il y a de l'amertume dans sa voix, et ça me rappelle les quelques fois où on s'est vus après notre rupture. Mais si notre histoire d'amour était inévitable – c'est ma voisine, et elle est pleine d'intelligence et de charme –, la renaissance de notre amitié l'était tout autant.

Notre relation était facile au départ, et puis elle ne l'a plus été. Pour moi, en tout cas. En revanche, notre amitié a toujours transcendé nos petites disputes ou notre agacement mutuel.

— Je… Pardon ?

Un soupir à l'autre bout du fil.

— Oui, bon, désolée. C'était mon tour d'être une connasse. J'ai juste l'impression que ça va être un de ces coups de fil où on est censés prendre des nouvelles l'un de l'autre mais où tu parles tout seul jusqu'au moment où tu me dis : *Ah, je dois filer !* alors que je voudrais parler aussi.

— C'est pas vrai ! dis-je avant de jeter un coup d'œil à l'horloge. Merde, il faut que…

— Il faut vraiment que tu files, c'est ça ?

— La fête a commencé il y a cinq minutes. Mais je ne sais pas à quel retard on a droit ici sans paraître mal élevé. (Je me racle la gorge.) Je t'appelle plus tard, OK ? Peut-être pas ce soir, mais vite.

— D'accord, d'accord. (Un silence.) Et, Cal ?

— Oui.

— Tout va bien se passer. Tu peux m'envoyer une photo de ta tenue si tu veux que je valide. Ce que je ferai. Immédiatement. Mais appelle-moi vite, OK ?

— OK, merci.

Je prends une longue inspiration.

— Je t'aime, dit-elle.

— Je sais.

***

Nous partons à la soirée à vingt heures quinze, mais si la fête est aussi arrosée de champagne qu'on me l'a promis, j'imagine que nous rentrerons à pied.

En entrant, je regarde avec des yeux ronds la scène qui s'offre à moi. Les murs sont couverts de déco bleu canard et or. Des dizaines et des dizaines de coupes de champagne étincellent, des flûtes en cristal comme celles que mes parents sortent une fois l'an, pour leur anniversaire. Des plateaux cuivrés passent de main en main, chargés d'œufs mimosa et autres mises en bouche plus ou moins douteuses.

Sur le côté, l'îlot de cuisine est tout entier occupé par un grand tube en cuivre rempli de glace, où sont disposées les bouteilles de champagne. Leon et Kat avaient raison : personne ne remarquera la disparition d'une bouteille – ou même de dix – avec une réserve pareille.

Tout le monde est sur son trente-et-un, mais chacun selon son style propre. De l'uniforme de l'armée de l'air jusqu'à la robe en soie, du nœud papillon jusqu'à la veste portée avec un simple jean. Les verres tintent ; le parfum de vanille des bougies flotte dans l'air entre les corps serrés.

Je fais un pas dans la pièce, vois des groupes d'astronautes, de membres de leur famille et de gens des médias. Je n'arrive pas à entendre véritablement la musique diffusée, juste un vague rythme de guitare qui occupe l'espace. Le son vient de partout, le système stéréo étant doté d'enceintes aux quatre coins de la pièce.

Je me retourne et vois mon père se figer sur le seuil.

— C'est comme… oh mon Dieu.

Des larmes lui montent aux yeux, qu'il essuie rapidement. Nous sommes tous stupéfaits, mais heureusement tout le monde est agglutiné du côté de la cuisine, et personne n'a trop fait attention à nous.

— Tu te rappelles les magazines *Life* que je t'ai montrés ? me dit papa. Avec les fêtes entre familles d'astronautes ? On y est. Pour de vrai.

Il se racle la gorge tandis qu'une larme roule sur sa joue. Ma mère pose une main sur son épaule.

Je ne sais pas exactement ce que je ressens. Une sorte de nostalgie pour une époque qui a précédé d'un demi-siècle mon existence.

C'est beau. Et bouleversant.

Jusqu'à ce que j'entende un ordre chuchoté sur ma droite.

— Plus près, dit quelqu'un. Vous avez filmé la larme ?

Dans un coin de la pièce, Kiara a sa caméra braquée sur nous tandis que Josh Farrow, le présentateur d'*Étoiles filantes*, debout à côté d'elle, la dirige.

Papa ne remarque rien, mais être dans la même pièce que StarWatch me met mal à l'aise, alors je m'éclipse pendant que maman se présente aux familles qui ont eu la chance d'échapper à la corvée de jardinage. Quand j'arrive dans la cuisine, Kat surgit et me prend dans ses bras.

Je ne pensais pas que nous étions assez amis pour cela. Mais peut-être qu'au Texas, les gens sont plus spontanés et chaleureux qu'à Brooklyn.

Elle vide un Tupperware rempli d'œufs mimosa et de canapés sur un plateau.

— C'est moi qui les ai faits, alors t'as intérêt à aimer.

— Pourquoi c'est… vert ?

Elle rit.

— Bonne question. J'ai mis de l'avocat. C'est mon ingrédient secret, même si ce n'est plus vraiment un secret quand ça change la couleur.

Je souris et me sers, content de pouvoir manger au moins un truc sans viande. Puis je scrute la foule en quête de Leon, avec une pointe d'anxiété. Ce n'est pas un sentiment tout à fait nouveau pour moi. J'ai déjà connu ça avec Deb. Et parfois avec Jeremy.

Mais il y a quelque chose de différent aussi. Deb était ma meilleure amie et nous nous sommes mis ensemble par facilité, en quelque sorte. Jeremy, c'était plus neuf et excitant, et c'est lui qui m'a initié à ce que je devinais chez moi – un truc pour lequel je n'ai jamais trouvé de nom vraiment approprié.

Mais avec Leon, il y a quelque chose de l'ordre de l'évidence.

Chaque fois que je ferme les yeux et que je laisse mon esprit dériver, je vois son visage et son sourire en coin, avec ses dents d'un blanc parfait. Ce sourire qu'il montre rarement à la caméra, celui qu'il m'a fait quand on était sur les balançoires : on aurait dit qu'il les emmagasinait depuis des années, juste pour moi.

Et puis autre chose m'attire chez lui, et ce ne sont pas ses muscles sculptés par la gymnastique. C'est sa nature hésitante, que la caméra parvient à saisir. Cette facette, je l'ai vue au jardin. Tout le monde ici a l'air plein d'assurance et de confiance. Mais pas lui. Il semble plus réel, moins parfait.

Je suis tiré de mes rêveries par une main qui se pose dans mon dos. Je me tourne et découvre une femme en veste bleue dont le langage corporel me met aussitôt sur mes gardes. Elle est trop près de moi et elle me tend la main, et je me demande si mon désarroi se lit sur mon visage.

— Donna Szleifer, me dit-elle. Je suis la chargée de communication de la Nasa sur les réseaux sociaux. Et voici Todd Collins, qui dirige les relations publiques.

Elle attire contre elle un homme en costume, qui m'adresse un bref sourire.

— Bonjour, dis-je, sans savoir quoi dire d'autre. Je ne vois pas pourquoi je me retrouve à échanger avec des gens de la Nasa. Je suis Cal.

— On a été surpris que tu te retrouves sur les chaînes d'info, dit Todd.

— Mais on a tout de suite partagé ta vidéo sur Twitter et Facebook, ajoute Donna, en même temps que notre communiqué de presse, et ça a beaucoup attiré l'attention, ce qui est super. Vraiment génial.

Je me gratte l'arrière de la tête histoire de me donner une contenance. J'ai le visage en feu. Pour détourner l'attention, je hausse vaguement les épaules.

— Oui, je suis désolé si…

— Calvin Lewis !

Papa apparaît subitement à côté de moi, et je souffle. Il va m'épargner une conversation qui s'annonce pénible.

— Rebecca Lewis, dit ma mère qui arrive à son tour. Mais vous pouvez m'appeler Becca.

Elle leur tend la main malgré sa timidité maladive. Elle serre son sac à main contre elle comme si on risquait de le lui voler. Mais elle se présente sans fausse pudeur. Elle ne reste pas en retrait. C'est un effort pour elle, j'en suis sûr. Ou alors elle veut juste faire le plein d'anecdotes à raconter à son psy.

Du coin de l'œil, j'aperçois Kat qui passe la porte du fond, une grande porte vitrée coulissante à demi ouverte, sans lumière derrière. Elle me fait signe de tête avec de grands yeux ronds, comme une invitation à la suivre.

Je m'éclipse de notre groupe, me souvenant de la promesse de champagne avec Leon et Kat. Heureusement, personne ne fait attention à ma disparition.

Mais soudain, je sens une présence derrière moi, une présence imposante, qui m'envoie un frisson dans tout le corps. Le genre à vous faire dresser des poils que vous ne saviez même pas avoir, puis qui vous redescend dans le dos par vagues.

Je me retourne et reconnais la star de la journée de bénévolat des astronautes : Mark Bannon. De près, il est encore plus grand. C'est sans doute le plus grand astronaute de tous les temps. Je n'exagère pas. C'est d'ailleurs ce qui l'a rendu célèbre. Il mesure un mètre quatre-vingt-dix-huit, la taille maximale autorisée pour un pilote de chasse, ce qui est bien plus que ce qu'on autorisait aux astronautes par le passé. Mais les capsules Orpheus sont plus grandes, donc il a pu passer la sélection.

Il a un grand sourire inamovible, comme si son visage était taillé dans de la pierre. D'ailleurs, c'est tout son corps qui semble fait de pierre. Si je lui donnais un coup de poing dans le ventre, je suis sûr que ce serait moi qui aurais mal.

— Mark Bannon, dis-je, comme s'il ne connaissait pas son propre nom. Euh, monsieur Bannon, je voulais dire. Monsieur Mark Bannon. J'ai aimé votre discours au parc.

— Mark, ça suffit, dit-il avec un grand éclat de rire. Merci, merci. Tu es Calvin Junior, c'est ça ? Je pense qu'on va tous bien se connaître d'ici peu.

— J'imagine. Vous volerez peut-être un jour avec mon père.

Mark s'esclaffe.

— C'est peu probable.

— Comment cela ?

Il lève une main et j'obéis à son ordre implicite de me taire.

— Tu sais depuis combien de temps je suis là, non ? me demande-t-il d'un ton qui me paraît un peu condescendant, comme si je ne pouvais pas être en désaccord avec lui.

Bon, le fait est que je le sais. Il était là parmi les premiers.

— Mais il y a six places.

— Le rôle que ton père jouerait dans une mission concerne essentiellement les manœuvres de la navette. Ton père est pilote, comme Mme Tucker et moi. Seul l'un de nous sera choisi pour la mission. Les deux autres seront remplaçants, donc on va tous travailler les mêmes exercices nuit et jour.

— Oh, je vois. Écoutez, je suis ravi de vous avoir rencontré mais je cherchais quelqu'un.

Il me laisse partir après une poignée de main bien ferme, presque douloureuse. Une fois que j'arrive dehors, la musique et le bruit s'évanouissent rapidement et j'arrive mieux à respirer, malgré l'humidité.

Le clair de lune illumine suffisamment le jardin pour que je constate qu'il n'y a personne. Je fais le tour de la cour en appréciant ce bref répit et en me demandant où sont passés Leon et Kat lorsque j'entends un bruit.

— Cal !

Je me tourne. Il y a un chemin derrière la maison que je n'avais pas remarqué. Il mène à un enclos au fond, un petit coin contre l'abri de jardin, avec quelques chaises et une bouteille de champagne.

Je dois me retenir de ne pas courir, et dès que j'y suis, je vois Leon. Je souris, et il me sourit en retour en me montrant un siège à côté de lui.

— Ça fait plaisir de te voir, dis-je. Tout le monde est tellement bizarre ici.

— Kat aussi ?

— Ta sœur met de l'avocat dans les œufs mimosa. On ne peut pas lui faire confiance.

Ça le fait rire. Un rire doux, plus tendu que léger. La lune éclaire ses traits, et mon front se plisse comme le sien.

— Eh, ça va ?

Nos regards se croisent brièvement.

— Hum, ouais, pardon, c'est juste que je deviens un peu asocial dans ce genre de réunion.

Son expression soucieuse m'affecte, et j'hésite à lui poser des questions mais quelque chose me dit que nous n'en sommes pas encore là.

Je ne sais pas où nous en sommes, à vrai dire, mais j'aime bien ce qui se passe pour l'instant.

Je prends la bouteille de champagne par terre et la porte à mes lèvres. La boisson pétillante me brûle la gorge avant que je l'avale. Je n'aime pas trop le goût, mais je pourrais m'y habituer.

—J'aime ce petit coin caché, dis-je, ce qui le fait rire. Non, je suis sérieux ! C'était la taille de ma chambre à Brooklyn. Je trouve ça rassurant.

Il regarde à droite et à gauche, sourcils froncés.

—C'était la taille de ta chambre ?

—Oui, enfin, avec un plafond.

La bouteille passe de main en main, et le goût s'améliore. En tout cas, ça brûle moins.

—Alors, parle-moi de Houston, dis-je. Y a des trucs sympas à faire dans le centre ? Des concerts ou autre chose ?

—La plupart des groupes ne viennent pas ici. Seulement les grosses tournées qui font les stades de temps en temps : Elton John, Nicki Minaj, Justin Timberlake. Des gens comme ça. (Il sourit.) Sans doute pas ton style.

—Pardon ? Tu crois que je n'aime pas la musique populaire ?

Je préfère ne pas parler de mes cassettes.

—Tu as plutôt l'air du genre à aimer les petits groupes branchés de Brooklyn, je dois dire. Tu veux me faire croire que tu ne vas pas aux concerts indés ?

—Je n'ai pas dit ça. Avec ma copine Deb, j'ai vu plein de concerts indés. Mais il y a deux raisons à ça. Un, c'est Brooklyn, donc il y en a tout le temps et partout. Deux, ça ne coûte rien. C'est pas comme si on avait eu les moyens de se payer des places au Madison Square Garden.

Je prends une gorgée à la bouteille tandis qu'il se remet à rire.

—Tu crois me connaître, dis-je en m'essuyant les lèvres. Mais laisse-moi deviner, tu n'es pas allé à un concert depuis que tu es ici. Oh, attends, je sais. Tu écoutes la radio parce que tu aimes plein de trucs différents, mais tu n'es fan de personne.

— Fabuleux, presque rien n'est vrai, dit-il en me mettant une petite tape dans le dos. Mais bien tenté.

— D'accord, de qui es-tu fan ?

— Oh là là. Je le dis si tu veux bien arrêter d'utiliser le mot « fan ». (Il soutient mon regard, et la lumière des porches fait briller ses yeux.) Bon, je ne suis fan de personne, mais je n'imagine pas aller à la gym sans ma playlist de K-pop.

J'hésite, et il doit s'en rendre compte parce qu'il enchaîne rapidement, avec une certaine nervosité.

— Enfin, j'aime bien des trucs plus connus comme SZA ou Khalid, et je ne crache pas sur un morceau de Calvin Harris de temps à autre.

— Non, la K-pop, c'est cool. Je n'aurais pas cru que tu aimes ça. Je n'en écoute pas beaucoup, mais j'ai regardé quelques clips. Ils sont super sympas.

Il se détend un peu et je lui passe le champagne en me rapprochant. C'est presque imperceptible, mais nos genoux se touchent. Il ne s'écarte pas, et je crois fondre sur place.

— La musique est géniale, et il y a plein d'artistes que j'aime bien, mais c'est surtout qu'ils ont toujours des rythmes hyper entraînants. Ça bouge bien, la K-pop. Ça me donne l'impression d'être invincible. Et je m'en fous des paroles vu que de toute façon je ne comprends rien à ce qu'ils racontent.

— Ouais, logique.

Je fais un sourire, et il sourit aussi, et je finis par rire.

— Pourquoi tu ris ?

— C'est juste que… toi et moi, on est différents sur plein de trucs mais… (Je cherche comment formuler les choses.) On joue plus ou moins le même rôle. On a une énorme présence publique, mais on a une vie que le public ne voit pas. Chez toi, je ne reconnais quasiment pas l'ado stoïque et hyper bien éduqué qui est apparu sur la couverture du magazine *Time*.

Il soupire, prend un air lointain.

J'avais prévu de lui poser des dizaines d'autres questions sur les familles d'astronautes, sur sa mère, sur Clear Lake. Mais, et c'est peut-être de le voir baisser la garde comme ça, il y en a une qui me brûle les lèvres.

— Je… je peux te poser une vraie question ? (Je parle très doucement, comme pour une conjuration.) Comment tu fais pour toujours avoir l'air parfait ?

Je vois du scepticisme dans son regard, alors je me recule.

— Pourquoi tu poses la question ? Ce n'est pas pour tes reportages ou je ne sais quoi, si ?

Sentant le sang battre à mes tempes, j'évite de croiser son regard.

— Non, non. Bien sûr que non. C'est juste que… ma famille… Enfin, je ne sais pas, c'était peut-être une question idiote, désolé.

Il pose sa main sur mon genou et son geste me coupe le souffle.

— Mon père n'est pas comme le tien, dit-il. Ma mère n'est pas comme la tienne. Et je ne suis pas comme toi. On n'est pas programmés pour gérer tout ça, même si mon père aimerait croire le contraire.

— Cal, on n'est pas parfait. Loin de là.

— Arrête, vous êtes la famille américaine idéale, vous avez fait la couverture de *Time*…

Il secoue la tête.

— Ne me dis pas des choses comme ça, s'il te plaît. Je n'aime pas que tu me regardes comme ça, avec cette espèce d'admiration. On fait bien semblant, je suppose. Je fais mieux semblant que je ne l'aurais cru, à vrai dire. Enfin, peut-être pas. À la fin de la séance photo pour *Time*, le photographe nous a fait prendre une pose sérieuse parce que d'après lui mon sourire sonnait faux sur les autres clichés. Je peux faire semblant d'avoir l'air sérieux, plein d'assurance, mais je ne sais pas singer le bonheur.

Nous sommes proches, mais je voudrais qu'il se rapproche davantage encore. Sa mélancolie me fiche le bourdon, et je voudrais la lui arracher. Concentré sur son visage baigné par le clair de lune, je m'aperçois soudain que j'ai envie de l'embrasser. Je veux calmer ses angoisses, le faire aller mieux, même si son bonheur ne dure que quelques secondes. Ou quelques minutes. Je me mords les lèvres, inconsciemment, et ses lèvres tombent sur les miennes.

Mais ça passe trop vite. Ou bien ?

Il ne peut nier notre lien, la chaleur qu'il y a entre nous. Le feu n'est pas très fort, mais il est là, il couve.

Je me penche, très légèrement.

Et il m'arrête.

Il pose une main sur ma poitrine, et je lis dans ses yeux quelque chose qui est proche de la pitié. Je me sens rougir, je voudrais quitter cet enclos et m'en aller sans jamais regarder derrière moi.

— Je te trouve mignon, dit-il. Je sais qu'on vient de se rencontrer, mais il y a quelque chose chez toi qui me plaît beaucoup. Mais je veux d'abord être sûr que tu comprennes un truc.

Je me racle la gorge en laissant mon regard se perdre quelque part, n'importe où ailleurs que dans ses yeux parfaits.

— Oh. Euh… Quoi ?

— Si tu veux m'embrasser, embrasse-moi parce que je te plais. Pas parce que tu penses que ça me rendra heureux.

— Mais je…

— Tu ne chasseras pas mes sales sentiments en m'embrassant. Je n'irai pas mieux simplement parce que tu m'embrasses. Je pense que tu le sais… mais il fallait que je le dise.

Une part de moi a envie de nier. De dire que, vraiment, je le trouve juste mignon et que j'ai très envie de l'embrasser – non pas que ce ne soit pas vrai, mais ce n'est pas pour ça que je me penchais vers lui. Je voulais l'aider. Je voulais l'embrasser pour le voir sourire de nouveau.

Il ne mérite pas ça, et c'est pourquoi je lui réponds.

— Je suis désolé. Tu as raison.

— C'est ce que je me disais. (Il soupire.) Tu avais vraiment l'air qu'on prend devant un chiot maltraité. C'est mignon, ne le prends pas mal, mais je n'ai pas envie que tu me regardes comme ça. Comme si tu pensais que j'étais un oiseau blessé ou un truc du genre.

Le silence tombe un moment. J'attends que le malaise s'installe, mais comme nous échangeons la bouteille, je m'aperçois que le silence ne m'inquiète pas tant que ça et que j'apprécie sa compagnie, même muette. Il fait plus frais maintenant, une brise agréable perce l'humidité.

— Désolé si j'ai rendu les choses bizarres entre nous, dit-il. D'habitude, je ne parle pas de manière aussi frontale de… euh… ma dépression.

Sa voix devient grave, maladroite, comme si c'était un mot étranger qu'il prononçait de façon incorrecte.

— J'essaye de le faire un peu plus ces derniers temps. Mais je ne suis pas toujours mon meilleur avocat, comme tu vois.

Je hoche la tête.

— Cela dit, j'ai très envie de t'embrasser. Quand tu voudras. Et pas seulement pour te rendre heureux.

Il sourit et la tension dans mes épaules se dénoue.

— Un jour, dit-il.

— OK, un jour…

J'ai envie de lui dire que je suis là, qu'il peut me parler s'il en a envie. Et que je peux même rester là, à quelques centimètres de lui, à simplement l'écouter respirer. Je veux qu'il sache à quel point c'est remarquable que, sur des milliards d'habitants de notre planète, c'est moi qui suis assis à côté de lui, sous les étoiles et dans le vertige du champagne. Je veux qu'il sache à quel point une rencontre pareille est improbable. C'est ahurissant, quelles qu'en soient les conséquences. D'accord, il arrive sans cesse que des inconnus se rencontrent. C'est la façon qu'a l'univers de nous dire que nous n'avons pas d'importance. Que rien n'a d'importance.

Nos yeux se croisent. Et il est clair que, parfois, l'univers se trompe.

Alors que je me penche de nouveau vers lui, j'entends la porte vitrée coulisser. C'est Kat, et en un clin d'œil elle arrive près de nous et se laisse tomber sur la troisième chaise en soupirant.

— Vous ratez une sacrée fête. Ils boivent du champagne comme des trous. Le père de Cal et Stephanie Jonasson… (elle se tourne vers moi)… celle qui amène son roquet aux soirées, ils sont en train de se battre pour savoir qui contrôle la platine.

— Tant mieux, rigole Leon. J'espère qu'ils vont la casser.

— La platine était déjà dans la maison quand on est arrivés, m'explique Kat, vu que tout doit être dans le thème des années 1960 et 1970, et maman n'arrêtait pas de ramener des disques vinyles après le boulot. Elle en rapportait une dizaine chaque semaine. Un jour, elle arrive avec une énorme pile et papa fait : « Eh, que se passe-t-il ? Tu as braqué un magasin de disques à la pause déjeuner ? » Au départ, elle a ri parce qu'elle ne prend quasiment jamais de pause au déjeuner, vu qu'elle est astronaute, et puis elle a fini par répondre : « Ils n'arrêtent pas de m'en donner, je ne peux pas dire non. »

— Tu es en train de me dire que la Nasa achète des disques à ta mère ?

— Des centaines, répond Leon. Ils savent que papa et maman organisent des soirées, et ils doivent se dire que c'est bien pour l'ambiance. Dans un des épisodes d'*Étoiles filantes*, ils ont demandé à maman quel est son disque préféré. Elle était tellement gênée, c'était hyper drôle. Je comprends le charme du côté rétro, mais je ne vois pas pourquoi ils ne les laissent pas streamer comme des gens normaux.

— Ah ah, oui.

J'évite de commenter.

— C'est complètement débile, renchérit Kat avant de se reprendre. Oh ! Pardon. C'est pas du tout pareil, ton histoire de cassette.

Je baisse les yeux, les joues en feu.

— Quoi ? dit Leon. Qu'est-ce que j'ai dit ?

— Je… c'est gênant.

Je n'avais jamais trouvé ça gênant jusqu'à ce que je l'entende parler comme ça.

— J'ai un lecteur de cassettes. Un magnétophone, si tu veux. J'ai plein de vieilles cassettes, et aussi des trucs récents qui sortent. Je commence à avoir une bonne collection. Je trouve le son plus doux.

— On ne voulait pas se moquer de toi, s'amuse Kat. Enfin, maintenant, j'ai un peu envie. Il a quel âge, ce lecteur de cassettes que je vois dans toutes tes vidéos ? Je peux te rappeler que tu n'étais pas né dans les années 1980 ou 1990, et que même si c'était le cas, ça ne te donnerait pas le droit de les collectionner ?

— Ouuuuuuh, se moque Leon, c'est bien un truc de gars branché de Brooklyn, non ? Du coup, j'avais un peu raison, je crois.

Ça me fait rire, et pour la peine je lui envoie un petit coup dans l'épaule.

— De quoi tu parles ? demande Kat.

Je lève les yeux au ciel tandis que Kat se lance dans une explication de notre conversation de tout à l'heure.

— Oh, tu lui as parlé de la K-pop. Normalement, cette info attend un peu plus tard dans une relation.

Je me tourne vers elle en la fusillant du regard.

— Ouch, dit Leon. Enfin, pour ça, il faudrait qu'on ait un début de relation normal.

— Écoutez, je viens de vous expliquer que je vous ai laissés tranquille une bonne demi-heure pour que vous passiez du temps tous les deux. Le champagne, la lune, les étoiles, tout ça ressemble à un début de relation tranquille pour moi…

La façon dont mon cœur bat… Non, ce n'est pas un rendez-vous amoureux, nous sommes sur un tout autre plan. On n'a pas besoin de rencontre arrangée ou autre quand on peut échapper à une corvée de jardinage en se cachant sous un arbre ou quand on peut apprendre à se connaître sous un ciel semé d'étoile.

—Je ne sais pas ce qu'on fait, dis-je pour la calmer, mais j'aime bien.

Kat bat des mains tandis que Leon gémit.

Quelques minutes plus tard, la bouteille est terminée.

—Oh, vous savez quoi ? La mère de Cal a dit qu'elle pouvait me donner des leçons de codage, dit Kat en allant mettre la bouteille dans le bac de recyclage. Elle est géniale.

Je ris parce que je sais que ma mère serait aux anges de savoir qu'une ado la trouve sincèrement géniale.

—C'est super, dit Leon. Mais on ferait mieux de rentrer. Ils vont finir par se demander ce qu'on fait.

Comme nous retournons vers la maison, je lui prends la main et la serre dans la mienne.

Ensuite, même quand nous sommes dans deux coins séparés de la fête, en train de parler aux divers astronautes et à leurs familles, Leon et moi nous guettons du coin de l'œil. C'est un réconfort qui ne me quitte pas du reste de la soirée.

***

Comme maman est partie tôt, j'attends que papa sorte pour qu'on puisse rentrer. Une vague odeur de tabac flottant jusqu'à moi, je me tourne pour chercher son origine.

Garée dans la rue, devant la maison, se trouve une camionnette blanche comme celle de StarWatch. Seule, appuyée contre le van, je reconnais la productrice.

— Eh, Kiara, ça va ?

— Bonne mémoire.

Son attitude à la coule n'a pas changé.

— Comment s'est passée ta soirée ? On dirait que tu as réussi à t'amuser un peu avec Leon et Kat, hein ? Si tu veux quelque chose pour camoufler l'haleine de champagne, j'ai ce qu'il te faut.

Elle me fait approcher de la camionnette et me tend un chewing-gum. Je le mets dans ma bouche et, comme je commence à mâcher, elle me dit de fermer les yeux, et asperge mon visage et mon cou d'un spray parfumé à la vanille.

— Ça tiendra jusqu'à ce que tu sois rentré chez toi. (Elle sourit devant mon incrédulité.) Je suis pas tombée de la dernière pluie, gamin.

— Merci. Comment… vous avez su ?

— Tu n'es pas le seul journaliste ici, Cal. (Elle se montre du doigt.) Je vous ai entendus parler au fond du jardin pendant ma deuxième pause clope. Juste avant que quelqu'un jette une bouteille en verre dans le bac à recyclage. J'ai additionné deux plus deux.

Je ris, mais si j'étais un peu moins éméché, je m'inquiéterais. Cela dit, si elle avait voulu nous dénoncer, ce serait déjà fait. Il va falloir que je me fasse à l'idée qu'il peut y avoir un minimum de dignité chez les gens d'*Étoiles filantes*.

— Ça vous dérange si je vous pose une question sur StarWatch ?

— Vas-y.

— Est-ce que… vous détestez votre boulot ? Je vous ai remarquée à la soirée, et vous n'aviez pas l'air particulièrement enthousiaste.

Elle secoue la tête.

— C'est compliqué. Il y a une partie qui est sympa, mais c'est dur. Ça fait quelques épisodes qu'on se concentre sur ces fêtes où tout le monde est sympa et tout va bien… ça boit du champagne. Mais Josh est sur mon dos depuis quelque temps, il veut une nouvelle histoire, un peu de drame. Sauf que tous ces gens ne se lâchent pas vraiment quand ils savent qu'il y a une caméra sur eux. On a entendu quelques bons ragots en début de soirée, mais Josh veut les garder pour plus tard.

— Une mission pour Mars, ce n'est pas assez spectaculaire ? Je suis peut-être naïf, mais il y a plein de gens qui travaillent sur ce projet, en dehors des vingt astronautes, vous pourriez vous concentrer sur eux.

Elle me fait signe que non.

— Je fais ce qu'on me dit. C'est pour ça que je suis productrice *assistante.*

La porte des Tucker s'ouvre. Derrière mon père se tiennent Leon et sa mère. Leon me fait un signe de la main, que je lui rends faiblement, les joues rouges. Je m'éloigne de la camionnette pour rejoindre mon père, puis me retourne vers Kiara.

— Merci pour… Vous savez. J'espère que vous trouverez votre histoire.

— C'est fait, je pense. (Elle sourit, et son regard passe de Leon à moi.) Mais on verra ce que ça donne.

— Tu veux conduire ? propose mon père, ce qui confirme à cent pour cent qu'il ne sent pas mon haleine au champagne ni mon regard légèrement flou.

Je murmure un merci silencieux à Kiara, puis lève les yeux vers le ciel et pousse un profond soupir.

—Marchons, dis-je. On viendra chercher la voiture plus tard. Tu n'auras qu'à me rappeler le nom de toutes ces constellations, ça fait un bail que je ne les ai pas vues.

Il passe un bras autour de mes épaules, et c'est lui qui a une haleine au champagne. Je sais qu'il n'est pas ivre – à vrai dire, je ne l'ai jamais vu franchement soûl. Mais il a l'air de se sentir bien, et moi aussi. Ce qui me rappelle que j'ai intérêt à faire attention où je souffle, car je pense qu'il ne serait pas ravi de savoir que j'ai bu en secret dès ma première semaine à Clear Lake, et un simple chewing-gum ne peut pas faire de miracle.

—Bon, commençons doucement. Tu vois les étoiles qui font comme une casserole.

—Je connais la Grande Ourse, papa, dis-je en riant.

—Et celle-là ? Les cinq étoiles qui font un W ?

—Casio… quelque chose, non ?

Il grogne affirmativement.

—Cassiopée. Il y a beaucoup plus de cinq étoiles. Mais on ne voit pas la plupart d'entre elles. Et si tu regardes la forme de pentagone à côté, c'est son mari, Céphée.

—Et Orphée, il a une constellation ?

—Plus ou moins, répond papa en souriant. La constellation de la Lyre est par là. Mais elle est petite, je ne vais pas réussir à la trouver. Elle représente l'histoire d'Orphée et d'Eurydice.

—Qui est ?

—je te fais la version courte ? Eurydice meurt, Orphée prend sa lyre magique et voyage jusqu'à Hadès pour la sauver. Il joue de la lyre à Hadès, qui promet de lui rendre Eurydice à une condition : elle le suivra, mais s'il se retourne pour la regarder, elle disparaîtra à jamais.

— Et ça se finit comment ?

— Mal. (Il secoue la tête.) Mais ça nous a donné un bon nom pour le projet. Orphée, le fils d'Apollon. Une histoire de confiance, qui dit d'aller de l'avant. C'est malin, je trouve.

Nous continuons à marcher, et papa continue de me pointer les constellations qu'il connaît. Il doit reconnaître que son savoir sur les étoiles est un peu rouillé, mais je passe un chouette moment.

— Les astronautes sont vraiment accueillants, dit-il. Les administrateurs de la Nasa aussi, d'ailleurs. Ils n'ont pas arrêté de poser des questions sur toi. Ils ont vu tes vidéos. Sauf Josh Farrow. Ouh, celui-là, il n'est pas content.

— Écoute, je suis vraiment désolé. Je ne pensais pas…

— Ne t'excuse pas. La Nasa adore. Ils veulent que les gamins de ton âge suivent l'aventure. Ils voudraient que tu continues, c'est toujours mieux que si nous, les vioques, on essaye de forcer les choses.

Je rougis, et pas à cause du champagne cette fois.

— Vraiment ? Je ne sais pas si j'ai vraiment envie de couvrir tout ça. C'est ton truc. Ce serait bizarre, non ? Ah, et s'il te plaît, arrête de dire : les vioques.

J'aurais cru que ça m'enlèverait un poids, je ne voulais pas créer de problème, mais c'est comme si on m'avait mis une charge encore plus grande sur les épaules. La Nasa veut que je couvre la mission même si StarWatch est furieux contre moi ?

Une certaine angoisse m'étreint la poitrine. D'un côté, je me fous de cette chaîne de merde et de ses émissions pourries, donc je ne vois pas d'inconvénient à les foutre en rogne. De l'autre, est-ce mieux si la Nasa contrôle mon contenu ?

— Donna m'a dit qu'elle pouvait t'organiser une visite du complexe quand tu voulais. Voir les navettes. Je pourrai peut-être t'emmener au boulot avec moi un de ces quatre. Tiens.

La pression monte quand je le vois me tendre la carte de visite de Donna. En emménageant ici, je pensais que j'aurais juste à m'adapter à une nouvelle école, à faire profil bas pendant un an et à trouver le moyen de retourner à New York vivre avec Deb. En l'espace d'une semaine, j'ai réussi à me mettre quelqu'un dans la peau (même s'il semble dépressif), à froisser ma meilleure amie, et voilà que je me retrouve entre l'enclume de la Nasa et le marteau de StarWatch.

Je n'ai pas envie d'être contrôlé par qui que ce soit, mais une partie de moi a besoin de les aider. Ne serait-ce que pour plomber StarWatch. C'est le truc qui intéresse le plus les Américains en ce moment et je suis aux premières loges. Maintenant que mon stage chez BuzzFeed est foutu et que je n'ai pas d'autre projet, je ressens le besoin de faire quelque chose qui me donne le sentiment de reprendre le contrôle sur ma vie.

Avoir cette carte en main, c'est une opportunité. Hors de question de la gâcher.

10

C'est le chant des oiseaux qui me réveille, et même sans écarter les couvertures de mon visage, le soleil du Texas exerce sa puissance sur tous mes autres sens. La chambre est déjà une fournaise, l'air conditionné perd la bataille face à la chaleur. Et malgré la fenêtre fermée, l'odeur de l'herbe coupée et l'humidité pénètrent jusqu'à moi.

Après un week-end sans histoires, passé à déballer nos affaires en nous faisant livrer des repas, et pour moi à analyser à fond le moindre texto de Leon, notre premier lundi matin texan est arrivé. C'est le premier jour de travail de papa. Et je vois à ses gestes heurtés, voire frénétiques, qu'il est stressé.

— Oh, très bien, tu es levé, dit-il quand je sors de ma chambre. Tu peux aller chercher la voiture ce matin ? On n'aurait pas dû la laisser devant chez les Tucker tout le week-end. Maman a une réunion téléphonique, et moi je dois m'occuper d'un tas de trucs administratifs avant de me présenter officiellement à midi. Je ne peux pas être en retard pour mon premier jour.

J'accepte, il s'en va, puis je saute dans la douche afin de me préparer. Je n'arrive pas à dissiper une sorte de malaise, et je me demande si je ne commence pas à me comporter comme maman devant des situations nouvelles.

La routine du matin a quelque chose d'apaisant. Se réveiller, se doucher. L'eau si chaude qu'elle brûle, oui, même si ce n'est pas bon pour la peau, tant pis, c'est ma croix. Ensuite, se badigeonner le visage de crème hydratante sans huile, parce que je suis trop pâle pour supporter le soleil d'ici, et terminer par une noix de cire pour faire tenir mes cheveux en place.

Je ne suis pas obsédé par mon look, et je ne me plains pas de mon physique malgré mon gros nez et mes dents trop longues, que j'aimerais bien pouvoir limer, mais j'aime bien tout ce processus. Prendre mon temps pour me préparer m'aide à affronter la journée. OK, je vois davantage les boutons à cause de ça, mais je sens aussi la crème hydratante pénétrer ma peau, et je peux rabattre ma frange sur le côté. C'est ma signature.

Et c'est ce qui me rattache à Brooklyn, à chez moi. Je faisais pareil là-bas. Les mêmes étapes. Ici, je le fais dans une plus grosse maison, à des milliers de kilomètres, mais ça va quand même.

Ça va.

Je ne mets toujours pas mon chapeau John Mayer. C'est un chapeau court avec un rebord si large qu'un oiseau pourrait y percher. Mais mon style est déjà assez flamboyant sans ça, un jour le Texas sera prêt.

Après avoir enfilé un tee-shirt blanc à fines rayures bleues et un short en jean, j'opte pour mes sandales en cuir. Non, pas de grossières sandales à boucle, mais des sandales fines avec d'élégantes attaches en cuir qui montent le long de mon mollet.

Maintenant que la tenue est réglée, je sors. Dans la rue, la chaleur n'est pas encore totalement écrasante. En arrivant près de la maison, je sens mon estomac se nouer, je me rappelle comment je me suis penché pour embrasser Leon, à quel point j'avais envie d'être là pour lui, mais je ne savais pas comment m'y prendre. Je sentais aussi que ça me dépassait, et je me demande s'il voit un psy, s'il prend des médicaments ou n'importe quoi d'autre qui pourrait l'aider.

La voiture est en vue, je salue Kat de la main, elle est en train de lire sur le perron. Elle pose son livre et vient en courant vers moi.

— Eh !

J'essaye d'avoir autant d'entrain qu'elle. Je ne sais pas comment elle fait pour être aussi guillerette de si bon matin.

— Je voulais te dire, euh… merci d'avoir pris le temps de parler à Leon.

Son entrée en matière me prend de court.

— Je l'aime beaucoup. Mais pourquoi tu penses devoir me remercier pour ça ?

— Je sais que c'est lui l'aîné, alors c'est bizarre que je dise ça. Mais… il ne se fait pas facilement des amis. Il a fait de la gym pendant des années, il avait des amis dans son équipe, mais il a perdu tout intérêt après notre déménagement. Papa a essayé de l'obliger à reprendre l'entraînement. Mais on dirait qu'il n'aime rien ni personne depuis un bon moment. Peut-être qu'il a juste besoin de se remettre au sport ou autre chose.

— Je ne vois pas trop comment je peux l'aider, dis-je en désignant mon physique maigrichon. Je ne suis pas un grand sportif.

Je repense à l'invitation de la Nasa à visiter le complexe et à faire un post de là-bas. On est lundi, et d'habitude je fais une vidéo pour lancer la semaine. Depuis ma petite rébellion, ça me démange de créer du nouveau contenu.

— Tu veux dire bonjour à Leon ? Je pense qu'il est debout.

— J'aimerais bien, mais je dois rentrer pour que mon père puisse aller au travail, dis-je en sortant la carte de visite de mon portefeuille. On se parlera plus tard.

Je compose le numéro sur la carte et attends que la chargée de com de la Nasa décroche. Je laisse sonner jusqu'au bout, même si la journée de travail est bien entamée. Il est onze heures, elle doit être occupée et a autre chose à faire que de parler avec un gars qui…

— Donna Szleifer.

— Eh, bonjour Donna, c'est Cal Junior. Le gars de FlashFame.

Je l'entends pousser un petit cri à l'autre bout du fil.

— Oh, bonjour, Cal. Je suis ravie que tu appelles. Je pensais que tu allais réfléchir à la proposition que je t'ai faite vendredi à la soirée, surtout que je n'ai même pas eu le temps de te parler de tout ce qu'on a prévu et de la manière dont tu peux nous aider.

— C'est pour ça que je vous appelle, à vrai dire. Je me demandais si je pourrais venir dans la semaine, peut-être, pour tourner une vidéo.

— Je ne veux pas te presser, mais tu pourrais venir aujourd'hui ? Les astronautes sont occupés, et on a des posts programmés sur les réseaux et tout, et on ne serait pas contre un coup de projecteur auprès de tes abonnés. Je sais que les gens de StarWatch font ce qu'ils peuvent, mais ils n'ont aucun écho sur l'application FlashFame, et tout le monde a l'air d'en vouloir plus après ta dernière vidéo.

— Oh. Eh bien, je comptais faire un post aujourd'hui de toute façon, j'imagine que ce serait cool de le faire depuis le centre spatial.

Un petit silence à l'autre bout.

— C'est parfait. Parfait. Viens ici, et si je dois m'absenter pour régler des urgences, tu pourras te promener librement. Je vais te faire préparer un badge visiteur.

Je regarde du côté de la maison. Kat est partie, mais elle a été remplacée par un gars mal réveillé qui est tellement mignon que je pourrais fondre sur place, et on ne retrouverait de moi que mes fringues et mes sandales autour d'une flaque d'eau.

— Je peux venir avec Leon Tucker ? J'ai besoin que quelqu'un me filme.

— Deux badges, alors ! Viens avec ton père, je vous récupère à l'accueil.

Je ne peux m'empêcher d'admirer Leon, avec son corps élancé, son sourire fatigué, son tee-shirt froissé et son short de gym. Je m'avance vers lui, un petit sourire aux lèvres, amusé par la différence entre nos deux tenues. Il m'accueille avec un sourire et me serre contre lui. Je sens ses bras se refermer sur moi, et je suis presque désarmé par son geste.

Oui, je sais que certains se disent bonjour comme ça, mais pas à Brooklyn. Mais j'aime bien. Et je voudrais qu'il ne me lâche jamais.

Ce qu'il finit malheureusement par faire.

— Eh, Cal.

Il prononce mon nom d'une voix traînante, et je ne sais pas ce qui me touche là-dedans, mais je suis troublé. Il a un effet extraordinaire sur moi. C'est trop puissant, il va me faire mourir.

Ou peut-être que j'exagère.

— Je vais au centre spatial tourner une vidéo Flash-Fame. Ils m'ont dit que tu pouvais venir. Ça t'intéresse ?

— Qui ça, ils ?

— La femme qui s'occupe des réseaux sociaux, celle que j'ai rencontrée à la soirée.

Il me jauge d'un drôle d'air. Les yeux plissés, il hoche la tête de manière presque imperceptible, et puis d'un coup toute sa tension se relâche. Il se détend et me fait un grand sourire.

— Oui, avec plaisir. Laisse-moi me changer.

— OK, fais vite. Je dois aller chercher mon père pour l'emmener au boulot.

Il fait vite. Genre, il a littéralement juste changé de tee-shirt et enfilé un short, et voilà. Pas de douche. Et ma foi, pourquoi pas. Il ne sent pas mauvais ni rien. Et son tee-shirt est mignon, simple, uni bleu pâle. La couleur ressort parfaitement sur sa peau bronzée.

J'ai très envie de l'embrasser, encore une fois. Il n'a pas l'air mal à cet instant, et nulle part dans mon esprit pervers ne germe l'idée qu'il se porterait mieux si je l'embrassais. C'est simplement que j'ai envie de lui, je le veux pour moi. Et parce que le monde serait bien meilleur d'après moi si nos lèvres se touchaient et s'il passait sa main dans mes cheveux et…

J'ai le cœur qui bat fort. Il cogne contre ma cage thoracique, fait trembler tout mon corps. Je n'ai jamais ressenti un tel désir auparavant. C'est comme un interrupteur qu'on tourne, avec un allumage instantané. Et j'ai envie de le manipuler à l'envi.

Je m'arrête devant la maison et appelle papa, qui arrive vêtu d'un costume sombre et d'une cravate. Il porte une sacoche très professionnelle comme je ne lui en ai jamais vu. C'est assez adorable, et j'ai l'impression d'être un père qui conduit son enfant au premier jour d'école.

En dehors du sac à dos qu'il avait quand il travaillait pour Delta, le reste est pourtant identique. Sauf qu'il se tient plus droit, peut-être. Et qu'il sourit beaucoup. Son enthousiasme envahit la voiture dès qu'il monte à bord.

—Merci, Cal. Et bonjour, monsieur Tucker.

Leon rit devant cet excès de formalisme. Dans le rétroviseur, je croise le regard de papa, qui s'attache à l'arrière.

En regardant la carte sur mon téléphone, je m'aperçois que Deb m'a envoyé une tonne d'annonces pour des studios dans tout Brooklyn, de Lefferts Gardens à Bay Ridge, donc elle ne doit pas être trop en colère à cause de mon égoïsme lors de notre conversation de la veille.

C'est à Brooklyn que je vivrai, et c'est à Manhattan que je ferai mes études et que je travaillerai. Le Texas n'entre pas dans l'équation. Mais je ne peux pas me dissimuler le fait que, j'ai beau être arrivé ici depuis très peu de temps, l'idée de repartir me déchire déjà le cœur de regrets.

***

Nous nous arrêtons devant la barrière et papa montre sa carte d'identité au gardien. La barrière se lève, et je me demande si papa se sent gêné que son fils le conduise pour son premier jour de travail dans l'une des professions les plus respectées au monde.

Mais si c'est ce qu'il ressent, il n'en dit rien… et il serait plutôt du genre à en parler.

Papa nous conduit par l'entrée principale et nous montre les différents labos, le magasin de souvenirs, puis nous désigne la partie où il y a un petit musée Mercury et Apollo avec des bouts de la navette qu'il a pu toucher après son dernier entretien.

— Cal !

Papa et moi nous retournons – c'est le problème quand on partage le même prénom – et voyons Donna arriver en courant vers nous, un iPhone à la main. Elle sourit en nous voyant tous les trois et précise :

— Cal Junior, bien sûr.

Papa essaye de ne pas avoir l'air vexé et me fait un petit signe de la tête pour m'ordonner de la suivre. Je voudrais rester un peu pour qu'elle le rassure sur le fait qu'il compte mille fois plus pour la mission que moi. Mais je ne le fais pas.

Et je sais que je le blesse. Que ma seule présence ici le blesse. Qu'on ait besoin de moi ici alors qu'il ne devrait y en avoir que pour lui. C'est la deuxième fois que je lui vole son heure de gloire.

Leon et moi suivons Donna, qui nous explique la visite qu'elle a prévue et les dizaines d'endroits « très spéciaux » où tourner des plans. La participation de Leon à la conversation se réduisant presque au néant, lorsqu'elle s'éloigne un moment en nous laissant seuls, je me tourne vers lui et pose ma main sur son épaule.

— Impressionnant, hein ? On dirait qu'elle n'a pas repris son souffle depuis qu'elle nous a accueillis.

Il rit.

— Oui, c'est… un personnage.

— Hum… dis-je après une petite hésitation. Peut-être qu'on pourrait la libérer et explorer un peu tous les deux. Trouver des endroits *très spéciaux* pour nous.

Il me regarde, je ris et pars en courant rattraper Donna, qui est en pleine discussion. Alors que je commence à faire mon trou, à trouver ma place… et même à être un peu heureux, positif, plein d'espoir, je pense soudain à mon père. À son sourire forcé quand Donna m'a pris sous son aile comme si j'étais quelqu'un d'important. Ce n'est pas juste pour lui.

Mais j'ai quand même envie de ne pas lâcher. Maintenant qu'il n'est plus question de BuzzFeed, c'est tout ce qu'il me reste.

Je ne peux pas abandonner. Même si ça fait du mal à mon père.

11

Par chance, Donna doit retourner à son bureau à cause d'une urgence. C'est le mot qu'elle emploie, même si j'ai du mal à voir quelle urgence peut avoir une chargée de communication sur les réseaux sociaux.

Quoi qu'il en soit, elle nous pousse dans l'ascenseur en nous expliquant comment retourner à l'accueil. Quand je sortais avec Deb, nous avions plein de temps à nous, mais ici ça paraît bizarre, presque rare, de me retrouver dans un espace aussi petit avec lui. Sans distractions. Et j'ai très, très envie de l'embrasser maintenant.

Avant d'arriver au deuxième étage où nous sommes censés descendre, il appuie sur le bouton six et l'ascenseur s'arrête doucement. Puis il me prend par le poignet et il m'entraîne dehors.

— On va où ?

Il me répond par un grand sourire et je me sens faiblir. Je le suivrais n'importe où. Mon cerveau essaye de lutter contre ce sentiment. Ça ne peut pas être intelligent de ressentir une chose pareille pour quelqu'un dans une ville où je ne me vois pas d'avenir et où il y a des caméras partout quand on est en public.

Je le suis à travers une série de couloirs où je ne vois rien de particulièrement fascinant. Des pièces austères, toutes identiques, sauf la plaque d'identification avec des numéros gravés.

Le carrelage sous nos pieds est d'un blanc stérile, tout a l'air neuf et aseptisé. Un parfum de citron flotte dans l'air. C'est la Nasa qu'on aime. L'organisation pratique qui se fout du look et n'a que faire d'une déco vintage.

Nous nous retrouvons devant une porte entrouverte. Sur la plaque je lis « Salle démo Lancement IV », et je sens l'excitation de Leon quand il frappe à la porte. Son attitude est contagieuse et mon souffle se raccourcit tandis que mon rythme cardiaque augmente.

Une femme ouvre en grand et sourit, radieuse, en découvrant Leon sur le seuil. Elle porte une blouse vert vif et un pantalon noir, et sa démarche est d'une grâce peu commune. Elle se balance de gauche à droite en décrivant des courbes que ses formes majestueuses épousent.

—Carmela ! Comment vas-tu ?

—Magnifiquement bien ! Je ne t'ai pas vu depuis la fête des vacances, Leon. Tu m'as manqué. Je dis à ta mère de te saluer chaque fois que je la vois, c'est-à-dire deux fois par semaine. J'espère qu'elle te le transmet.

—Oui, oui, la rassure Leon.

Nous échangeons une poignée de main tandis qu'elle me détaille des pieds à la tête.

—Dis-moi, Leon, qui est ton ami si bien habillé ? Je l'aime déjà.

—Cal. Mon père est le nouvel astronaute.

—Ah ! Ravie de te rencontrer, mon chou. Je vais beaucoup voir ton père. Entrez, entrez !

Elle nous invite d'un geste dans sa tanière, qui lui ressemble. L'endroit est étonnamment vaste, avec deux longs bureaux métalliques sur lesquels sont installés un tas de MacBook. Et, derrière les bureaux, un grand cockpit derrière une paroi en verre.

— Wouah ! Qu'est-ce que c'est ?

— Une salle de simulation, m'explique-t-elle. Une recréation à l'identique du cockpit et des capteurs de la navette. Je programme la simulation pour qu'elle rate d'une manière ou d'une autre, par exemple un moteur qui lâche ou un mauvais affichage sur les écrans, et les astronautes doivent trouver un moyen de rester en vie. On s'entraîne aussi sur des missions réussies, mais ce n'est pas aussi marrant pour moi. Vous voulez jeter un coup d'œil ? Il y a de la place pour deux.

Leon se tourne vers moi avec de grands yeux ronds, tu parles si je risque de dire non !

— Par contre, n'appuyez sur aucun bouton, dit-elle. Ça me prend des plombes d'initialiser le programme, et vos parents arrivent à quinze heures pour une introduction.

À l'autre bout de l'immense pièce, la porte du cockpit est ouverte. Il y a deux sièges, un de chaque côté, avec un tas de panneaux et de boutons du sol au plafond. Quand nous franchissons la paroi vitrée qui sépare les deux parties de la pièce et refermons derrière nous, j'ai l'impression d'arriver dans un lieu sinistré.

Au bourdonnement des machines succède le silence du confinement. Je n'entends que ma respiration. Et nos pas, tandis que nous avançons.

Nous sommes seuls.

— C'est ça que tu voulais me montrer ?

— Oui. J'adore. C'est vraiment une impression spéciale. Géniale.

— Je croyais que tu n'aimais pas trop tout ça, dis-je.

— Non, c'est juste… Je ne sais pas. Je déteste que le monde entier nous observe et attende qu'on le divertisse.

Je m'installe sur le côté droit du cockpit et j'imagine mon père là-dedans, réagissant à des tests et à des épreuves de logique. Est-il vraiment fort à ce point ? Serait-il capable de sauver une navette cassée et de ramener l'équipage sur Terre ?

En est-il capable ?

— De quel côté du test tu préférerais être ? Celui de Carmela ou celui de ta mère ?

Il réfléchit une seconde, et à son petit sourire, je comprends que c'est tout vu.

— Je préférerais être à la place de Carmela. Je voudrais créer des énigmes logiques, leur préparer des trucs impossibles. Tu prends une situation, tu listes les mille façons dont ça peut déraper, et tu prépares les astronautes à régler chaque problème un par un. (Il marque une pause.) J'aime bien les maths et la logique.

— Je comprends. Tu veux savoir qui je voudrais être ?

Il secoue la tête.

— Pas besoin. Je sais ce que tu préférerais. Tu voudrais être celui qui contrôle, qui résout les problèmes, qui sauve des vies et qui en tire toute la gloire.

Je hoche la tête.

— Je suis vraiment prévisible, hein.

Ses mains se posent sur les boutons entre nos sièges. L'énergie circule dans ce cockpit. J'ai la respiration courte, du mal à respirer. Je n'arrive pas à me concentrer. Je n'en peux plus d'attendre.

Lentement, je lui prends la main, et il sursaute à ce contact. Il tourne la main pour que son pouce caresse ma paume. Ça m'envoie des frissons dans le dos. Je ne respire plus. On devrait attendre. Je devrais être moins idiot. Mais je ne peux pas... Carmela nous tourne le dos. Nous sommes seuls, et je veux que ce soit marquant.

Je me penche vers lui, à moitié, il me regarde un moment. Je vois qu'il panique, mais qu'il en a envie lui aussi. Je ne peux pas tout faire. Je ne peux pas faire tout le chemin – mais mon Dieu, j'ai tellement envie de lui. Il faut qu'il fasse sa moitié aussi, qu'il me rejoigne.

Et après trois secondes atrocement longues, il le fait.

Ses lèvres sont douces, parfaites, elles se collent aux miennes comme s'il attendait ce moment depuis une éternité. Comme s'il attendait depuis toujours d'être avec moi. Au bout de quelques secondes, sa bouche est plaquée à la mienne et sa main vient se poser sur ma nuque. Mon cœur va exploser.

Ça va trop vite, ça ne peut pas durer assez longtemps. Et c'est fini.

Nos fronts se touchent, je respire, je respire, je respire. Mes lèvres brûlent. Puis il s'écarte de moi et je n'arrive pas à déchiffrer son expression. Était-ce trop pour lui ? Sa faim me paraissait insatiable quand il a collé ses lèvres aux miennes, la morsure de ses dents me maintenant contre lui.

Il détourne le regard, baisse les yeux sur ses mains.

— Je n'aurais pas dû faire ça, dit-il. Désolé.

— Oh, d'accord. Des regrets, tout de suite ? D'accord. Super. (Je montre le cockpit autour de nous.) Merci pour ce vol, c'était charmant.

Je ne sais pas quoi faire, et lui non plus. Je sais que je fais sans doute empirer la situation, mais je ne supporte pas le malaise qu'il a installé entre nous. Alors je me lève et me dirige vers la porte en essayant de ne rien montrer à Carmela en passant devant elle.

Étoiles filantes

Saison 2, contenu en ligne

INTERVIEW EXCLUSIVE : Connectez-vous à 12 h 30, nous discuterons avec Donna Szleifer, la chargée de communication des réseaux sociaux de la Nasa, qui nous expliquera comment cette première journée s'est passée pour les nouveaux astronautes.

— Désolée, attendez, je remets mes cheveux en place. – Ah, pardon, on est déjà en direct ? Bon, au moins, ça donnera à ceux qui nous regardent un aperçu de la vie fabuleuse qu'on mène quand on dirige les réseaux sociaux de la Nasa.

— Bonjour à tous, chers amis d'*Étoiles filantes*, je suis Josh Farrow et c'était Donna Szleifer, qui s'occupe des réseaux sociaux, ici, à la Nasa. Comme vous le voyez, la journée a été passablement mouvementée pour elle car c'est la première fois que toute l'équipe de la mission Orpheus était réunie. Alors, dites-nous, comment les astronautes s'entendent-ils ?

— Oh, vous savez, les premiers jours ne sont pas aussi glamours qu'on pourrait le croire. C'est surtout de la paperasse, la présentation des lieux – eh oui, les astronautes aussi doivent passer par là. Calvin et quelques autres nouvelles recrues sont partis faire des essayages pour leur combinaison en ce moment, mais ce matin, quand les vingt astronautes ont été réunis pour la première fois, on a senti quelque chose de spécial. On a été ravis de commencer la journée par une petite cérémonie, que vous pouvez retrouver sur nos fils Twitter, Facebook et Instagram. On a dévoilé un nouveau patch avec le nouveau logo du projet Orpheus, et, un peu comme les Mercury Seven, on a baptisé cette équipe les Orpheus Twenty.

—Ah, un titre honorifique parfait. Les Mercury Seven, comme chacun sait, étaient les sept premiers astronautes choisis par la Nasa pour voir si des hommes pouvaient survivre dans l'espace. Si l'on reprend cet exemple, on se dit que les Vingt d'Orpheus ont de sacrés prédécesseurs, pas vrai ?

—C'est le moins qu'on puisse dire !

—OK, comme c'est un contenu bonus en direct, on va commencer par quelques questions du chat. Voyons voir… oh, intéressant. À propos de Calvin Lewis Junior, quelle est la réaction officielle de la Nasa sur les accusations le concernant d'avoir enfreint les clauses du contrat de la Nasa ?

—Oh, c'est une question intéressante et… étonnante. On vise directement la carotide, n'est-ce pas ? Ah ah. Non, je plaisante. Je comprends. Mais nous avons regardé, et sur le plan juridique il n'a pas contrevenu aux règles définies par StarWatch ou la Nasa. Le contrat signé par les astronautes ne peut pas s'appliquer aux familles, et nos avocats ne voient aucune raison l'empêchant de créer son contenu en parallèle d'*Étoiles filantes*.

Nous allons l'encourager à poursuivre son travail, qui est excellent, et nous regardons comment nous associer à lui pour qu'il puisse créer un contenu encore plus pertinent. Au fond, c'est une très bonne nouvelle pour nous, vous ne trouvez pas ?

— Hum, oui, OK. Notre deuxième question…

— Vous savez, Josh, je vais malheureusement devoir interrompre cette conversation. C'est une grosse journée, et nos spectateurs peuvent suivre notre actualité sur tous nos réseaux sociaux si le projet Orpheus les intéresse. Et s'ils sont curieux de ce que fait Cal Junior, je pense qu'ils trouveront aussi des choses sur sa chaîne. En attendant de vous revoir, comme on dit ici à la Nasa, gardez la tête dans les étoiles !

12

— Cal, attends !

Leon me court derrière dans le couloir.

Mes muscles sont tendus, tout mon corps crispé, comme pour me protéger d'une déflagration.

Il me rattrape alors que je m'apprête à appeler l'ascenseur. Il me prend par l'épaule et je fais volte-face. Mon mouvement le surprend, et je vois à son expression qu'il comprend qu'il m'a blessé.

— Je suis désolé, dit-il. Je… je ne sais pas ce qui s'est passé.

— On s'est embrassés. Tu as dit que c'était une erreur. J'ai paniqué. Écoute, si tu as encore des choses à mettre au clair et qu'embrasser un autre garçon est encore difficile pour toi, appelle-moi plus tard, quand tu seras prêt. Je te souhaite bonne chance, je ne peux pas t'aider. Ou alors, si c'est juste que tu ne m'aimes pas et que je ne suis pas celui que tu as envie d'embrasser, dis-le-moi. De préférence pas juste après qu'on s'est embrassés, mais je préférerais être au courant.

— Cal, non, ça n'a rien à voir. Enfin, c'est plus compliqué que ça.

— Je ne veux pas de quelqu'un qui ne sait pas ce qu'il veut. Et ne le prends pas de travers, je ne cherche pas à me marier ou même à avoir forcément une relation hyper engagée. Mais je ne peux pas t'aider à m'accepter. Je peux juste t'aider à t'accepter.

Il me prend par les épaules.

— Quel est le problème ?

Et ça me fait taire.

— Cal, je suis désolé. Parle-moi.

— Je l'ai déjà fait, et ça m'a brisé, dis-je. J'ai largué mon ex-copine parce que j'avais embrassé un gars que j'aimais vraiment bien. Mais je voyais des regrets dans ses yeux chaque fois qu'on s'embrassait. Je ne veux pas revivre ça.

Il me dévisage un moment. Puis il se met sur la pointe des pieds et dépose un petit baiser sur ma bouche. Je me sens instantanément mieux, et je nous déteste de cette réaction. Je le repousse doucement, gentiment, en essayant d'ignorer les larmes qui me montent aux yeux.

— Si je n'ai pas le droit de t'embrasser quand tu es triste, tu n'as pas le droit de le faire non plus quand c'est moi qui le suis.

— Je ne t'embrasse pas parce que tu es triste. Je t'embrasse pour te montrer que tu me plais. Tu vois ? Pas de regret. J'ai besoin de temps pour gérer mes émotions mais fais-moi confiance, s'il te plaît.

Nous nous embrassons, et je le plaque presque contre le mur. Même à Brooklyn, je n'ai jamais été aussi démonstratif dans un lieu public. Mais il faut dire que jamais mes sentiments n'ont été aussi intenses.

Je suis en pleine panique, en fait. Et la raison pour laquelle je me suis enfui me frappe soudain.

— Tu me fais peur. (Je réfléchis à ce que je viens de dire.) Non, c'est moi qui me fais peur. Ces sentiments ne sont pas normaux. Ça va trop vite. Ce n'est pas normal pour moi.

— Tu as raison. Ça va trop vite, ce n'est pas normal. Mais au fond, j'aime bien cette nouvelle normalité.

Je ressens la même chose que lui. Je ne le dis pas à voix haute parce que je déteste ces mots, qu'ils me retournent l'estomac. J'ai le visage rouge. Et il faudrait que je revienne à l'ordinaire maintenant ? Que je trouve des passionnés d'espace à interviewer avant de rentrer comme si rien n'avait changé ? Je ne vois pas comment…

Nous prenons l'ascenseur en silence, descendons au deuxième étage et marchons dans les couloirs en quête de notre première interview. Suivant les instructions de Donna – qui me parviennent sous forme de textos –, j'aborde Brendan, le type qui nous a aidés à nous installer dans notre maison.

— Eh, salut, dit-il. Ravi de te revoir. Vous êtes bien installés ?

— Plus ou moins. Dites, Donna vous a expliqué ce que je suis censé faire ici ?

Ma question l'amuse.

— D'habitude, cette tête de linotte ne me donne presque pas d'info, alors j'ai dû aller sur ton FlashFame. J'ai regardé quelques-uns de tes vidéos, et je pense que j'ai quelque chose pour toi. Mais… tu crois que ça intéressera tes abonnés ?

Je ne suis sûr de rien, me dis-je, mais ça ne m'a jamais arrêté auparavant.

— On ne saura pas tant qu'on n'aura pas essayé.

J'inspire profondément pour faire revenir l'oxygène dans mon sang. Je me tords le cou, étire mes bras, et, du coin de l'œil, je vois le sourire de Leon s'agrandir. Je croise son regard, il se referme. Puis éclate de rire.

— Tu as vraiment ton petit rituel, hein ?

— Tsss… Laisse-moi faire, dis-je en levant les yeux en l'air. Brendan, si vous êtes prêt, je lance le direct. Leon, je te confie le téléphone quand j'aurai fini l'intro. D'accord ? Et… c'est parti.

Sous la vidéo, il est indiqué qu'elle est diffusée en direct depuis le centre spatial Lyndon B. Johnson de la Nasa, si bien que le nombre de spectateurs grimpe très vite, on passe en peu de temps de plusieurs milliers à plusieurs dizaines de milliers de personnes.

— Hey ! dis-je à la caméra. Aujourd'hui, nous allons faire une interview très particulière avec un scientifique du centre spatial, Brendan Stein. Je passe mon téléphone au très célèbre Leon Tucker, qui va avoir l'honneur de nous filmer. (Je retourne la caméra.) Dis bonjour !

Il se cache aussitôt, ce qui fait rire Brendan. Puis je lui tends mon téléphone en lui chuchotant :

— C'est ce qui arrive quand on se moque de mes *rituels*.

Il rigole, puis me cadre avec Brendan. Nous sommes tous les deux assis sur des tabourets, avec en fond le logo blanc des labos de recherche de la Nasa.

— Alors, on a parlé tout à l'heure, dis-je, et vous me disiez que votre passion, c'était de jouer avec de la terre ?

— Ah, s'amuse-t-il, on peut le dire comme ça. Si tout se passe comme on l'a prévu, un jour on fera des tests avec différents échantillons de sol martien, dans la pièce juste derrière moi. Enfin, ici même.

Il saute sur ses deux pieds et je le suis jusqu'à une table sur laquelle est posé un fin cylindre de verre scellé.

—OK, Leon, tu peux zoomer, s'il te plaît ? Donc, ce que vous voyez là, c'est un échantillon de la terre sur laquelle un de nos géologues travaille. De tube rempli de sédiment prélevé à plusieurs mètres de profondeur. Comme vous pouvez le voir, cette roche est rouge marbrée tout du long, sauf sur une bande d'un centimètre, grise, qui court au milieu.

Pendant que la caméra se concentre sur le sédiment, j'en profite pour regarder combien de personnes regardent en direct. Le nombre au compteur est tellement énorme que je n'en crois pas mes yeux. Mais les chiffres sont là : plus de soixante-quinze mille personnes écoutent les explications de Brendan, et il en arrive sans cesse de nouvelles.

Et il pensait que personne ne s'intéressait aux sols ?

—C'est une couche de cendre d'une éruption volcanique il y a environ sept mille ans, et là où le sédiment est plus sombre et plus compact, cela signifie qu'il y a eu comme un déluge que l'on peut dater. Si l'on parvient à ramener de la terre de Mars, cela nous permettra donc d'en apprendre énormément sur le passé, le présent et l'avenir de cette planète.

Ses yeux brillent face caméra, et je reconnais chez lui la même passion que chez Mark Bannon lors de son discours. C'est ce que j'aime et c'est pour cela que je veux être – non, que je suis – journaliste.

Je rejoins Brendan.

—Et tous ces tests sont des préparatifs pour des échantillons que nous n'aurons pas avant des années ?

—Quand la terre martienne entrera dans notre atmosphère, nous voulons savoir exactement ce qu'il faudra tester. Et grâce aux résultats que nous obtenons aujourd'hui, nous irons droit au but. Nous saurons ce que Mars a dans le ventre. (Il rit.) Je sais que ça paraît étrange, mais Mars jouera peut-être un grand rôle dans l'avenir de la Terre, quel qu'il soit.

Ensuite, il nous fait visiter le laboratoire, en nous arrêtant devant d'autres tests, des infrarouges, des tests de pH, etc. Sur chaque paillasse, il y a un MacBook et un bloc-notes qui détaille toutes les étapes de chaque examen. Une demi-heure est passée sans que je voie le temps filer, et la chaîne a gagné quelques milliers de spectateurs de plus.

Je fais signe à Brendan de conclure. Je ne doute pas que mes abonnés l'écouteraient parler pendant des heures s'il en avait envie, mais j'aime qu'ils soient un peu frustrés et qu'ils aient envie de regarder les prochaines vidéos. Juste ce qu'il faut pour qu'ils soient accros.

— On dirait qu'on arrive au bout de notre temps. (Il rit et fait un clin d'œil au téléphone.) Pile au moment où j'allais vous montrer un truc *vraiment* cool.

J'éteins la caméra.

— C'était dingue ! Je pensais que vous en aviez pour cinq ou dix minutes, mais vous avez tenu en haleine plus de trois cent mille personnes pendant tout ce temps. Presque personne n'a décroché ! Laissez-moi un commentaire si vous voulez que je vous tagge sous la vidéo.

— Merci. Pfiou, c'était chouette. Je sais que j'étais juste en train de parler à un iPhone, mais j'avais vraiment l'impression que quelqu'un écoutait à l'autre bout. Les gens de la com n'arrêtent pas de dénigrer nos communiqués de presse. Je ne voudrais pas dire du mal de StarWatch mais…

— On peut peut-être faire changer les choses, le coupe Leon

Nous hochons tous les trois la tête.

— En tout cas, reprend Brendan, je partagerai ta vidéo avec mes collègues, et je téléchargerai l'application pour voir si j'y comprends quelque chose. J'ai vingt-cinq ans et j'ai déjà l'impression d'être un dinosaure.

Tandis que Brendan nous ramène à la cafétéria retrouver Donna, je lui demande :

— Vous voudriez poster d'autres vidéos ? Puisque la Nasa ne met pas vos annonces en avant, pourquoi ne pas les faire vous-même ?

— Si vous m'aviez posé la question hier, j'aurais rigolé, mais je me suis bien amusé… Ça vaut peut-être le coup d'essayer. Comment on construit une base d'abonnés ?

Je hausse les épaules.

— Il faut mettre régulièrement du contenu que les gens aiment. Je vous taggerai et je dirai aux gens de s'abonner à votre page pour avoir d'autres infos. On verra bien…

— Bon, c'est ici que nos chemins se séparent, me dit-il en nous renvoyant vers Donna.

Nous le quittons, et je remarque en m'approchant que Donna a l'air moins en forme que d'habitude. Elle a l'air hagarde, exténuée, les cheveux en bataille.

— Désolée, les garçons. J'ai eu… un entretien difficile, disons.

Une fois calmée, elle nous explique leurs campagnes sur les réseaux sociaux. Ça m'intéresse, parce que ça a l'air d'être un boulot sympa, mais j'ai trop les batteries à plat après l'interview pour être très réactif.

— Le fond de l'affaire, c'est que nous sommes financés par le Congrès. Sans l'intérêt du grand public, il n'y a pas de programme. Mais StarWatch pense que les gens ne s'intéressent qu'aux mélodrames, à la téléréalité, ce genre de trucs. Et voilà que tu déboules. Je le dis depuis le début, Cal, mais je pense que tu peux faire un carton avec ce programme. Continue à faire tes vidéos. (Elle me prend par le poignet, croise mon regard.) Montre à tout le monde à quoi sert ce programme.

***

Quand le taxi me dépose devant chez moi, je serre la main de Leon avant de descendre.

—Merci, tu sais pourquoi. (Je pousse un soupir pour contenir mon émotion.) C'était... bien.

Il lève le menton et plante son regard dans le mien.

—On se voit bientôt.

Je me penche vers lui et plante un baiser sur ses lèvres. (Dans un taxi ! Au Texas !!) Il y a quelque chose de gratifiant à embrasser quelqu'un pour lui dire au revoir. Le simple fait d'avoir quelqu'un à embrasser pour dire au revoir est spécial, et j'espère que je ne ferai jamais comme si c'était un dû.

Quand nos bouches se séparent, il sourit et je sens son goût une dernière fois sur mes lèvres avant de sortir du taxi.

Les marches que je monte vers la maison me paraissent plus légères. Et je sens ma peau de citadin tomber comme la mue d'un serpent.

En entrant dans la maison, je découvre maman allongée sur le canapé sous une couverture trop épaisse, avec sa Nintendo DS. L'air conditionné tourne à fond, mais elle passerait sa vie sous une couverture si elle pouvait.

Comme je sais qu'elle n'aime pas être dérangée pendant ses rituels d'après le travail, je lui fais un bisou et vais m'enfermer dans ma chambre.

Maman a toujours été une angoissée, même avec ses rendez-vous chez le psy et ses médicaments à basse dose. Elle part tôt des soirées, et un simple voyage ou même la circulation au quotidien la mettent dans un état de panique qu'elle arrive tout juste à gérer.

Une heure de calme chaque jour est son but dans la vie. Du temps pour elle. Même papa respecte ça, malgré leurs disputes et les cris qui jouent sans doute contre ses séances de méditation.

À peine ai-je mis mon casque sur mes oreilles et une cassette dans le lecteur que maman passe la tête par la porte de ma chambre. Elle a l'air paisible. Elle me regarde calmement depuis le seuil, alors je lui rends son drôle de sourire.

— Tu veux qu'on aille chercher quelque chose à manger ce soir ? J'ai pas envie de cuisiner et il n'y a rien à la maison. En plus, ton père va rentrer tard ce soir, ils commencent les tests de vol ou quelque chose dans ce genre.

— Ah ? Dès le premier jour ?

Je suis habitué à ce que papa ne soit pas là certains soirs, ou alors à ce qu'il rentre hyper tard. Il était pilote de ligne, avant. Mais être en retard parce que tu es coincé par le blizzard au Colorado me paraît beaucoup plus logique qu'ici.

Elle hausse les épaules.

— Je pense qu'il va falloir s'y habituer. Tu sais que ton père ne dira non à rien, surtout au début. Et ce sera pire s'il est choisi pour cette mission…

J'accepte sa proposition pour le dîner et lui parle d'un restaurant tex-mex dont Leon m'a parlé quand on buvait du champagne au fond du jardin. Elle sourit et sort de la chambre. Si elle est heureuse, que papa est heureux et que je peux continuer à faire mes vidéos…

Peut-être que tout ira bien à Clear Lake.

Étoiles filantes

Saison 3, épisode 7

Dans cet épisode d'Étoiles filantes, l'astronaute Mark Bannon parle avec Josh Farrow des nouveaux candidats ainsi que de son avenir au sein du projet Orpheus. (Épisode diffusé le 17 juin 2020.)

— Josh, mon ami, comment ça va ?

— Mark Bannon l'astronaute ! Je suis ravi de te recevoir une fois encore. Pour ceux qui nous rejoignent, merci de regarder *Étoiles filantes*. Nous recevons Mark Bannon en exclusivité ce soir. La dernière fois que nous avons eu un tête-à-tête, c'était… je crois que c'était en Floride, lors de la dernière saison.

— Oui, exact. Le lancement d'Orpheus IV. Avec le recul, j'étais assez nerveux, non ? J'étais terrorisé toute cette semaine-là. Si Orpheus IV n'avait pas été un vrai succès, je pense que la mission V aurait été annulée. Une erreur, et on serait tous allés pointer au chômage.

— C'est vrai, Mark. La dernière saison avait un ton très différent. C'était juste après l'arrivée de Grace Tucker, juste avant que le Sénat garantisse le financement pour aller, espérons-le, jusqu'à Mars. Mais à l'époque, on ne savait pas s'ils seraient prêts à investir dans l'exploration spatiale.

— Oui, vous avez raison. C'est bien de réfléchir à ces anciennes interviews. Votre émission a vraiment suscité un regain d'intérêt pour le programme, Josh. Je ne sais pas si on serait là sans vous.

— C'était une opportunité intéressante pour nous, si je peux être franc. Nous l'avons vu comme une manière d'unir le pays derrière un bel objectif. De faire renaître le patriotisme qui avait manqué ces dernières années. Nos téléspectateurs ne le savent peut-être pas : c'était l'un des rares sujets de consensus, ce qui mettait le Congrès dans l'embarras, car les partis avaient tendance à en faire un enjeu politique.

— Oui, c'est pour ça qu'ils se sont tournés vers les électeurs, qui ont voté dans leur immense majorité pour que des fonds soient alloués à la mission. Et c'est grâce à eux que les Vingt d'Orpheus sont plus près chaque jour de Mars.

— Alors, parlons des nouvelles recrues. Cela fait une semaine désormais que vous travaillez avec elles. Y en a-t-il qui font des étincelles ?

— Vous savez combien il y avait de candidats ? Ceux qui sont là font tous des étincelles.

— D'accord, mais je vais devoir vous poser une question plus perfide, Mark, la question que nos téléspectateurs nous posent le plus. On a parlé en long et en large de votre concurrence avec Grace Tucker pour prendre la tête d'Orpheus V. Mais maintenant qu'il y a un autre pilote de chasse dans les rangs, pensez-vous que Calvin Lewis Senior soit une menace ?

—On a passé la semaine à effectuer des tests de vol, et je ne vous mens pas en disant que je suis fier de travailler avec des pilotes aussi brillants. Mais je veux dire une chose : ce n'est pas une compétition. Il n'y a pas de menaces. On n'est pas en 1968. Orpheus V reviendra sans doute à Grace ou à moi parce que nous connaissons mieux la navette, mais ça n'a rien à voir avec le talent ou la compétence. Pensez à Orpheus VI. À Orpheus VII. Ces missions auront elles aussi besoin de pilotes, et la Nasa prendra la personne la plus adaptée pour chacune d'entre elles, comme elle choisit tous les autres participants. Je vais être franc avec vous, je trouve que vous faites un super boulot à StarWatch, mais ce n'est pas une compétition comme dans une téléréalité. Les enjeux sont beaucoup plus importants, c'est littéralement une question de vie et de mort. Et on fait notre maximum, tous autant qu'on est.

—Je comprends. Espérons que nos téléspectateurs aussi.

13

Il me faut une trentaine de secondes pour m'apercevoir que quelque chose cloche. Maman marche de long en large et la maison résonne à chaque pas. Un coup d'œil à l'horloge me confirme ce que je sais déjà : il est trop tôt. Ou trop tard.

Ce nouvel environnement a modifié mes journées par rapport à New York. Cela fait trois longues semaines que je suis ici, mais chaque fois que je me réveille, j'ai un bref moment de désorientation. Où suis-je ? Qui a remplacé mon mur de brique par cette atroce paroi de faux marbre ? *Pourquoi mon lit est-il si immense ?*

Je me redresse, glisse mes pieds hors du lit. Je revérifie l'horloge : une heure trente. Papa devrait avoir atterri en Floride pour visiter le site de lancement avec les autres astronautes. Je prends le temps de m'étirer les orteils et le cou avant de repérer un short qui fera l'affaire. Au moment où je sors de la chambre, maman entre dans le salon en robe de chambre.

— Alors, qu'est-ce que tu as à me dire ? s'énerve-t-elle.

— Maman ?

Ses yeux injectés de sang ne me voient pas, sa poitrine inspire et expire à un rythme beaucoup trop élevé pour être sain. Je suis pris d'un profond malaise, soudain, et j'ai du mal à respirer.

— Tu ne peux pas refuser de me tenir au courant, d'accord ?

Elle hurle dans le téléphone. Quand elle finit par m'apercevoir, sa colère redescend d'un cran. Mais je vois des larmes au coin de ses yeux quand elle me serre contre elle.

— Retourne dans ta chambre, Cal, tu veux ?

Je voudrais lui poser des questions mais mieux vaut me taire. Alors que j'ai passé l'essentiel de mon enfance à faire l'intermédiaire entre mes parents, quand il se passe quelque chose de vraiment vilain ou dérangeant, je redeviens aussitôt un enfant très obéissant.

Enfermé dans ma chambre, je suis envahi par la panique. Je me précipite sur mon téléphone, mais pas de texto. Comme j'ai besoin de réponses, j'ouvre mes applications.

Sur FlashFame, je découvre que mon fil fait énormément de vues alors même que je n'ai rien posté aujourd'hui. Je jette un coup d'œil aux commentaires pour essayer de comprendre ce qui se passe.

Un accident d'avion… à proximité du cap Canaveral… un jet privé à bord duquel volaient cinq employés de la Nasa dont les noms ne sont pas donnés. Il y aurait trois astronautes parmi eux. L'un est mort sur le coup ; deux autres ont été transportés d'urgence à l'hôpital. Mais il n'y a que des on-dit sur ma page. Je clique sur quelques liens vers des sites d'info, qui me conforment l'histoire, et quand je relève la tête, ma mère est sur le seuil.

— Que se passe-t-il, maman ?

Un mort.

Je frémis. La peur m'écrase. Elle comprime ma respiration, me dit que plus rien ne sera jamais comme avant, que le mort ne peut être que papa, que son rêve est terminé. Comme tout serait absurde s'il venait à mourir dans un accident lors de son premier mois de travail…

— Il y a eu un accident, papa était dedans, répond maman. Mais il va bien. On aura plus de détails quand la Nasa jugera *approprié* de nous les donner.

Je soupire et sens ma tension se libérer d'un coup.

— Ça dit qu'il y avait trois astronautes à bord de l'avion.

— Oui, tout ce que je sais, c'est que Grace et Mark étaient dans l'avion avec lui.

— Mais j'ai lu d'autres infos, dis-je d'une voix blanche, en espérant que c'étaient des mensonges. Apparemment, il y aurait un mort, maman.

Mes poumons sont en feu. Mon corps se met à trembler. Il faut que je sorte. Il faut que je sache si c'est Grace. Je n'imagine pas le programme spatial sans elle.

Je me rends soudain compte que Leon, chez lui, doit avoir exactement la même conversation avec sa famille en ce moment.

— Mais papa va bien ? Tu es sûre ?

— Oui, il est sous surveillance à l'hôpital, mais ça va. Mais ces enfoirés de la… Pardon, je ne devrais pas parler comme ça. Enfin, si, ce sont vraiment des enfoirés. Ils ne veulent même pas me dire où il est ni quand je pourrai lui parler.

Le téléphone est toujours coincé entre son oreille et son épaule tandis qu'elle se tord les mains. Sa fébrilité déteint sur moi, je sens mon niveau de stress remonter.

— Il va bien. On sait au moins ça, dis-je. Mais il faut que j'aille voir Leon. Je veux m'assurer que Grace n'a rien.

Maman jette un coup d'œil à l'horloge d'un air inquiet.

— C'est juste à côté. On n'est pas à Brooklyn, je ne croiserai pas le moindre être humain sur le chemin. S'il te plaît, il n'y a pas de danger.

— Tu ne veux pas juste l'appeler ?

— Je l'appellerai en chemin. Mais… si c'est elle ?

Une lueur de compréhension éclaire la figure de ma mère en me voyant pour la première fois comme cela. Elle hoche la tête, avec un sourire.

— Oh, mon chéri… je n'avais pas compris que vous deux… Vas-y. Ça ira pour moi, ne t'inquiète pas. J'aime autant que tu ne sois pas là quand j'insulte les représentants de la Nasa au téléphone, de toute façon.

J'enfile mes baskets, prends mon téléphone et me précipite dans la rue.

L'humidité de la nuit me tombe dessus. Il fait nuit noire, les seules lumières sont les veilleuses des porches et les rares luminaires. Je suis déjà en sueur, mais c'est surtout à cause de la panique. Mes pieds sont massacrés par mes baskets, je grimace à chaque pas. J'aurais dû prendre le temps de mettre des chaussettes.

Un astronaute est mort. Cette possibilité ne me quitte pas. Il est déjà arrivé que des astronautes meurent : crashes aériens pendant les entraînements, l'incendie d'Apollo 1, le désastre du *Challenger*. La mort a déjà frappé le programme spatial américain.

Mais je n'avais jamais pensé que cela pouvait arriver à quelqu'un que je connaissais.

Je n'avais jamais pensé que cela pouvait arriver si vite.

Je cours sur le trottoir maintenant, l'air fouette mes joues et mes cheveux, et je sens quelque chose couler sur mon visage. Une larme. Puis une autre. Je me rapproche de sa maison et je suis en pleurs. Je dois m'arrêter. Je ne sais pas ce qui m'arrive. La peur ? La panique ?

Au moins, je suis seul ici. Et je peux pleurer sans crainte d'être vu. Se réveiller au milieu de la nuit, découvrir que son père est peut-être mort, puis comprendre que mon soulagement signifie qu'un autre souffrira.

Pitié, pas Grace.

Et soudain je ne suis plus seul. Des pas arrivent près de moi, rapides, et j'essaye de me reprendre mais je suis plié en deux, les mains sur les genoux, pantelant. Je ne ressemble à rien et la lumière crue du réverbère n'arrange pas les choses.

Peut-être qu'ils vont se contenter de passer sans rien dire. Peut-être que…

— Cal ?

C'est la voix de Leon. Elle transperce la nuit et je retrouve mon souffle. Ou alors je ne pense plus à l'oxygène.

— Cal, non, c'était ton père ?

Il court jusqu'à moi et me prend dans ses bras. Je le serre et sens son corps chaud contre moi. Son oreille collée à ma bouche, je lui susurre d'une voix hachée que non, mon père va bien.

— J'ai eu peur que…

Je m'arrête. Nous sommes tous les deux essoufflés, alors je m'écarte de lui pour pouvoir mieux respirer.

— J'ai cru que c'était ta mère, je m'inquiétais.

— Moi aussi, c'est pour ça que je suis là.

La faible lumière semble amplifier l'expression de ses yeux. J'y lis de la panique, je ne l'avais pas remarquée.

Il bat deux fois des paupières et mon corps frissonne. Cette fois, ce n'est pas la peur. C'est… autre chose. Je ne sais pas quoi, mais je n'ai jamais ressenti une chose pareille. Ma poitrine me fait mal, j'éprouve un élancement, comme s'il me manquait, alors qu'il est devant moi.

— Tu es beau cette nuit. (Un petit rire lui échappe à travers ses larmes.) Je ne t'avais jamais vu comme ça. D'habitude, tu es toujours très habillé, même la fois où tu as filé un coup de main au jardin.

— Je n'ai pas eu le temps, dis-je.

Je tire sur mon tee-shirt, gêné d'être attifé de la sorte devant le garçon que j'aime. Il attrape mon tee-shirt et m'attire contre lui.

Nos nez se touchent.

— C'est Bannon. Les gens de la Nasa ont trop parlé, ils ont dit à papa qu'un astronaute est mort, alors ça doit être lui. (Son front se plisse tandis que cette vérité douloureuse se fait jour.) C'est tellement triste. Sa famille… Tu crois que ça va changer des choses ?

Je hausse les épaules.

— C'est à moi que tu le demandes ? Je viens d'arriver.

Il secoue la tête comme pour chasser un souvenir.

— Tu as lu les derniers articles, non ? Maman était censée être la pilote pour la mission sur Mars, et Bannon devait être son remplaçant.

Je réfléchis un instant.

— Tu crois que mon père va prendre sa place ? Tu crois qu'il pourrait devenir remplaçant sur la mission ?

Son silence est une réponse. Les chances de papa de participer à la mission Orpheus V viennent de grimper en flèche.

— Il faut que j'aille voir si maman a d'autres infos, dis-je. En tout cas, je suis content que ta mère aille bien.

— Pareil pour ton père. Mais avant que tu t'en ailles…

Il m'embrasse. Ce n'est pas un baiser fougueux, passionné, mais il me fait bondir de la même façon. La force d'attraction de ses lèvres est irrésistible, je ne contrôle plus mon corps.

— Je t'aime bien, dis-je.

C'est débile comme phrase, on dirait que j'ai quatre ans, mais rien d'autre ne m'est venu.

Il rit et se colle contre moi. Son déodorant ne fait plus effet, je hume son parfum chaud et musqué, qui m'enveloppe.

— Moi aussi, je t'aime bien.

StarWatch News

Édition spéciale en direct

— Je suis Josh Farrow et j'ai des informations sur la situation en cours. Si vous venez de nous rejoindre, voici ce que nous savons pour le moment. Un avion qui transportait les astronautes Mark Bannon, Grace Tucker et Calvin Lewis Senior, ainsi que deux autres scientifiques de la Nasa, est parti pour le centre spatial Kennedy du cap Canaveral tôt ce matin. Mark Bannon, qui pilotait l'avion, a fait état d'indicateurs défaillants sur le tableau de bord alors que l'avion était sur le point d'atterrir. Un dysfonctionnement mécanique a ensuite provoqué l'arrêt des réacteurs gauche et droit peu après, ainsi que celui des lumières.

Le signal radio a été interrompu à ce moment-là, donc nous ne savons pas exactement ce qu'il s'est passé. Ce que nous savons, c'est que le train d'atterrissage n'est pas sorti. L'avion volait alors à une vitesse dangereuse, et Mark a modifié la trajectoire pour aller vers l'océan tenter un atterrissage d'urgence.

Nous venons d'apprendre que Mark Bannon, membre à part entière du projet Orpheus, est mort sur le coup.

Mais ses réflexes ont sauvé la vie des quatre autres passagers. Grace Tucker et Calvin Lewis Senior sont encore à l'hôpital pour des examens, mais ils sont tous les deux dans un état stable, nous dit-on. Nous attendons encore des commentaires officiels de la Nasa.

Demain soir, l'épisode initialement programmé sera remplacé par un hommage à Mark Bannon. Nous espérons avoir davantage de réponses d'ici là.

14

— Chéri, lève-toi.

C'est maman, et il n'est même pas six heures du matin. La terreur revient illico, papa est peut-être plus gravement blessé qu'on ne me l'a dit, tout s'écroule autour de moi. Mais ma mère pose ma main sur mon épaule et sourit. Je me détends. Je respire.

— Il est cinq heures et demie. Que… Pourquoi ?

Je grogne plus que je ne parle en me tournant dans mon lit.

— Désolé, chéri. Les gens de StarWatch sont en route, ils viennent chez Grace pour parler de l'accident et nous devons y aller aussi.

— Mais… Grace est en Floride.

— Oui, mais son mari et les enfants sont là.

Je ronchonne. Je ne dois pas seulement me lever. Il faut que je me douche. Que je m'habille. Que je me prépare à prendre un visage fier mais songeur pour parler de la mort et de mon soulagement de savoir papa vivant et en bonne santé.

Il n'est pas question de faire semblant bien sûr, mais je n'ai pas vraiment envie d'exprimer tout cela en public.

Je n'ai pas signé pour ça.

Mais je pense à Leon, mon estomac se noue, et je comprends que j'ai bien trop envie de le voir pour dire non. Nous nous sommes embrassés il y a à peine quelques heures, mais j'ai encore envie de sentir ses lèvres contre les miennes. Je veux sentir son corps contre le mien. Je veux... Mon Dieu, je veux tant de choses. Mais rien que les gens de StarWatch ne devraient voir, cela dit.

Je regarde mon téléphone et vois deux émojis sur l'écran. Ça vient de Leon : un cœur et une fusée. Je ris et soupire.

C'est ce qui me fait sortir du lit après cette nuit sans sommeil et la panique que mon corps n'a toujours pas totalement évacuée. Quelqu'un que je connais est mort. Quelqu'un que tout le pays connaît et en qui nous avions tous placé nos espoirs.

Vers quatre heures du matin, j'ai pu parler à papa, ce qui m'a un peu rassuré. Il est « secoué », mais n'a rien de cassé. Ce qui signifie qu'il va bien, mais que le pays va pleurer son astronaute décédé et que je dois jouer mon rôle. Tout cela devant les caméras de StarWatch, pour qu'ils aient leurs images à l'occasion de l'hommage à Mark Bannon.

Je saute dans la douche et me prépare aussi vite que possible. Quand je sors de la chambre, l'odeur des œufs et des saucisses me saute au nez. Je prends conscience que je suis affamé après cette drôle de nuit.

— Petit déjeuner salé ?

— Les gens de la Nasa m'ont dit d'apporter quelque chose, répond ma mère.

— Eh bien, c'est ta spécialité.

Je ris, mais ce n'est pas faux.

Elle retire la casserole du feu et je dois prendre sur moi pour ne pas m'emparer d'une fourchette et d'un couteau pour lui faire un sort. C'est tout bête, mais qu'est-ce que c'est bon ! Nous montons en voiture et arrivons une minute plus tard chez Leon. Je pense que maman trouve ça pratique, mais pour moi, monter dans la voiture pour deux minutes n'a aucun sens.

Alors que je vais descendre de voiture, maman me prend la main.

—Que se passe-t-il ?

Mais je sais ce qu'il y a. Son corps est crispé, et je ne comprends pas comment elle peut être si animée parfois – pendant les engueulades avec mon père, ou quand on parle de jeux vidéo – et si raide dès lors qu'elle se retrouve avec gens qu'elle connaît moins.

—Il ne m'a pas demandé si je me sentais capable de tout ça, dit-elle. Il sait que ça m'affecte. Je n'ai pas envie de passer à la télévision.

—Ça va aller, maman. StarWatch rend tout merdique, dis-je. Mais c'est vrai que je suis habitué à être devant une caméra, au moins. Je comprends que ce soit compliqué pour toi.

Elle secoue la tête d'un air décidé.

—Ça va aller. Je survivrai. Mais je déteste tout ça. Et je n'ai pas trouvé de bon psy, celui qui me faisait les consultations en ligne, le vieux, passe beaucoup trop de temps à me juger, je trouve, et… enfin, tu t'en fiches.

Elle rit.

—En attendant d'en trouver un, tu peux me parler. Ou peut-être que Grace peut te donner des conseils. Elle est vraiment gentille.

—C'est drôle, répond maman. Enfin, pas drôle, mais quand j'étais petite j'en parlais souvent à Tori. J'avais l'impression qu'elle était la seule à comprendre ce que je vivais.

Je souris. Tante Tori, c'était une personnalité entière, extravertie, mais avec la tête sur les épaules. Tout l'inverse de maman sur plein de points. Quand elle allait à l'épicerie, elle parlait à tout le monde, repartait avec la moitié des courses prévues mais cinq nouveaux amis.

— Tu sais, les buissons bizarres qu'elle a aidé à planter à Prospect Park ?

— Oui, dis-je. Elle m'y emmenait tout le temps. Ils étaient moches.

Maman rit.

— Elle adorait ces buissons tout tordus et pleins d'épines. Mais j'y allais souvent en journée, quand tu étais à l'école et papa… en l'air quelque part. Même si c'est un des plus grands parcs de Brooklyn, j'y étais seule. J'avais mon lieu à moi avec Tori.

Tante Tori est morte d'un cancer du pancréas il y a quelques années, et la plaie est encore vive dans nos mémoires. Brooklyn était plein de souvenirs d'elle : sa pizzeria préférée, ses sempiternelles négociations avec les vendeurs à la sauvette, etc.

Maman baisse les yeux sur ses mains, posées sur ses cuisses.

— Je ressentais toujours sa présence à cet endroit, je taillais les buissons et je lui parlais.

— Oh, dis-je. C'est pour ça que tu t'es autant énervée après papa ?

— En partie, dit-elle. Mais il ne pense pas à ce genre de choses. On peut arriver à la même conclusion, mais lui est prêt en trente secondes à changer de vie, alors que j'ai besoin de plus de temps. J'avais déjà dit adieu une fois à tante Tori. Je ne pensais pas devoir le refaire.

Nous sortons de la voiture et marchons lentement jusqu'à la porte. La mort de tante Tori a été lente et rapide à la fois, mais si papa était mort dans un crash, ça aurait été soudain et presque impossible à supporter.

Pour nous deux.

Comme nous approchons de la porte des Tucker, je lui prends son plat des mains parce que je sais ce qui nous attend. Je lève les yeux vers elle et me rends compte qu'elle n'est absolument pas préparée à ce qui va suivre, surtout dans l'état d'émotivité vulnérable où elle se trouve. Au moment où elle frappe, je lui dis :

— Les caméras vont être tout de suite sur nous. Ils vont nous suivre. Prends juste un air triste mais soulagé.

La porte s'ouvre, une lumière éblouissante nous accueille, les caméras sont braquées sur nous. Je prends un air neutre, vérifie comment ma mère se comporte, puis ouvre la marche.

En entrant, je salue Tony puis fais un signe de tête à Kate et Leon qui se trouvent dans le salon. Il y a de la tension. Comme toujours quand StarWatch est présent, mais l'ambiance est plus sombre. Différente.

— Tu as l'intro ? demande Josh Farrow à Kiara, qui tient la caméra comme si c'était un nouveau-né.

Avec une maladresse hésitante.

Je bats plusieurs fois des paupières, et quand ma vision se remet en place, je tombe sur la tête de Kat. Je ne l'ai jamais vue ainsi. Sinistre, presque brisée. Elle tortille ses mains devant elle en tirant par moments sur sa robe. Un tic nerveux, je suppose.

Leon, pétrifié, a les yeux rivés sur le sol.

Je ne mets pas longtemps à comprendre pourquoi. Au milieu de la pièce, une femme est assise par terre. Une femme dont j'aurai dû me douter qu'elle serait là : Mara Bannon.

— Oh mon Dieu, s'exclame ma mère. Mara, je suis tellement navrée.

Pendant que maman s'accroupit d'instinct à côté d'elle, je pose la casserole sur le comptoir et me tourne vers les Tucker.

— Que se passe-t-il ?

— StarWatch lui a demandé de venir, dit Kat. Elle ne voulait pas rester seule.

— Ça allait avant que les caméras arrivent. (Tony remue sur son siège, mal à l'aise.) Ils ont commencé à lui poser des questions hyper précises… sur l'accident. Elle a tenu le coup autant qu'elle a pu.

— Il faut qu'on les fasse partir d'ici. (C'est Leon qui parle, d'une voix mauvaise.) On peut pas leur demander de se tirer ?

Son père, fatigué, couvre son visage de ses deux mains.

— C'est à Mara de décider. Et elle veut qu'ils restent.

— Quoi ? Comment cela ?

La colère m'embrase. C'est peut-être le manque de sommeil, ou la panique qui règne en général, mais je n'accepte pas cette explication.

— Elle a perdu son mari il y a à peine quelques heures. Ils la manipulent, elle ne le voit pas ? Je ne suis même pas sûr que moi, je devrais être là. Alors, les caméras…

Mara Bannon sanglote et renifle, interrompant notre conversation. J'attrape deux tasses sur la table et les remplis de café, pour ma mère et moi. Je me retourne et vois ma mère, douce et inquiète, penchée sur Mara.

Kiara trouve le meilleur angle de caméra pour filmer leur expression à toutes les deux, et j'en ai la rage au ventre. OK, elle semblait juste apathique jusqu'à présent, mais là elle est carrément sans cœur.

— Parfait, c'était un super moment, Becca, dit Josh Farrow à ma mère. Pourquoi ne rejoignez-vous pas Tony pour discuter entre conjoints inquiets ? Mara, vous pensez que vous seriez d'attaque pour quelques questions ?

C'est comme si je basculais. La rage qui bouillonne en moi menace d'exploser. Je m'avance vers Mara : que StarWatch aille se faire foutre. Si Tony n'a pas le cran de les foutre à la porte, je vais m'en charger.

— Mara, murmuré-je.

— Oh, Cal, dit-elle en levant les yeux vers moi. Ne… ne t'inquiète pas. Je pense que je suis capable de finir cette interview. C'est ce que Mark aurait voulu.

Elle hoche la tête, comme pour appuyer son absurdité, tandis que des larmes se mettent à couler derechef. Quelqu'un pose une main dans mon dos et m'entraîne à l'écart. C'est Kiara.

— Calme-toi, fiston. Elle est d'accord, et on n'a pas des masses de temps.

Je ris d'un air moqueur.

— Ça n'en a pas l'air. On dirait plutôt qu'elle se sent obligée. Vous croyez franchement qu'elle a envie de porter le deuil de son mari devant le pays tout entier ?

Elle tressaille, et j'ai ma réponse.

— OK, dit-elle. Je suis d'accord avec toi. Mara n'est pas à l'aise. Elle aurait envie de partir et moi, je me sens dégueulasse. Mais les Bannon ont toujours été de grands fans de ce que Josh a fait pour l'émission. Je pense qu'elle veut donner cette interview en son honneur.

— Vous pensez ou vous savez ?

— Je ne sais rien. (Elle prend une voix de conspiratrice.) Comme l'a dit Tony, c'est compliqué. Il n'y a pas clairement de bien ou de mal ici.

Mara et Tony sont assis côte à côte et Josh les prépare à la prochaine séance de tournage comme si c'était une scène dans un film et que nous étions des acteurs. Mara a l'air vide de toute pensée, et son expression s'imprime sur mes rétines. Je la vois même quand je détourne la tête.

C'est là que je comprends que je ne suis pas d'accord avec Kiara. Il n'y a peut-être pas de bien et de mal dans l'absolu, mais ce que fait StarWatch ne peut pas être bon.

— Bref, si ça ne te dérange pas, continue Kiara, je dois retourner filmer une femme en deuil pour gagner ma vie, et sans doute que je finirai en enfer.

Ça, ça me fait rire. Le manque de sommeil et son humour noir finissent par me détendre, mon cou semble se dénouer et je parviens enfin à réfléchir. Je sais ce que je peux faire.

Mark aimait StarWatch et il figurait dans *Étoiles filantes* plus qu'aucun autre astronaute, c'est vrai, mais dans sa dernière interview, il a fait part de son agacement envers Josh : *« Ce n'est pas une compétition comme dans une téléréalité, les enjeux sont beaucoup plus importants... »*

Si, c'est une téléréalité. Et, comme les autres, elle se nourrit de la souffrance de ceux qu'elle filme.

Je prends une inspiration. Ma décision est arrêtée.

Alors que Kiara se retourne pour rejoindre Josh, je l'attrape par l'épaule.

— Je vais streamer tout ça. Je veux diffuser ce qui se passe.

—Je ne crois pas que ça intéressera grand monde, champion.

—Ne m'appelez pas champion, *ma vieille.* Et moi, je pense que si. (Je fais un signe de tête vers le reste de la pièce.) Mes abonnés regarderont sans doute avec intérêt le *making-of* de votre soirée hommage, vous ne croyez pas ?

Elle rit.

—Si tu fais tomber StarWatch, tu fais tomber la Nasa. Tu sais bien tout ce qu'on a fait pour relancer l'intérêt du grand public pour le programme spatial. Je ne pense pas que ce serait très intelligent.

—Je ne veux pas faire tomber StarWatch. Je veux… montrer quelque chose d'important. Vous avez renouvelé l'intérêt pour le programme spatial en montrant Mark Bannon en train de faire des simulations dans le cockpit ou les astronautes dans leur vie quotidienne. (Je lève les mains en l'air.) Merde, j'ai posté une vidéo d'une demi-heure dans laquelle Brendan parle du sol de Mars et elle a fait deux cent mille vues en une journée. C'est l'une de mes vidéos les plus regardées. Les gens s'intéressent au programme, vous ne comprenez pas ça ? Ils s'en foutent de StarWatch. Enfin, de ce que c'est devenu.

—Si je peux être franche, moi non plus je n'aime pas StarWatch. Mais mon boulot, c'est de dramatiser ce qui se passe. Nos chiffres d'audience dégringolent et ça fait flipper Josh. Et quand Josh flippe, il s'en prend à moi. Je déteste ce boulot mais j'aime bien en avoir un…

Je réfléchis un instant.

—Vous pouvez faire en sorte que Josh commence son interview une fois que j'aurai commencé à streamer ? Je m'arrangerai pour que vous ne soyez pas visible, et le présentateur star d'*Étoiles filantes* ne saura jamais comment le coup est venu.

Je lis de l'hésitation sur son visage, un rare moment de vulnérabilité. Et au bout de quelques secondes, elle esquisse un sourire.

— OK.

Nous retournons vers les autres. Ma mère me jette un regard perplexe. Je secoue la tête en lui souriant. Elle comprendra bien assez vite. Tout le monde comprendra bien assez vite.

15

Je sors mon téléphone et embrasse son écran. Je n'ai jamais fait une chose pareille. Je vais changer la manière dont tout le pays considère cette expédition. La Nasa n'arrête pas de vanter les années 1960 comme une ère glorieuse et parfaite, mais ce n'était pas le cas. Papa fulminait toujours après une interview du milieu des années 1960. Quand on avait demandé à l'astronaute Gordon Cooper s'il était possible de voir des femmes astronautes, il avait fait référence aux premiers tests de vol que la Nasa avait effectués avec des chimpanzés, en disant qu'ils auraient pu envoyer des femmes à la place.

La platine joue une chanson triste, une chanson que StarWatch a dû choisir pour mettre dans l'ambiance et faire référence à cette époque prétendument bénie. La nostalgie est un bandeau qu'on se met sur les yeux. Les familles des années 1960 avaient l'air parfaites parce que c'était ce que les médias attendaient d'elles. Ça permettait d'unir le pays derrière un objectif, un but, avec en arrière-plan le progrès scientifique et l'innovation. Mais c'est justement ce qui manque au projet Orpheus.

Ce n'est pas la première fois que la Nasa se transforme en téléréalité, mais si j'arrive à mes fins, ce sera la dernière.

***

J'hésite avant d'appuyer sur le bouton « Live ». Derrière l'écran, je vois Leon et Kat qui n'ont pas du tout l'air à l'aise. Mme Bannon a quitté l'endroit au milieu de la pièce où elle s'apitoyait sur son sort et s'est installée dans un fauteuil. Ma mère boit son café lentement. Elle est assise sur une chaise, polie. On voit sur tous ces visages de la fatigue, et on comprend qu'ils aimeraient tous être ailleurs tandis que Josh parle de la prochaine « scène ». Il nous donne des indications sur ce qu'il faudra dire tout en nous recommandant de rester naturels. Les gens veulent juste nous voir groupés et solidaires.

— Je vais vous poser des questions qui ont été posées par nos téléspectateurs, dit-il. Répondez franchement, mais essayez de garder un ton calme.

Et je commence à comprendre l'air inquiet de Grace à chaque interview, l'air agacé de Mark Bannon quand on insistait sur sa rivalité avec papa et Grace, la tension qui parcourait toutes leurs interventions. C'est lié à la façon dont StarWatch les traite.

— Merde, le dernier plan était flou, se lamente Kiara. Toute la séquence est foutue.

C'est le signal. Après une petite inspiration, je lance la vidéo.

— On ne peut pas passer en direct sans cette séquence, s'irrite Josh. C'est notre lancement. Qu'est-ce qui s'est passé ?

— C'est peut-être parce que tu m'as chargée de filmer après avoir renvoyé notre dernier cameraman, réplique Kiara, hors champ de mon iPhone. Je ne sais pas bien gérer ce truc.

— Il y en a parmi vous qui regardez StarWatch en ce moment ? dis-je à la caméra. Parce que vous allez voir ce qui se passe vraiment quand on n'est pas en direct.

La tension est palpable dans la pièce. Je vois Kat agripper le bras de Leon. Maman pose une main sur sa poitrine. L'adrénaline envahit mon corps et j'ai du mal à maîtriser mon bras qui tremble. Je m'applique, il faut que ce soit filmé correctement.

— Il faut recommencer, dit Josh. Tout. Mara, je sais que c'est très difficile pour toi, mais vous pouvez retourner pleurer au milieu de la pièce, comme vous le faisiez ?

Le silence tombe. Kat regarde son père d'un air las tandis que mes yeux croisent ceux de Leon.

— Vous… voulez quoi ? demande Mara d'une voix étranglée.

— Je sais, je sais. Mais il nous faut juste une ou deux minutes de vidéo. Ça va être un épisode spécial, dédié à la mémoire de Mark. Un hommage. J'ai besoin que vous montriez votre émotion à la caméra. Vous ne croyez pas que vous le devez à Mark ?

Le silence qui tombe à nouveau est atroce. L'indécence de Josh me hérisse le poil. C'est bien triste, mais je ne suis pas surpris.

— Il vaut mieux que vous partiez, intervient Tony. (Il s'exprime d'une voix calme, posée, mais ses yeux lancent des éclairs.) Vous essayez de profiter de trois familles en deuil aujourd'hui.

— Pardon, répond Josh d'une voix inhabituellement polie. Mais nous avons le droit de filmer dans vos maisons, et les gens veulent voir ça. J'ai une liste de questions de nos téléspectateurs. C'est comme un ami qui a disparu pour eux aussi et…

— Stop ! clame Tony. C'est quand même assez étrange qu'à chaque fois que vous avez une question insultante ou pleine de sous-entendus mauvais, elle vienne toujours de *nos téléspectateurs*, non ? Je vous retire le droit d'envahir nos maisons. Et faites attention à ce que vous répondez, c'est vous qui êtes filmé pour une fois.

Il fait un signe de tête dans ma direction et Josh pète un plomb. Il s'avance vers moi et je lève ma caméra vers son visage. Il est jeune et, un instant, je me sens mal de bousiller sa carrière si tôt alors qu'il a obtenu de présenter une émission, mais je ne céderai pas. Il ne me fait pas peur.

— Vous comptez nous faire chanter ? Vous pensez que nous hésiterons à vous faire un procès dès l'instant où cette vidéo sera diffusée ? Sans nous, sans *moi*, il n'y a pas de Nasa.

— Ah, Tony n'a pas été assez précis : vous n'êtes pas seulement filmé, c'est diffusé en direct.

Je regarde l'écran et écarquille les yeux en voyant le nombre de gens derrière l'écran à cette heure un jeudi matin.

— Ils sont quatre-vingt-cinq mille à vous regarder, et il en arrive sans cesse.

— Et combien de temps ça prend pour devenir viral ? demande Tony.

Je lève les yeux en l'air. Combien de gens de plus de trente ans comprennent comment une vidéo devient virale et même ce que le mot veut dire ?

— Pas longtemps, dis-je pour l'apaiser, puis je retourne la caméra vers moi. Je vais couper la diffusion pour des raisons évidentes. Nos familles ont besoin d'être les unes avec les autres dans ce moment difficile. StarWatch va nous laisser tranquilles, donc mon boulot est terminé.

Dans le couloir, Kiara me tape dans la main avant d'emporter sa caméra et de quitter la maison.

***

Après leur départ, un silence hébété revient dans la pièce. Puis, comme si nous avions répété, tout le monde se met en mouvement sauf Mara. Leon et Kat apportent un assortiment de jus de fruits, Tony prend la tasse de Mara pour la lui remplir et maman sert des portions du petit déjeuner qu'elle a préparé.

Le contrôle exercé par StarWatch n'est plus de mise. On range les verres en cristal dans l'étagère pour sortir des verres simples, de tous les jours, tandis que des assiettes en carton remplacent celles en porcelaine. La platine est arrêtée.

Pendant que tout le monde s'active à rendre la maison plus agréable et à en faire un environnement plus chaleureux pour porter le deuil de Mark, je m'assieds à côté de Mara. La culpabilité me ronge, et j'ai peur d'avoir fait une erreur. Son expression est indéchiffrable.

— Je suis désolé, dis-je… Je suis allé trop loin ?

— On a tellement aidé StarWatch, Cal. (Elle secoue la tête.) Tu savais qu'avant que la Nasa leur signe *Étoiles filantes*, ils étaient à deux doigts de devoir se rabattre sur un service de diffusion uniquement en ligne ?

Je secoue la tête, et elle continue.

— Quand j'étais petite, je regardais StarWatch pour toutes les infos sur les célébrités. Avec eux, la vie des stars à Hollywood paraissait tellement glamour. Mais au fil des ans, ils ont tellement changé les émissions – téléréalité, défilés de mode, émissions de cuisine – que c'est devenu une pure course à l'audience. Ils ont perdu de vue l'idée d'inspirer les gens. Enfin, c'est ce que j'aimais en tout cas.

Les autres nous ont rejoints dans le salon, l'odeur du plat de maman envahit l'air et tout le monde écoute ce qu'elle raconte. Sauf Tony, qui sort de la pièce pour prendre un appel.

— Mais quand on a commencé à travailler avec eux, dit-elle avec un vague sourire aux lèvres, je regardais l'émission pour me voir boire du champagne dans de belles coupes ou diriger l'équipe de bénévoles dans le jardin, et ça me rappelait mes souvenirs d'enfance.

— Et Mark a eu l'air d'aimer aussi, pendant un temps, dit Kat en riant. Il était tout le temps devant les caméras.

Maria renifle et presse un mouchoir contre son nez.

— Il n'a jamais partagé leur goût pour les ragots, mais il aimait être au centre de l'attention.

Je me sens mal. À la réflexion, je me demande si on n'aurait pas pu trouver un moyen de remettre StarWatch sur le bon chemin.

— Je n'aurais pas dû faire ça, dis-je en posant ma main sur l'épaule de Mara ; je ne me rendais pas compte…

Son rire étranglé m'interrompt.

— Oh, Cal, non, mon chou. Quelqu'un devait nous remettre les idées en place, et je suis content que tu l'aies fait. J'allais me remettre par terre. Vraiment, j'allais obéir.

Tony revient dans la pièce, et quelque chose dans son attitude nous fait tous tourner la tête dans sa direction.

— Ma foi, ça n'a pas traîné, dit-il. C'était Donna Szleifer, et elle est furieuse. Ils interdisent à StarWatch de rentrer dans nos maisons jusqu'à nouvel ordre, et elle dit que la Nasa envisage de mettre un terme à leur contrat.

Leon s'assied sur la place libre dans le canapé à côté de moi et se serre discrètement contre moi.

— Tu as réussi, me murmure-t-il à l'oreille.

Une vague de tristesse me submerge pourtant. J'imagine Kiara perdre son boulot et la Nasa perdre StarWatch. Je sais qu'elle a sa part de culpabilité, je songe à toutes les interviews que Leon a dû subir, au fait qu'elle n'arrête pas de lui poser des questions sur sa carrière de gymnaste. Je pense à toutes les questions orientées adressées à mon père, à Donna, à tous ceux qui travaillent sur la mission.

Les téléspectateurs sont plus intelligents que ça. En tout cas, ceux qui regardent mes vidéos. Ils s'intéressent. Ils sont investis dans la mission, et ils veulent que ce pays exploite son potentiel à son maximum. Mais on n'y arrivera pas sans *vraie* information.

L'Amérique mérite mieux.

Pourtant, une chose me turlupine : l'expression de fureur et de dégoût de Josh. Je la revois en boucle dans ma tête, et une conséquence potentiellement terrifiante se révèle à moi.

Et si StarWatch se retournait contre la Nasa ?

16

Comme j'en avais marre de devoir me pencher à l'intérieur de mon placard, j'ai bougé mon lecteur de cassettes sur ma table de chevet. Malheureusement, je n'ai pas pu acheter de nouvelles cassettes depuis que je suis ici, alors que ça me distrairait bien de cette semaine infernale : un enterrement, une visite à l'hôpital, et des commentaires de trolls par milliers à nettoyer sous ma vidéo devenue virale. Mais tant pis, après tout, ma collection de cassettes peut me faire supporter n'importe quoi.

J'ai hérité de toutes les cassettes de ma tante Tori après sa mort. Enfin, je n'étais pas censé recevoir quoi que ce soit et mon père s'apprêtait à les mettre à la poubelle, comme si elles n'avaient pas compté pour elle.

Bon, j'ai commencé avec une énorme collection de cassettes de Dolly Parton et REO Speedwagon, mais c'était juste le début. Je tombais sur d'autres cassettes toutes les semaines à Brooklyn, dans les brocantes ou les marchés aux puces. Et en quelques mois, je me suis senti chez moi parmi les amateurs de cassettes – oui, je ne suis pas tout seul.

Cela dit, aujourd'hui, ça ne m'aide pas.

Je suis agité. Mes jambes bougent sans que mon cerveau ait donné le moindre ordre. Je sens comme une démangeaison dans tout mon corps, que je n'arrive pas à contrôler. Il est sept heures et demie et je suis déjà au lit. Je pense à Leon. Nous ne nous sommes presque pas vus de la semaine, sauf si je compte un baiser volé entre la veillée funèbre et l'enterrement.

Je pense à ses lèvres, à leur goût, à…

Il faut que je le voie. J'envoie un texto sans laisser à mon cerveau le temps de m'en dissuader.

— *T'es debout ?*

— Il est sept heures trente-cinq… répond-il. Tu crois que je dors toute la journée ?

Quelques minutes plus tard, dont la moitié consacrée à convaincre ma mère, je suis au volant de la Toyota Corolla de mon père. Je sors de l'allée et roule vitres baissées. Le bras passé sur la portière fait comme une aile d'avion, il fend l'air nocturne et je pourrais presque voir le vent plier devant lui.

Mais comme Leon vit juste à côté, ce sentiment ne dure pas longtemps.

— Eh, dis-je quand Leon monte dans la voiture.

— Cal.

Il prononce mon nom comme j'ai toujours rêvé qu'on le prononce. Avec émotion, chaleur et excitation.

Je repars et nous roulons à travers la banlieue de Houston. Les étoiles parsèment la voûte céleste et j'ai comme un creux dans la poitrine, comme si j'avais le mal d'un pays que je n'avais jamais connu.

— Tu en es à combien de vues avec ta vidéo sur StarWatch ? me demande Leon. Des millions ? Des trilliards ? Sans rire, je l'ai vue *partout*.

— Elle est devenue tellement virale que je n'arrive même plus à suivre. Mais pour être franc, je n'ai pas très envie d'en parler.

— OK. De quoi tu veux qu'on parle ?

— Parle-moi de l'Indiana. Tu as été élevé dans une banlieue comme celle-là ? Avec un ciel plein d'étoiles et de grandes pelouses devant les maisons ?

Il rit.

— À peu près. Les banlieues sont un peu différentes en Indiana. Les jardins sont beaucoup plus grands, les maisons sont en brique rouge. Il y a autant de restos Olive Gardens, par contre.

Le seul Olive Garden pas loin de chez moi est celui de Times Square, qui propose des menus à quatre cents dollars pour les soirées du Nouvel An. Je préfère ne pas le lui dire.

— Ça a l'air pépère, dis-je. Je ne suis toujours pas habitué à dormir sans que des inconnus hurlent sous mes fenêtres ou klaxonnent comme des tordus.

— C'est aussi cliché que ça, New York ?

— Brooklyn est extraordinaire et affreux en même temps. Tu peux te faire livrer de la bouffe végane chinoise géniale à minuit, mais c'est à peine si tu peux voir les étoiles la nuit. La vie ne s'arrête jamais à Brooklyn. Et c'est encore pire à Manhattan.

Il pose une main sur ma cuisse, et des étincelles jaillissent. J'arrive à peine à respirer mais je continue à parler.

— J'ai hâte d'y retourner. Peut-être que je pourrai retenter d'avoir un stage chez Buzzfeed ? Au départ, je pensais faire une école de journalisme, mais les programmes que j'ai vus ont l'air assez vieux jeu, donc je ne suis plus si certain. Et il faudrait que je fasse un emprunt énorme, ou alors que je monétise ma chaîne pour payer les frais d'entrée. (Une pause.) C'est pas facile, l'avenir, hein ?

Il serre ma cuisse un peu plus fort.

— Ce n'est pas si difficile, il suffit de ne pas y penser. Je ne sais absolument pas ce que je vais faire de ma vie. Tu trouves que c'est mal ?

— Non !

Mais ma réponse est trop rapide pour paraître honnête. En vrai, je me demande comment il fait pour ne pas savoir dans quoi il a envie de travailler.

— Il y a tellement de possibilités… Qu'est-ce que tu aimes faire ? Quels métiers te plaisent ? Tu veux reprendre la gym ? Tu peux encore en faire une carrière ? Tu as regardé les facs ?

— Oh, oh, calme-toi. Je ne sais pas. Je n'ai de réponse à aucune de tes questions. Je pense que le jour où ça viendra, je le saurai.

Je sens que j'aurais dû laisser filer. Mais ça me démange, j'ai comme le besoin de le remettre sur le droit chemin avant qu'il soit trop tard. *On sera bientôt majeurs !* ai-je envie de crier, mais mieux vaut lâcher l'affaire.

— Et si ça ne vient pas ?

Apparemment, je ne suis pas capable de lâcher l'affaire

— Ne t'inquiète pas pour moi, dit-il, comme s'il lisait dans mon esprit. Je ne suis pas perdu, juste indécis.

— Attends, réfléchissons-y de façon logique. La gym, par exemple. Tu vas encore à la gym de temps à autre, non ? Même si tu n'as pas envie de faire de la compétition, je suis sûr qu'il y a plein de formations, et les facs ont des équipes de gym, je suppose ? Ça doit bien exister, non ?

— Oui, oui, ça existe. Mais je n'ai pas vraiment envie.

— Tu sais, j'avais regardé des vidéos de tes compétitions avant d'arriver ici. Tu étais incroyable.

— Sans doute, oui. (Il soupire.) On dirait que je me suis réveillé un jour, je veux dire, *vraiment* réveillé. Et j'ai pris conscience que j'avais donné treize années de ma vie à la gymnastique. Un temps que je ne récupérerai jamais. Et je me suis rendu compte que ça ne me rendait plus heureux. J'ai fait semblant d'être malade ce jour-là pour annuler mon entraînement.

— C'est lié à ta dépression ? Je connais un peu, ma mère doit éviter un tas de trucs parce que ça l'angoisse, et je me disais que c'était peut-être un peu pareil.

— Je n'en sais pas beaucoup plus que toi, dit-il en haussant les épaules. J'ai dû aimer ça, tu vois ? Mais aujourd'hui, je serais incapable de te citer une compétition où j'ai été heureux. Sauf si je remonte à tout petit quand on te laisse faire des sauts périlleux toute la journée.

L'idée me fait rire.

— Regarde-moi cet athlète. Il faudra que tu me montres un saut périlleux un de ces jours.

— Je serai ton athlète si tu veux.

Je rougis, et la chaleur m'incite à allumer l'air conditionné. Comme je dirige tous les ventilateurs dans ma direction, il se penche vers moi, lentement, et me plante un petit baiser sur la joue.

— J'aime bien l'idée d'être à toi.

— Oh, ça me paraît un peu daté comme manière de voir une relation. Je n'ai pas envie que tu m'appartiennes. C'est toxique, non ?

— Eh, Cal ? dit-il en riant. Tu devrais peut-être passer un peu moins de temps sur les réseaux sociaux.

***

Nous nous garons sur Jordan Road, une rue poussiéreuse et vide, sans éclairage. Tout est calme. Et la tension dans mes épaules s'apaise.

Je devrais me sentir vivant, plein de feu, d'amour, mais je suis trop concentré sur notre sujet de discussion. J'ai l'impression d'être odieux. Pourquoi le manque d'ambition de quelqu'un d'autre m'angoisse-t-il ? C'est la question que je me pose en coupant le moteur.

Leon pousse un petit cri :

— C'est maintenant que tu m'assassines ?

— Oui, il faut dire que le cadre s'y prête. Mais j'ai laissé mes armes à la maison, alors on va juste se rouler des pelles.

Au lieu de se pencher vers moi pour m'embrasser, comme je l'ai pourtant demandé, il descend de la voiture. Il fait complètement noir maintenant que les phares sont éteints, et il n'y a rien d'autre à écouter que le chant des cigales. C'est comme un caisson de privation sensorielle très bizarre.

Je descends à mon tour, et une brise fraîche caresse mes jambes. Enfin, fraîche pour le Texas. J'inspire, expire, essayant de me débarrasser de tous les mauvais sentiments accumulés cette semaine.

Leon me conduit au milieu de la route, on ne risque pas d'être renversés vu qu'il n'y a que nous, et je regarde autour de moi. À mesure que mes yeux s'ajustent à l'absence de lumière, je discerne des clôtures en bois de part et d'autre de la route, et derrière, des hectares de terre. Pour l'élevage, je suppose, puisque rien ne doit pousser dans le secteur.

— Et *ça*, ça ressemble à l'Indiana ? Mais avec des fermes différentes.

— Non, ça n'a rien à voir, répond-il. On serait entourés de champs de maïs, ou de rangs de soja. Le vent fait tout bouger là-bas. Les arbres gigantesques, les récoltes. Tout bouge, tout est vivant. Ici, tout a l'air…

— Mort ?

Il ne répond pas, je dois avoir vu juste.

— Je comprends ce que tu dis. New York est vivante d'une autre manière, mais ici tout est simple. Presque quelconque. Cela dit, je ne déteste pas.

Je laisse mon regard errer. La seule source de lumière du coin vient d'un immense bâtiment à près d'un kilomètre, le centre spatial, qui a l'air presque irréel vu d'ici. On dirait que c'est la seule chose capable de troubler ce moment de calme parfait.

Mon esprit commence à intégrer une nouvelle que j'avais tenue à distance jusqu'ici. La vitesse à laquelle Bannon a été effacé de nos vies.

— Mara Bannon est partie cette semaine, dis-je, même si cela ne sert pas à grand-chose.

Leon suit mon regard et grommelle son assentiment.

— C'est allé vite. On ne sait jamais quand on rentrera chez nous. Je me demande qui s'occupera des jardins partagés de la Nasa, maintenant.

Il s'assied, jambes croisées au milieu de la route, et je l'imite. Nous sommes collés l'un à l'autre, et je sens l'attraction magnétique qu'il exerce sur moi.

Je voudrais être encore plus proche alors que nous nous touchons déjà.

Je voudrais que nous soyons plus seuls encore alors qu'il n'y a personne.

— Je ne veux pas te perdre, dis-je. Je… Je n'aime pas la vitesse à laquelle les choses changent ici.

— Ça ne changera pas, dit-il en se penchant pour m'embrasser.

Pourtant, si. Ça changera. D'un jour à l'autre, la Nasa annoncera les six astronautes choisis pour Orpheus V. Ils ont besoin d'une nouvelle positive après la mort de Bannon, et ils veulent restaurer l'espoir que son décès a mis à mal.

— Et s'ils ne choisissent pas mon père pour la mission ou dans l'équipe de remplaçants ? Ça ne fait pas longtemps qu'il est là, pourquoi le mettraient-ils dans le premier vol ?

Leon semble mal à l'aise, il se mord la lèvre comme pour retenir quelque chose.

— Je pense qu'il y sera, comme remplaçant au moins.

Ses yeux brillent au clair de lune, et je sens un certain émoi chez lui. Encore une fois, je devrais laisser filer, mais ce n'est pas mon genre.

— Qu'y a-t-il ?

Le silence s'étire. Je le sens dans mes muscles, dans ma poitrine. Je tends la main et la pose doucement sur sa joue.

— Je n'arrive pas à m'enlever ces pensées, dit-il. Ça aurait tout aussi bien pu être ma mère qui ne serait pas revenue de Floride, et je devrais être soulagé mais je ne ressens rien d'autre que… Je ne sais pas, une lourdeur que je suis incapable de secouer.

Il détourne le regard, mais je ne le lâche pas.

— Je t'écoute, si tu penses que ça peut t'aider. Je ne t'interromprai pas.

Ses yeux croisent à nouveau les miens.

— Enfin, pas trop.

— C'est ce que je me disais, répond-il avec un petit sourire.

— C'est quelque chose que tu as déjà connu ?

— Depuis aussi loin que je me souvienne.

Il se renverse en arrière, s'appuie contre le pare-chocs de la voiture.

— Désolé, je ne suis pas prêt à en parler. Je pensais que je l'étais, mais non. C'est bizarre.

— Eh, tout va bien. Sache juste… que je suis là.

Il sourit.

— Je sais.

Nous restons assis cinq, dix, vingt minutes. Nous parlons de l'année scolaire à venir comme s'il n'y avait aucun doute sur le fait que nous serons tous les deux à Clear Lake. Comme si tout ne pouvait pas changer en un clin d'œil. Et ça fait du bien de parler de l'avenir. D'avoir un avenir et de le voir ici, à Houston, qui l'eût cru ?

Je tourne la tête et mes yeux tombent à nouveau sur le centre spatial. La mission commencera au printemps.

— C'est peut-être la dernière semaine calme que nous aurons, dis-je.

Leon me regarde longuement. J'ai l'impression que mes émotions se bousculent. Lui est aussi calme que je suis fébrile, aussi tranquille que je suis paniqué.

Je sais que j'ai besoin de lui maintenant.

Ce baiser est différent. Il commence doucement, puis gagne en intensité. Je me presse contre lui, et il passe ses mains derrière mon cou. Je me colle à lui jusqu'à ce que nos jambes soient entremêlées. Sa jambe remonte le long de la mienne, envoyant des décharges électriques dans tout mon corps.

Rien d'autre ne traverse mon esprit que sa présence, ses gestes, son goût. Sa langue se faufile dans ma bouche. Je gémis de plaisir. Tout est si parfait.

Je pose ma main sur sa poitrine et, avec un sourire, je le pousse sur la route. Comme il n'a pas l'air tout à fait à l'aise, je n'insiste pas. Je me contente de continuer à l'embrasser, à célébrer notre proximité par des baisers langoureux et des grognements haletants.

Soudain mon téléphone se met à vibrer.

Puis celui de Leon vibre à son tour.

Nous nous arrêtons, le souffle court, mais le caractère inhabituel de ces appels simultanés m'ébranle. Nos parents savent que nous sommes dehors, mais pas ce que nous faisons. Je regarde qui m'a appelé.

— C'est ma mère, dis-je.

— C'est Kat, dit Leon.

Nous répondons.

Mon cœur se serre en écoutant ma mère. Sa voix est pétrie d'excitation, d'inquiétude, de panique, elle arrive à peine à articuler, elle mange les mots et ne parvient pas vraiment à m'expliquer quoi que ce soit.

Kat, de son côté, semble plus concise, car je vois Leon écarter le téléphone de son oreille.

— Maman est sur la mission. Ton père est son remplaçant. (Il sourit.) Ça va vraiment arriver.

17

Les réverbères défilent tandis que nous quittons les terres désertes pour retrouver les quartiers d'habitation. La route, droite jusque-là, commence à enchaîner les virages, et le centre spatial s'évanouit dans mon rétroviseur. J'ai l'impression de fuser, mais un coup d'œil au compteur m'indique que je roule en dessous de la vitesse limite autorisée. Mon corps me force à rouler lentement mais ça ne m'empêche pas d'avoir l'impression de foncer. Mes mains sont engourdies.

La mère de Leon va aller sur Mars. Et papa est son remplaçant. On est dedans tous les deux. Nos familles sont liées comme par une tradition ancienne et fascinante. La compréhension mutuelle liée à un métier commun, pour les astronautes comme pour leurs familles. Dans *Apollo 13*, le film, et sans doute dans la vraie vie, Marilyn Lovell conseille à Mary Haise, bouleversée, de répondre à la presse par trois mots : *fière, heureuse, excitée.*

C'est ma vie maintenant, et je *ressens* ces sentiments.

Je suis fier de mon père. Il y a six semaines, la messe semblait dite. La seule constante dans ma famille était les engueulades entre mes parents. Elles sont devenues plus rares depuis un mois. Et il est devenu plus… concentré sur ce qu'il fait.

Je suis heureux, aussi. En partie grâce à Leon, bien sûr. Je fonds littéralement de bonheur quand il s'assied à côté de moi et pose sa main sur la mienne. Je suis en train de tomber raide dingue de lui, même si j'aimerais garder un semblant de contrôle et de recul sur les émotions que je vis. Mon rêve de retourner à New York et de vivre avec Deb s'évanouit à vitesse grand V. C'est mon présent.

Et pour tout cela, je suis excité.

Mais je suis aussi terrifié. J'ai raté quatre appels de Deb cette semaine, elle voulait sans doute parler de l'accident et de tout ce qui s'est passé, mais j'ai peur de l'affronter. Je ne peux pas lui expliquer tous mes sentiments à cet instant, et si elle a suivi les infos ces derniers jours, elle m'a sans doute vu avec Leon. Elle sait que je suis *avec* quelqu'un, et elle se doutera que ça compromet notre projet d'appartement commun.

— Je n'ai pas parlé de nous à mes parents, me dit Leon quand nous nous garons devant chez moi.

Je hausse les épaules.

— Je pense que ma mère a compris le soir de l'accident. Mais on n'en a pas reparlé.

Je me gare dans la rue et rejoins Leon sur le trottoir. Nous observons ma maison, où tout a changé il y a vingt minutes. Le sort de nos deux familles s'est imbriqué après cette décision, et j'espère qu'elles resteront un moment sur le même chemin.

Il me prend la main et, en entrant dans la maison, nous entendons des applaudissements et des acclamations, et j'aimerais croire que c'est pour nous.

Kat nous saute dessus et nous serre contre elle.

— Les gars, oh mon Dieu je suis tellement contente que vous soyez là. Tout le monde est déjà soûl, et ça commençait à devenir gênant d'être la seule sobre.

— Chouette salon, dit Leon. Il y a moins de trucs rétro que chez nous.

— Heureusement, dis-je.

Nous allons saluer tout le monde. Papa me serre trop fort contre lui, mais il a les larmes aux yeux. Maman observe la situation avec une certaine fatigue et une certaine angoisse. Mais elle garde le sourire quand je l'embrasse sur la joue.

— Au moins, il ne part par là-haut tout de suite, dit-elle. Comme ça, il participe mais il ne s'en va pas.

Je ne réponds pas, me contenant de la prendre dans mes bras un moment. Elle secoue la tête, comme pour chasser de mauvaises pensées.

— Désolée, tu sais que je m'inquiète pour tout. Tout arrive si vite. Et maintenant, on va tous devoir aller en Floride dans deux jours pour voir le lancement de ce satellite.

Je ris.

— Crois-moi, je comprends. Mais fêtons ça aujourd'hui.

Je fais le tour de la pièce en esquivant coupes de champagne et astronautes ivres. Il y en a une dizaine dans le salon.

Pendant les missions Mercury, Gemini et Apollo, les remplaçants s'occupaient de tout ce que les astronautes de la première ligne n'avaient pas le temps de prendre en charge : les fêtes, les points presse, etc. Tout cela en attendant en coulisses leur chance de briller.

Après son retour de l'hôpital, papa a été forcé de prendre un peu de repos pendant que le reste de la Nasa s'efforçait de gérer le désastre. Il a passé le temps à déballer les cartons pas encore défaits. Dans ce bazar, il y avait notamment sa collection de magazines *Life*, c'est-à-dire à peu près tous ceux qui couvraient la course à l'espace. Il a retrouvé un modèle miniature d'Apollo 8 et un portrait signé de Jim Lovell, commandant lors de la quasi-catastrophe d'Apollo 13. Inutile de dire que j'ai beaucoup appris sur l'histoire de la conquête spatiale pendant ce congé forcé.

Tout était là ; une obsession secrète, un rêve secret.

Je souris en le regardant, car il vit son rêve.

Je ne sais pas trop d'où vient le champagne. Cette fois, ils n'ont même pas de soda, de snacks ou autres. C'est une improvisation totale, je les imagine vider le stock de champagne du caviste juste avant la fermeture. À moins que la Nasa ait une planque secrète pleine de champagne…

Je croise le regard de Kat, qui me fait un signe de tête en direction de ma chambre. Je m'excuse et la suis. Leon nous a vus et nous emboîte le pas. Une fois la porte fermée, je me rends compte que c'est la première fois que je fais venir un garçon dans ma chambre. Cette pensée me fait un peu transpirer.

Je m'assieds sur le lit avec Leon tandis que Kat écume ma collection de cassettes.

—T'es vraiment un drôle de mec, dit-elle. Qui écoute Nirvana ? À part, genre, papa, quand ça tombe dans sa playlist des années 1990.

Pourtant, elle sort la cassette de son boîtier et l'étudie. Après avoir appuyé sur plusieurs boutons, elle finit par réussir à ouvrir le lecteur et glisse d'abord la cassette dans le mauvais sens avant de le faire convenablement.

Enfin, la cassette est en place. Elle soupire, appuie sur « Play » et attend.

— Pourquoi il ne se passe rien ?

— Il y a un peu de temps mort avant que la cassette démarre, attends.

Au moment où je termine, la musique commence à sortir des enceintes.

— Tu vois ?

— Je comprends pas, dit-elle. Toute cette histoire de cassettes. Eh, Leon, t'es bien calme ?

Il a les yeux baissés sur ses pieds, qui sont tournés l'un vers l'autre. Il semble un peu tracassé ou déprimé, comme s'il perdait pied. Je pose ma main dans son dos et me retiens de lui demander si ça va. Il sait que je suis là s'il a besoin de parler.

— J'ai une question, dit-il. Ça vous arrive d'avoir l'impression de ne pas compter ? Je suis entré dans cette pièce, j'étais vraiment heureux parce que… je tenais la main de Cal. Et je me suis rendu compte qu'aujourd'hui, comme tous les jours, personne n'en a rien à foutre. Je voulais que papa soit surpris ou que maman me fasse un grand sourire. Je n'ai jamais eu de… Enfin, je sais que c'est une grande journée pour maman, mais est-ce que ce n'est pas tous les jours une grande journée pour maman ?

— Mais tu ne trouves pas ça très bien ? Personne n'en a rien à faire de nous, dis-je en l'attirant contre moi pour l'embrasser. On fait ce qu'on veut.

Kat rit.

— Je trouve qu'on a tous de la chance, si vous voulez mon avis. À seize ans, moi, je suis encore trop jeune, ils ne me lâchent pas : les études, l'avenir et tout ça.

— Moi, ils ne se sont jamais intéressés à mon avenir. Ils ont abandonné dès que j'ai arrêté la gym.

— Je pense que c'est surtout depuis qu'ils savent pour ta dépression, ils ne veulent pas te mettre la pression.

Kat marche en long et en large, mais elle prononce le mot « dépression » sans donner l'impression que c'est un gros mot, juste un fait qu'elle énonce. Leon hausse un sourcil, ce qui me confirme qu'elle est la seule à ne pas hésiter à aborder frontalement les choses avec lui.

— Enfin, tu as entendu le mot « gymnastique » dans notre maison ces derniers mois ? Ils ont tous trop peur de ta réaction.

— Attends. Ils pensent que c'est ma carrière de gymnaste qui a provoqué ma dépression ? (Leon a l'air incrédule.) Ce n'est pas possible qu'ils pensent que ça marche comme ça.

— Ils se sont peut-être dit qu'ils risquaient de faire empirer les choses, dis-je d'une voix calme, parce que je ne veux pas les défendre, mais je veux éviter qu'il tire des conclusions hâtives.

— Je pense que ça empire tout seul. Je n'y pouvais rien. C'était juste plus évident à la gym. Je ratais des entraînements, j'arrivais mal préparé. Bon Dieu, l'été dernier, j'arrivais à peine à sortir de mon lit, alors, aller à la gym…

— Tu as eu l'air d'aimer, quand on est allés dans cette salle de gym le mois dernier.

— C'est vrai, dit-il. Mais c'était pour m'amuser. J'étais dans un état de forme pitoyable, je suis tombé deux fois du cheval d'arçons avant de réussir à faire un cent-quatre-vingt. J'étais nul.

— Mais tu t'es amusé, dis-je. Comme quand tu étais petit et que tu faisais des sauts périlleux. Peut-être que tu devrais faire de la gymnastique, mais pour le fun. Tu trouves une équipe qui fait de plus petites compétitions. Ne prends pas d'entraîneur. Ne laisse pas les journalistes te demander de viser l'équipe olympique. Fais juste ce qui te plaît.

Kat s'assied à côté de Leon, il est pris en sandwich entre nous. Chacun de nous fait attention à ne pas être trop intrusif même si nos épaules se touchent.

—Dès le moment où j'entrerai dans une salle de gym, les caméras seront braquées sur moi. StarWatch pense que c'est la seule chose qui vaille la peine d'être filmée en ce qui me concerne, et si j'explique que je ne veux pas participer à des compétitions nationales… ce serait comme laisser tomber tout le monde.

Leon grogne et s'étale sur le lit, *mon* lit, et une partie de moi se demande si je pourrais lui demander de rester passer la nuit. Mais je me gronde intérieurement, ce n'est absolument pas une proposition adaptée dans un moment pareil.

—Mais ce n'est pas comme si je pouvais reprendre comme avant, de toute façon. Tu imagines à quoi ressemblerait ma vie ? S'entraîner sept jours par semaine pour des compétitions nationales, avec le poids du monde sur mes épaules ?

Je voudrais le prendre dans mes bras jusqu'à ce qu'il aille mieux. Mais je repense à ce qu'il m'a dit la première fois que je l'ai vu abattu. Je dois lutter contre mon envie de tenter de le consoler, de le rasséréner, alors que ce n'est pas ma place.

Je ne sais pas comment lui donner ce qui lui ferait du bien. S'il a besoin d'espace, je le respecterai. S'il a besoin de temps, je le lui accorderai. Mais c'est un combat que je mènerai aussi contre moi, car je veux qu'il aille mieux.

C'est ce qui rend notre relation différente de celles que j'ai eues avant. C'est ce qui la rend spéciale. J'apprends à ne pas tenter de tout réparer immédiatement, parce que ces choses prennent du temps. Pour une fois, j'écoute. En tout cas, j'essaye.

— Pourquoi ne dis-tu pas à tes parents ce que tu viens de nous dire ? Que tu veux juste faire de la gym pour le plaisir ?

— Je n'en vois pas l'intérêt. (Il se tourne vers Kat.) Je suis une attraction secondaire ici. Maman va sur Mars, rien d'autre n'a d'importance, on ne compte pas.

À peine les mots sont-ils sortis de sa bouche qu'un sourire naît sur les lèvres de Kat, qui s'écrie :

— Mais non, et qu'ils aillent tous se faire foutre ! On va te faire ta fête ! (Elle nous fait signe de nous rapprocher et sort son téléphone.) Vous avez des photos de vous deux ? On va en faire pour célébrer votre relat… enfin, votre histoire, disons.

Nos regards se croisent.

— Notre histoire ? dis-je.

Il sourit.

— Notre histoire.

Entre deux sourires et baisers tendres, nous prenons la pose d'un air pensif, puis plus souriant, et même radieux.

— Vous avez droit à une photo où vous vous embrassez. Parce que c'est trop mignon. Faites ça bien.

C'est un plaisir de lui obéir.

18

Dans les jours qui suivent, nous passons beaucoup de temps ensemble. Nos familles sont tellement occupées qu'il est facile de se faire la belle, même si nous ne cherchons pas spécialement à nous cacher. Je me réveille chaque matin avec le goût de ses lèvres sur les miennes et le cœur qui bat la chamade.

Un truc marrant : vous saviez que les familles d'astronautes voyagent en classe éco jusqu'en Floride tandis que les astronautes volent en classe affaires et ne font la queue nulle part ? Je ne demande pas la Lune, mais ça me semble un peu injuste, même si mon père est un *vrai héros américain* !

Oui, je sais que j'exagère. Mais non, ça ne m'a pas empêché de le clamer quand on m'a demandé d'enlever mes bottines pour le passage d'un portique.

Allongé sur trois chaises d'aéroport, je relis les e-mails que j'ai envoyés à Leon hier soir. Ils sont au nombre de quatre, avec des liens vers des questionnaires vaguement condescendants du type : « Que pourrais-je faire quand je serai grand ? » (en plus de quelques vraies ressources en ligne pour réfléchir à sa future carrière).

Pour ce qui est du choix de sa fac, j'ai sélectionné quatre universités très prometteuses qui ont toutes une équipe de gymnastique. Cela dit, d'après leur compte Instagram ou les vidéos YouTube que j'ai trouvés, il est clair qu'elles ont plus pour vocation de s'amuser que de gagner des compétitions.

Je lui ai aussi envoyé un quiz sur les maisons de Poudlard, parce que je lui ai dit que j'étais Serpentard. Il m'a répondu : « Ouh, c'est les méchants, non ? »

Pour moi, c'est assez simple : il se sent perdu en ce moment, mais c'est parce qu'il n'a pas vraiment d'objectif. Je n'attends pas de lui qu'il atteigne mon niveau d'obsession pour sa carrière, mais il faut qu'il trouve quelque chose à quoi s'accrocher. Sauf qu'il n'a répondu à aucun de mes messages pour l'instant. Comment peut-on aider quelqu'un qui ne veut pas l'être ?

— Salut, gamin.

Je souris en voyant Kiara devant moi. Elle porte un legging noir, des bottines marine, un foulard et un bonnet. Le style Brooklyn transcende la chaleur oppressante du début d'été au Texas, à ce que je vois. Son téléphone rose vif dépasse de la poche de sa veste en jean, seule touche de couleur qu'elle s'autorise.

Mon Dieu, le style hipster de Brooklyn me manque tellement.

Son regard perçant est posé sur moi, et je n'y lis que douceur et bienveillance.

— On dirait que tu as… des problèmes de garçon, non ?

Je ris.

— Il est surtout vingt-deux heures. J'ai envie de dormir.

Elle porte un sac qui doit être rempli de son matériel de tournage pour StarWatch.

— Tu es au courant que le grand Josh Farrow a failli se faire virer à cause de ta vidéo ? La Nasa voulait revenir sur notre contrat, mais on s'en tire avec un simple avertissement. (Elle me fait un petit sourire.) Je pense qu'on va être beaucoup plus respectueux maintenant. Ça fait partie de notre nouvelle image.

—J'en suis sûr. Merci de m'avoir aidé, en tout cas.

—Ça valait le coup, je n'avais jamais vu Josh perdre ses moyens à ce point. Je pense que la célébrité lui était un peu montée à la tête. Et puis ça m'a fait du bien d'avoir un peu de repos. On n'a pas beaucoup eu accès aux astronautes depuis que cet incident est devenu viral. On a dû se résoudre à intégrer tes vidéos dans nos reportages pour couvrir ce qui se passe. (Elle sourit.) D'ailleurs, dès qu'on parle de toi, ça attire l'attention, ce qui a été une drôle de découverte.

—Personne ne m'a demandé l'autorisation, dis-je. Bon, je vous l'aurais donnée, mais comment se fait-il qu'on ne m'en ait pas parlé ? C'est quand même étonnant que je sois plus responsable que vous comme journaliste, sans vouloir vous faire offense.

—Je ne me sens pas offensée, et je dirais que nous sommes pas de vrais journalistes. La chaîne s'appelle StarWatch et l'émission s'appelle Étoiles filantes. On n'est pas une chaîne d'info.

Je ris doucement en essayant d'ignorer mon mécontentement. Mais il est bien réel. Faites votre boulot. Dites-moi que vous voulez utiliser mes images. Ayez un peu d'intégrité, même si vous faites une émission remplie de ragots.

—Ne te prends pas la tête avec ce genre de détails, dit-elle. Je veille sur tes intérêts.

—Ah oui ? Comment cela ?

— Je discute avec quelques grosses agences de publicité. Tu sais combien elles seraient prêtes à te donner pour sponsoriser la moindre vidéo sur ton compte ?

— J'ai été approché par des tas d'agences. Je pense que je pourrais facturer quelque chose comme cinq mille dollars par vidéo sponsorisée. Ces gens lâchent facilement leur fric, et mes abonnés sont plus actifs que jamais depuis que j'ai accès aux coulisses du projet Orpheus. Mais je ne peux pas faire ça à mes abonnés, dis-je avec dépit. Je suis sûr que ça n'en dérangerait pas certains, mais les autres, ceux qui sont là depuis le début ? J'ai vu tellement de comptes Flash grandir et devenir des tunnels de pubs, je ne veux pas devenir comme eux.

— D'accord, alors c'est quoi ton but ? J'ai des contacts à New York et ils sont tous fascinés par ce que tu fais et par ton nombre d'abonnés. J'y suis retourné le week-end dernier et j'ai eu une longue conversation sur ta carrière avec des amis. Les magazines *New York*, *Teen Vogue*, le *Today Show*. On a parlé de stages.

— Vous pourriez m'avoir un stage chez *Teen Vogue* ?

— Si tu as envie, dit-elle. Mon amie de chez Condé Nast te suit depuis un moment. Ils veulent augmenter leurs reportages vidéo. Mais tu es peut-être trop bien ici pour retourner là-bas.

— Non, bien sûr que je vais rentrer à Brooklyn. Dès que possible. Mais j'ai dix-sept ans, je ne peux pas partir comme ça. Crois-moi, j'ai envie de me tirer d'ici.

De préférence avec Leon, bien sûr. Mais je n'en dis rien, parce qu'elle s'intéresse déjà beaucoup à moi et qu'il y a quelque chose de bizarre là-dedans.

Kiara prend mes coordonnées pour les faire suivre à son amie chez Condé Nast, puis nous embarquons. Une fois à bord, collé au hublot, je lance un livre audio. Je dois revenir quatre ou cinq fois en arrière avant le décollage parce que je suis trop distrait. Mais rien n'y fait, et je finis par fermer les yeux et m'endormir.

***

OK, je sais que je me suis plaint de l'humidité au Texas, mais je m'en excuse. En Floride, j'ai carrément l'impression d'être au milieu d'un marais. Même en pleine nuit. Je sens le cap Canaveral plus que je ne le vois ou l'entends.

Après un court trajet dans une berline noire, on nous envoie dans notre chambre d'hôtel dormir quelques heures avant notre réveil qui sera matinal. Je me demande si tous les lancements – satellites ou fusées – sont toujours aussi tôt. Je réfléchis à couvrir le lancement demain mais je n'en vois pas l'intérêt. Nous serons déjà filmés sous toutes les coutures pendant que l'engin sera expédié dans le ciel.

— Tu vois, l'antenne arrivera quelques mois avant nous et elle entrera en orbite autour de Mars. On l'interceptera en arrivant sur place, et elle nous aidera à trianguler notre atterrissage.

Maintenant que nous sommes avec lui, papa explique tout en détail à maman, mais mon attention est fluctuante. C'est intéressant cependant, et je note le nom des gens qui ont travaillé sur le satellite et que je pourrai interviewer un jour.

L'hôtel, situé sur le complexe, dégage une ambiance militaire que je ne saurais pas vraiment expliquer. Les chambres sont des suites, avec une petite cuisine et deux chambres séparées par un salon. Tout est en brique. L'extérieur, l'intérieur. Je prends une chambre au hasard, mes parents prennent l'autre, et je m'écrase sur le lit hyper confortable.

J'adore l'intimité de cette suite. J'ai un verrou à ma porte et je suis séparé de mes parents par la pièce de vie. Je m'imagine partager ce lit *king size* avec Leon, sentir son corps contre moi toute la nuit. Cette idée me plaît autant qu'elle m'effraie.

On pourrait peut-être y arriver. Leon ne doit pas vouloir partager sa chambre avec Kat de toute façon, et ses parents seront trop distraits pour remarquer son absence. Mon souffle se fait court tandis que je réfléchis à cette possibilité.

Non, c'est trop risqué.

Enfin… Nos parents n'ont pas trop l'air de faire attention quand on s'éclipse pour passer du temps ensemble.

Sans plus réfléchir, je sors de la suite. Kat est dans le couloir avec un seau plein de glace.

— Le vol s'est bien passé ?

Ils ont pris un avion qui partait plus tôt parce que la Nasa ne pouvait pas mettre toutes les familles sur le même vol. Nous étions avec les familles des remplaçants, tandis que les titulaires ont pris l'avion précédent.

Kat a les cheveux en bataille, et elle n'a pas besoin de préciser qu'elle est prête à aller se coucher. Le lancement aura lieu à une heure indue demain matin, après tout.

— Ça allait. Ils sont tous endormis, je suis juste allée au distributeur de glaçons parce que j'aime que mon eau soit glacée. J'imagine que tu t'en fiches, hein, mais je sais que je ne vais pas passer une bonne nuit.

— Tu partages ton lit avec Leon ?

Elle ronchonne.

— Il occupe tout le lit. Pourtant, il est grand. Je vais dormir sur le canapé.

— Et si je te disais… qu'il y a une autre solution ?

Elle ouvre de grands yeux, puis un petit sourire naît sur son visage. Son regard passe de la porte de sa chambre à moi. Je la vois faire jouer ses méninges. Y a-t-il un risque pour elle ?

— Je serais prête à tout pour avoir un lit à moi. D'accord, je vais faire en sorte que ça marche. Toi, vérifie que la voie est libre de ton côté.

Je suis excité, mais je préfère éviter la précipitation. Je ne sais pas s'il en a envie. Peut-être veut-il attendre, ou peut-être pensera-t-il que c'est trop risqué. Mais en attendant de le savoir, une chose est claire : moi, j'en ai terriblement envie.

J'attrape Kat par le bras avant qu'elle rentre dans sa suite.

— Kat… Dis-lui que ce n'est pas obligé. Ne lui mets pas la pression, OK ?

— Je pense que ce ne sera pas un problème, répond-elle en me faisant un clin d'œil.

Resté seul, je fais les cent pas nerveusement entre nos portes. Je suis en panique. Il peut dire non. Ou pire, dire oui parce qu'il s'y sent obligé. Et si je le rejoins et qu'on se fait attraper ? Et si les caméras de StarWatch débarquaient et qu'il m'abandonnait pour toujours et…

La porte s'ouvre.

J'oublie comment on fait pour respirer.

Jusqu'à ce que son sourire illumine le couloir.

— Salut. (Je l'attire contre moi et l'embrasse.) Tu es d'accord ?

— Tu rigoles ? Je le ferais tous les soirs si je pouvais.

Mon cœur va éclater. Je repars vers ma chambre, presque sonné. Je glisse la carte dans le lecteur et lève un doigt à l'intention de Leon pour lui demander d'attendre. Personne dans le salon, tout est calme à part ma respiration. J'entre, vois ma porte ouverte et ma chambre vide. Je fais signe à Leon de venir, il passe devant moi. Je ferme la porte en priant pour que personne ne vienne à cet instant.

Il est dans ma chambre.

J'approche de la chambre de mes parents et les entends discuter de l'autre côté. Une conversation calme. Ils ne se sont pas disputés depuis l'accident, maintenant que j'y pense. Entre le garçon dans mon lit et la paix qui règne dans la famille, peut-être que cette histoire d'astronaute était exactement ce qu'il nous fallait, en fin de compte.

Je frappe à la porte et leur dis bonne nuit. Je les entends me souhaiter bonne nuit, je t'aime, et tous les trucs obligatoires de parents, puis je retourne dans ma chambre.

—Eh.

Il est assis sur mon lit, un peu mal à l'aise, les épaules légèrement voûtées. Je m'installe à côté de lui et me penche pour l'embrasser. Il a un goût de menthe, il a dû se brosser les dents avant de venir. J'éteins la lumière et nous nous glissons sous la couette.

—J'ai réfléchi à ce que tu as dit à Kat. Au fait que tu as l'impression de ne pas compter. Avec tes parents, je veux dire.

J'ai du mal à formuler mes phrases, parce que je suis obnubilé par une seule pensée : *Je suis au lit avec Leon.* Mais nous n'avons pas passé de temps ensemble depuis l'autre jour et je veux en discuter avec lui.

—Oui, dit-il en me fouillant du regard.

— OK, je vais être direct. Tu as déjà été avec quelqu'un qui te met dans un état encore pire ? Qui te fait te sentir encore plus seul ? Je ne veux pas être ce mec, mais je ne suis pas forcément doué pour faire ce qu'il faut avec toi, et...

Il pose un doigt sur mes lèvres, et je fonds.

— Il n'y a eu personne d'autre. J'ai plus ou moins fréquenté quelqu'un au début du lycée, mais ça ne compte pas vraiment. J'ai embrassé quelques filles, quelques mecs. Mais rien de sérieux. Pas comme avec toi.

— Oh.

Je ne vois pas quoi répondre d'autre.

Ça me surprend. Je pourrais écrire un roman sur sa beauté, son odeur, sa douceur quand on le connaît, et lui n'a jamais trouvé mieux que moi ?

— C'est drôle, dit-il. Enfin, peut-être pas, mais en Indiana, Katherine avait toujours des mecs. Toujours. Papa devait sans cesse l'emmener à des rendez-vous, c'était dingue. Et elle a eu deux petits amis depuis qu'on est ici. Mais moi, rien. Jusqu'à maintenant.

— Pourtant, tu es... (J'essaye de trouver le mot juste, mais j'échoue.) Super.

Il sourit.

— Vraiment ?

Là-dessus, il enlève son tee-shirt et moi aussi, et je presse son corps contre le mien. Son souffle se répand dans mon cou tandis que nos jambes s'entremêlent. Nous nous mélangeons les langues, sa chaleur est la mienne, et lorsque je m'écarte de lui pour le contempler dans la faible lumière, mon cœur s'arrête. Je suis en transe. Jamais mon désir pour lui ne s'éteindra.

Rien n'aurait pu me préparer à cela. Au feu qui m'embrase le corps quand il est là. Peu importe à quel point nous sommes proches, collés l'un à l'autre, ce n'est jamais assez. Notre premier baiser a eu lieu il y a un mois, mais notre relation est déjà passée au stade de la faim insatiable.

—Je crois que je suis amoureux de toi, dit-il.

Je l'embrasse et ne le laisse plus s'échapper.

Étoiles filantes

Saison 2, épisode 11

INTERVIEW EXCLUSIVE : Dans cet épisode d'Étoiles filantes, la Nasa se prépare à lancer un satellite dans l'espace. Avant l'ultime épisode de la saison, la semaine prochaine, nous prenons le temps de revenir sur cette année au siège de la Nasa, et un nouvel expert nous rejoint. (Épisode diffusé le 15 juillet 2020.)

— Bonjour et bienvenue dans votre émission, *Étoiles filantes*. Je suis Josh Farrow et je me trouve en compagnie d'une nouvelle invitée, Ariana Rogers, la fondatrice du programe spatial privé JET-X. Bienvenue dans notre studio.

— Je suis ravie d'être ici, Josh. J'ai l'impression d'enfreindre une règle tacite en apparaissant dans votre émission. Non pas que nous ne travaillions pas avec la Nasa, bien sûr. Mais vous collaborez main dans la main avec eux depuis deux ans maintenant, non ?

— Vous savez, madame Rogers, nous sommes simplement de grands fans de tout ce qui concerne les étoiles.

Et bien sûr, la mission sur Mars et les astronautes de la Nasa nous fascinent. Mais il y a un sujet que nous n'avons pas abordé, et c'est celui de l'exploration spatiale par des entreprises privées. Si ça ne vous dérange pas, je vais en venir tout de suite aux questions que se posent nos téléspectateurs. Depuis des années, les groupes privés comme JET-X sont considérés comme des rivaux de la Nasa. Pourquoi, d'après vous ?

—C'est une bonne question. Au fond, c'est parce que nous recrutons des astronautes, des ingénieurs et des scientifiques parmi le même vivier de candidats. Je comprends cette perception, d'ailleurs, mais je pense que nous n'avions pas connu un tel enthousiasme depuis les premières décennies de la conquête spatiale.

—C'est cet aspect compétitif qui décuple votre enthousiasme ? Dans les années 1960, les Américains souhaitaient surtout coiffer les Russes au poteau et arriver en premier sur la Lune. Maintenant, le rêve est sans doute plus nébuleux, mais il y a toujours une grande rivalité. Et on dirait que vous ne serez peut-être pas les premiers sur Mars.

—Ah, Josh, pas la peine de remuer le couteau dans la plaie. Nous soutenons la mission de la Nasa pour Mars, mais il y a une chose que nous avons et qu'ils n'ont pas, c'est l'assurance d'un financement sur la durée. Après le décès de Mark Bannon, j'ai cru un moment que le gouvernement allait retirer le financement de la mission Orpheus. Quand vous perdez l'un des plus célèbres astronautes et en blessez deux autres… C'est le genre de chose qui refroidit les ardeurs de nos gouvernants.

—Alors que vous avez les ressources car vous êtes financés par le privé ?

— Oui. On prend des risques calculés, comme tout le monde, et il pourrait nous arriver que tel ou tel actionnaire se retire, mais dans l'ensemble nos soutiens croient en nous. Même la Nasa, d'ailleurs. Nous construisons actuellement des pièces indispensables au lancement d'Orpheus V. Quoi qu'il en soit, ce n'est pas une compétition. Nous avons proposé notre aide pour l'organisation d'Orpheus VI et nous cherchons d'autres voies de collaboration à l'avenir.

— Du moins, si la Nasa a un avenir.

19

À mon réveil, le froid de l'air conditionné glace mon corps à demi nu. J'entrouvre les paupières et vois la silhouette de Leon debout à côté de moi. Il tire la couette sur moi et me plante un baiser sur le front.

Il quitte la chambre, et je reste éveillé assez longtemps pour entendre la porte d'entrée de la suite se refermer derrière lui. Personne ne l'a vu ni entendu. Je laisse échapper un sourire. Je me sens extraordinairement bien. Je serre son oreiller contre moi, respire son parfum, vole les dernières traces de chaleur qu'il a laissées dans le lit, et me rendors.

Il fait encore noir quand mon réveil sonne. C'est un vrai miracle que non seulement je sois prêt à me lever, mais en plus avec de l'entrain. Je suis prêt pour le premier lancement de ma vie, le premier d'une longue série dans un avenir proche. Ce satellite est peut-être petit, mais il va jouer un grand rôle dans la mission. Sans lui, les astronautes ne seraient pas capables de poser une partie de leur navette sur la surface de Mars. Grâce à la triangulation. Ou un truc du genre. J'aurais dû être plus attentif aux explications de papa, mais pour être franc, papa peut rendre n'importe quel sujet chiant comme la pluie.

Je regarde mes notifications, qui sont inondées par des abonnés excités par le lancement. Tout le monde espère que je vais couvrir l'événement, mais pour une fois, je ne le ferai pas. Je veux juste partager ce moment avec Leon.

Je déborde d'énergie, mon corps me semble léger. J'ai déjà hâte de le revoir. J'ai tout le temps envie d'être avec lui.

Je n'ai pas répondu à sa déclaration d'amour, mais je crois que je suis aussi amoureux que lui. Je n'ai jamais ressenti une chose pareille. Je n'ai aucun contrôle sur ce sentiment, et ça me fait peur. Il a quitté ma chambre il y a à peine une demi-heure et il me manque déjà. Le vide m'envahit, et il ne me reste qu'un élancement, un désir inassouvi.

Je sors de ma chambre, me douche, et comme par enchantement, je me retrouve en bas, à l'accueil de l'hôtel, avec mes parents. Notre départ est prévu à sept heures et demie, et je n'ai pas pensé à demander à Leon quand il était censé partir. Il ne reste plus que quelques familles. Nous sommes très courtois les uns envers les autres, et je me retrouve à être très formellement présenté à des scientifiques que j'ai déjà interviewés pour mes abonnés. Comme je ne le vois pas, le manque prend de l'ampleur.

Nous montons à bord d'une berline noire qui fait partie d'une caravane de voitures identiques qui s'étire sur plus de deux cents mètres. Ce coin de la Floride est peu habité. C'est humide, marécageux, pourtant la terre a l'air sèche. Je pourrais compter sur les doigts d'une main les arbres que nous avons croisés depuis que nous roulons.

Je m'aperçois soudain que je n'avais pas passé autant de temps avec mes deux parents depuis un bon moment.

Ce qui me fait penser à une question qui me taraude puis quelque temps.

—Papa, je peux te demander un truc à propos de StarWatch ? Sur l'accident d'avion et Mark ?

Il se redresse.

—Euh… oui ?

J'ai peur que ma question soit dérangeante. Peut-être n'a-t-il pas envie de penser à tout ça. Cependant, il s'est tourné vers moi d'un air ouvert.

Alors je prends mon élan et pose ma question.

—Tu n'as jamais eu l'impression que StarWatch guettait une catastrophe ? Je n'arrête pas de me demander s'ils sont vraiment de notre côté. Et je ne suis pas certain qu'eux-mêmes le sachent.

—Ah, dit-il en riant, pour ce qui est de savoir s'ils sont de notre côté, la réponse est non, je t'assure. Ils ne s'intéressent qu'à eux et à leur audience. Mais je ne pense pas qu'ils aient souhaité la mort de quelqu'un.

—Mais il y a quelque chose qui cloche. Ils soutenaient énormément la mission au départ. Ils ont milité pour le financement du reste du programme Orpheus. La vidéo avec Mark Bannon… ils ont fait tout ce qu'ils pouvaient pour donner l'impression que c'était un pari raisonnable. Ils ont gagné en popularité en étant les plus fervents partisans de la Nasa. Et maintenant, ils font comme si la Nasa était au bord de l'implosion et…

Il me coupe.

—Oh, je ne sais pas. Ces premières vidéos étaient assez pénibles. Ils ont joué au billard à deux bandes. Le vote était bipartisan, mais il y avait des gens contre dans les deux partis, Démocrates et Républicains. Certains Républicains détestaient parce que ça allait enlever de l'argent au budget de l'armée. Et les Démocrates, eux, craignaient qu'une fois l'argent dépensé, il faille prendre sur l'éducation et les programmes sociaux. Pourquoi explorer l'espace alors qu'il faudrait réparer notre système de santé ?

Le silence se fait dans l'habitacle. L'argument porte.

—Ça peut rester entre nous ? Tu n'en parles pas dans tes vidéos ni avec tes amis ?

Je hoche la tête.

—La fin des années 1960, ce n'était pas une période bénie pour l'Amérique. On était enlisés dans une guerre idiote et sans fin qui causait beaucoup de morts. La promesse faite par Kennedy était la seule chose sur laquelle s'accordaient toutes les nuances du champ politique : il fallait que nous allions sur la Lune avant la fin de la décennie. StarWatch s'est dit que cette ferveur jouerait en leur faveur. Ils pensaient qu'ils pouvaient recréer cette émulation dans le climat politique actuel. La Nasa a juste signé des chèques.

—Donc c'est pour ça, la déco des années 1960 ? C'est StarWatch qui a choisi ça ?

—D'après ce que Mark Bannon m'a dit, en tout cas. C'est pour ça que nous avons des maisons qui ont l'air sorties de cette époque, avec des tourne-disques et tout. Et c'est là qu'entre en jeu la vidéo que StarWatch a faite de Mark, dans laquelle il était présenté comme un héros américain, quelqu'un derrière qui tout le pays pourrait s'unir après le désastre des dernières années.

Une pensée me vient.

—Ils ont pris trop de pouvoir, tu crois ?

—Je pense que c'est pour ça qu'ils ont si mal traité ton père, intervient maman. Ils trouvaient que Bannon était le mieux placé pour diriger la première mission.

— StarWatch essayait de manipuler tout le monde, ce qui explique pourquoi ça a été… bizarre pour nous. Tes vidéos ne les ont pas aidés. Mais je pense qu'à l'inverse, ça nous vaut d'être dans les petits papiers de la Nasa.

Nous descendons de la voiture et sommes conduits vers un espace fermé par des grillages, par-delà la zone de lancement du satellite. C'est assez modeste pour un lancement. Je savais qu'on envoyait un satellite à peu près de la taille d'un homme, contenu dans un tube de métal géant, mais mon esprit imaginait quand même une fusée immense et une grosse traîne de feu.

À ma droite, derrière la foule, StarWatch s'installe. Ils ont trouvé le bon angle pour nous filmer avec le soleil levant, et j'imagine les réunions pendant lesquelles les producteurs se demandent pourquoi les gens regardent moins et décident qu'il faut du sang et du drame pour les hameçonner. C'est absurde.

Une fois que nous sommes tous dans notre zone, quelqu'un referme la grille. Je regarde autour de moi la foule cernée par les barbelés.

Je me rends compte que je suis entouré par quelques-uns des cerveaux les plus impressionnants du pays.

Et pour la première fois, j'inclus mon père dans ce constat. Le voir ici, respecté par ses pairs et même par son pays, me donne le sourire. Tout ce que je pensais auparavant – que les familles ne nous accepteraient pas, que le public nous trouverait ennuyeux – était faux.

Je m'éloigne de mes parents et me glisse entre des enfants, des épouses et des astronautes sur leur trente-et-un. Du coin de l'œil, je vois Grace qui serre la main d'un type en costume. Leon ne doit pas être loin.

Le compte à rebours commence, mais je veux le retrouver. Je me fraye un chemin, pressé. Et enfin, il est là. Il me sourit. Sur ma droite, j'aperçois Kiara qui installe sa caméra derrière lui. Elle me fait un signe de la tête, et je sais ce qu'elle veut.

C'est leur nouvel angle.

L'image parfaite. L'histoire idéale pour renouveler l'intérêt chancelant pour l'émission. Un lancement de satellite et une histoire d'amour. Je me place à côté de lui. Nous tournons le dos à la caméra, le visage pointé vers l'horizon. Quand le satellite décolle, je glisse mes doigts entre les siens et serre.

C'est beau, c'est parfait.

Jusqu'à ce que le satellite explose en plein vol.

20

Pendant un moment, le calme règne. Nous sentons à peine le souffle de l'explosion. C'est comme une rafale de vent chaud, puis l'antenne à plusieurs milliards de dollars disparaît dans un nuage de cendres au-dessus des barbelés.

Une fois le choc passé, Leon me lâche et se dépêche de rejoindre sa mère. Des gens me crient dessus, on m'ordonne de reculer, d'avancer, de faire… quelque chose. Je ne comprends rien, tout le monde va dans une direction différente.

— C'est le dernier clou dans le cercueil de la Nasa, dit un astronaute, assez fort pour que tout le monde l'entende.

Est-ce vraiment un si gros revers ?

Je ne trouve pas mes parents et je ne trouve plus non plus Leon car on m'a ramené à l'intérieur du bâtiment. Des murmures inquiets s'élèvent, des gens courent dans tous les sens.

Je ne veux pas rester seul à cet instant. Mais tout le monde m'a laissé. Ou alors c'est moi qui n'ai pas fait ce qu'il fallait.

Alors je fais la seule chose susceptible de me calmer et de me donner l'impression de contrôler la situation. Je sors mon téléphone et commence à streamer.

— OK, donc, voilà ce que je sais. Il est, euh… huit heures cinquante. Nous venons d'assister au lancement de l'antenne qui devait aider Orpheus V à se poser sur Mars. Ce lancement s'est conclu par un désastre, l'antenne a explosé à quelques kilomètres à peine d'ici, après son décollage. (Je m'interromps pour reprendre mon souffle.) Tous les astronautes semblent inquiets, certains ont même évoqué un report du projet à une date indéfinie. Je vais tenter de trouver quelqu'un qui pourra nous expliquer pourquoi il y a eu cette explosion.

Je regarde autour de moi et aperçois ma mère dans un coin.

— Je dois vous laisser pour l'instant, dis-je, je dois retrouver ma famille.

Je coupe la connexion et cours jusqu'à ma mère, au milieu des groupes qui discutent avec animation de la situation. Elle me regarde et je lis de la panique dans ses yeux. Elle va avoir besoin de temps pour laisser derrière elle ce qui vient d'arriver.

— Tout va bien, dis-je. Au moins, on est tous en vie.

— Je n'en peux plus, dit-elle en secouant la tête. D'abord, ton père qui a failli mourir dans un accident d'avion, et maintenant le premier lancement qui finit par une explosion ? Comment on est censés supporter tout ça ?

Je peux régler ça. Je peux régler ça.

— Retournons à l'hôtel. Où est papa ?

— Il a dû filer. Comme tous les astronautes.

La caravane des berlines noires attend devant le bâtiment. Nous montons dans l'une d'elles et je donne le nom de notre hôtel au chauffeur. Maman se calme, et je me dis que j'ai bien fait de l'éloigner du site du lancement. Mais ça n'empêche pas la panique de m'envahir à mon tour.

Il y a quelque chose qui ne va pas.

De retour à l'hôtel, la seule chose qui me ferait envie serait de me remettre sous les draps et de humer l'odeur de Leon. Pendant que maman se douche, je vais frapper à la porte d'à côté. Pas de réponse. Je frappe plus fort.

La porte s'ouvre. C'est Kat.

—Eh, tout le monde va bien chez vous ?

Son visage me donne la réponse avant qu'elle parle.

—Non, pas vraiment.

—Je peux voir Leon ? Enfin, si ça lui va ?

—Non, enfin, oui. Mais il est pas mal secoué.

Sans rien ajouter, elle me laisse entrer dans leur chambre. Il me tourne le dos, assis sur le lit, et serre ses genoux entre ses bras.

—Je peux faire quelque chose ? Je sais que tu es bouleversé, mais est-ce que tu es.... inquiet pour les prochains vols, ou en colère contre la Nasa ? Ou bien…

—Je suis triste. (Et sa manière de le dire me rend triste aussi.) Je sais que ça a l'air puéril, mais je suis juste triste. Comme s'il y avait un grand trou dans ma poitrine et que ce trou ne faisait que grandir et qu'il me dévorait. Ça me le fait chaque fois qu'il se passe un mauvais truc, et même un bon d'ailleurs. La nuit dernière… (il baisse la voix)… c'était incroyable, mais même quand j'étais avec toi, dans tes bras, ça me le faisait, c'est comme… un brouillard autour de moi. Tu étais contre moi et je ne pourrais pas être plus amoureux de toi, mais ça ne change rien. C'est en moi.

Je m'assieds à côté de lui, à distance raisonnable. Son visage est fermé, ses sourcils froncés.

—Je vais t'aider. Autant que je peux. Je te le jure. Je ferai tout ce qui est possible. Tu veux que je t'aide à trouver un nouveau psy ? Ma mère en a trouvé un en ligne qu'elle aime bien, mais il doit y en avoir qui ont des bureaux physiques ici. Je sais que j'ai essayé de t'embrasser la première fois que je t'ai vu dans cet état, mais je veux être là pour toi de toutes les manières qui peuvent t'aider.

Je me retiens de lui dire que moi aussi, je suis amoureux de lui. Même si je le pense. Parce que, putain, je l'aime. Je l'aime tellement. Mais ce n'est pas le moment de le lui dire. Il le verrait comme une tentative de lui remonter le moral. Et il mérite mieux que ça.

J'embrasse son genou.

— C'était pour quoi ? demande-t-il en riant.

— Eh bien, je ne peux pas t'embrasser sur les lèvres parce que tu ne te sens pas bien, mais j'ai trop envie de t'embrasser, alors je me suis dit qu'un baiser sur le genou était le truc le moins romantique du monde et que tu ne le verrais pas comme un baiser juste pour te faire sentir mieux.

Il se penche vers moi et m'embrasse sur les lèvres.

— Au risque d'avoir l'air cliché, dit Kat, vous ne voudriez pas vous trouver une chambre qui ne soit pas la mienne ?

Je tourne ma tête vers elle en levant les yeux au ciel.

— Très bien, je m'en vais.

Leon se masse la nuque.

— Je ne veux pas casser l'ambiance, mais tu sais quand on disait que les choses pouvaient changer ?

— Qu'est-ce que tu veux dire ? demande Kat.

— Ils pourraient annuler toute la mission. Ou nos parents pourraient se faire virer. N'importe quoi peut arriver, et ce serait fini.

— Je ne me sépare pas de toi, dis-je, même si je ne sais pas comment je ferais. On n'a pas d'infos, pas la peine de paniquer pour l'instant. Profitons de ce qu'on a. Fais-moi confiance.

— Je te fais confiance.

Il a toujours la tête basse, cependant.

Je me lève en soupirant.

Alors que je pars, Kat me serre gentiment dans ses bras avant de me remplacer auprès de son frère.

Étoiles filantes

Saison 2, contenu en ligne

INTERVIEW EXCLUSIVE : Connectez-vous à 11 heures, Grace Tucker se joindra à nous par téléphone depuis le cap Canaveral, en Floride, pour parler de la récente explosion qui pourrait faire fermer la Nasa.

— Grace, je veux commencer en vous disant à quel point je suis affecté par ce que les Vingt d'Orpheus – pardon, les Dix-Neuf d'Orpheus – doivent vivre après cette catastrophe. Pouvez-vous nous parler de l'incident ?

— Eh bien, Josh, on essaye de rester positifs. Le satellite était nécessaire pour le lancement, mais on me dit que nous préparons déjà le lancement d'un deuxième satellite pour le remplacer, sauf qu'il ne nous donnera pas autant d'indications que prévu. Mais ce n'est pas un problème. L'important est que nous comprenions ce qui a causé l'explosion, pour que tout le monde soit en sécurité.

— Puis-je vous poser une question dérangeante ?

— Allez-y, Josh, ça ne vous a jamais arrêté par le passé.

— Ah ah ! C'est vrai. Nos téléspectateurs ont toujours apprécié votre franchise, Grace. La Nasa a-t-elle les financements pour assurer la construction et le lancement d'un autre satellite ? D'après ce que nous croyons savoir, le programme était déjà juste sur le plan financier ?

— Nous avons le financement pour Orpheus V, mais nous devons être sûrs que le gouvernement ne fera pas machine arrière pour le reste du projet. Nous n'allons pas sur Mars juste pour dire que nous l'avons fait. Nous aurons besoin de ressources pour construire une base sur la planète d'où nous pourrons continuer les recherches. À l'avenir, nous pourrions trouver un moyen de rendre Mars habitable, oui, mais surtout, nous pourrions découvrir comment Mars est devenue ce qu'elle est aujourd'hui, et empêcher ce même processus de se dérouler sur Terre. Le premier pas sur Mars sera un moment important, mais ce qui se passera par la suite changera notre avenir.

— Si ça ne vous dérange, j'ai encore d'autres questions sur le financement. D'abord…

— Si vous voulez parler de financement, pourquoi n'invitez-vous pas plutôt votre amie de JET-X ? Merci pour cet entretien, mais je dois y aller. Je remercie vos téléspectateurs, ils savent à quel point leur soutien nous fait chaud au cœur, à nous astronautes, mais aussi aux ingénieurs, aux scientifiques et à toutes les équipes, de Houston au cap Canaveral. Nous vous remercions tous pour votre intérêt qui n'a jamais faibli au fil des ans. Et, Josh ? Nous serons toujours les Vingt d'Orpheus. Ne l'oubliez pas.

— Entendu, Grace. Ne ratez pas notre prochain épisode, le dernier de la saison, pour l'émission la plus suivie de StarWatch, *Étoiles filantes*. Vous ne voulez pas passer à côté de ça !

21

Depuis que je suis revenu à la maison, ma vie se déroule quasiment sans conversation. Leon n'a pas envie de me parler, ni à personne d'autre d'ailleurs. Maman n'est toujours pas remise de l'explosion et le fait que nous n'ayons pas de nouvelles de papa depuis trois jours nous inquiète. Mais elle peut au moins se réfugier dans le codage. Kat vient prendre des leçons depuis quelque temps. Ça les distrait, elles fixent l'écran et pensent à autre chose en attendant que le temps passe.

Je n'ai pas ce luxe.

La Nasa est en panique, c'est évident. D'après ce qu'on sait, papa est toujours en Floride, il passe ses journées en réunion pour voir ce qui peut être sauvé de la catastrophe. Grace et lui, ainsi que les ingénieurs, réfléchissent à un moyen d'atterrir sur Mars sans l'antenne si la Nasa ne trouve pas les fonds pour en construire une autre.

StarWatch a promis une émission spéciale revigorante et passionnante à ses téléspectateurs.

Sur mon téléphone, je regarde une poignée de *likes* et de commentaires arriver sous ma vidéo post-explosion, qui en est presque à un million de vues. Il n'y a pas eu tant de vidéos que ça juste après l'incident, et la mienne est la plus facile à incruster dans un article ou à reprendre en reportage.

Je suis passé abruptement de quatre ou cinq *lives* par semaine à rien en trois jours, mais je n'ai pas grand-chose à dire. Tout est pourri. On est foutus.

Mon téléphone sonne, j'ai une seconde d'excitation en me disant que c'est peut-être Leon. Mais non. C'est Deb. Je décroche avec une sorte de soulagement nostalgique.

— Eh, comment ça va ?

— Tu réponds enfin au téléphone ? J'allais te laisser un message… (elle marque une pause)… pour te donner ma nouvelle adresse.

— Quoi ?

Je bondis sur mes deux pieds.

— Oui. Ma famille s'est fait expulser, alors j'ai rempli une valise et je me suis barrée. Je n'ai pas assez d'économies pour me payer un endroit à moi, mais j'ai un cousin qui vit à Rockaway et il a un canapé libre. Quand son coloc partira, d'ici deux mois, je reprends sa chambre. Je me suis dit que ça t'intéresserait.

La panique m'envahit. Elle était ma roue de secours. Si les choses tournaient mal ici, elle était censée être là quand je rentrerais à Brooklyn.

— Mais tu as entendu parler de l'explosion ? Entre ça et le crash, pas impossible qu'on revienne plus tôt que prévu. Tu ne voulais pas qu'on emménage ensemble ?

Il y a un lourd silence.

— Écoute, mes parents n'ont plus de toit. Tu es parti pour le Texas, et ensuite tu as laissé entendre que tu ne reviendrais peut-être jamais. Sans parler du fait qu'on ne s'est pas parlé depuis deux semaines. Pour une fois, essaye de ne pas être égoïste.

Un autre silence, puis :

— Tu sais quoi, tant pis. Je t'envoie l'adresse par texto. À la prochaine.

Silence.

La ligne coupe.

Je suis effondré. J'avais un plan. OK, un plan B, mais c'était un plan. Et maintenant, il n'existe plus.

Un élan de culpabilité me saisit. Une fois que j'arrive à repousser ma panique, je prends la mesure de l'étendue de ma bêtise et de mon égoïsme. Quel con. Alors que je commence à écrire un texto d'excuses, je me dis que c'est nul. Je rappelle.

Ça sonne trois fois, puis direction la messagerie automatique.

Je rappelle et tombe directement sur la messagerie, cette fois.

Alors je sombre. Je m'assieds sur mon lit, mets mon casque, et la musique dans mes oreilles noie le bruit du monde. Deb et moi avons traversé de pires engueulades, et je sais que je pourrai m'excuser quand elle sera calmée. Je ressors mon téléphone pour vérifier qu'elle ne m'a pas écrit, et, voyant qu'elle ne l'a pas fait, j'envoie un message à Leon pour lui demander si Kat et lui voudraient qu'on regarde ensemble le dernier épisode de la saison d'*Étoiles filantes*.

Je reçois une réponse :

Eh, désolé. Maman est là donc on passe du temps en famille ce soir. Mais on peut s'envoyer des textos en regardant si tu veux.

Je suis déçu au début, puis subitement inquiet. Grace est revenue de Floride, mais où est mon père ? Je sors de ma chambre et vais trouver ma mère, qui remue une soupe pour le dîner tout en jouant à la DS.

— Tu as des nouvelles de papa ?

Elle me regarde d'un œil las, et je comprends qu'elle en a eu. Et qu'elles ne sont pas bonnes.

— Il est juste très occupé, dit-elle.

Elle se referme, pleine de frustration. Ça me rappelle d'autres fois, par le passé.

— Comment ça ? La mère de Leon est rentrée, pourquoi gardent-ils papa plus longtemps ?

Elle y réfléchit et secoue la tête.

— Je ne sais vraiment pas, mon chéri. Mais il n'a même pas le temps de m'expliquer. Il a une pression incroyable.

Soit ma mère me cache quelque chose, soit elle est trop inquiète pour aller au bout de sa pensée, au cas où ils recommenceraient à se disputer.

Dans tous les cas, la situation est bizarre.

Je retourne dans ma chambre et appelle papa. Directement sur messagerie. J'enchaîne avec Leon. Et je ne dis même pas bonjour.

— Tu as parlé avec ta mère ce week-end ?

— Bah, je ne sais pas, un peu. Normal, quoi.

— Mon père n'est pas encore revenu et ma mère a une attitude étrange. Elle ne sait pas trop s'il est stressé ou quoi.

— Bah, tout le monde est stressé, mais ils ne peuvent pas faire grand-chose. La Nasa doit regarder s'il est possible de repousser le lancement ou s'il faut tenir le programme, et en fonction de ce qui passera dans les jours qui viennent, si les gens nous aiment encore, ce genre de choses. (Un silence.) Tu vas bien ?

Mon silence est plus long. Mais je me remets vite.

— Oui, oui, ça va. Ne t'inquiète pas pour moi.

J'écarte l'idée de laisser transparaître mes craintes et mes doutes. C'est moi qui règle les problèmes. Je ne me laisse pas démonter, jamais. Ma détermination est un roc impossible à fissurer.

Sauf que le roc se fissure bel et bien. Il se lézarde de partout, et je le sais. Si papa revient et que la vie reprend son cours normal, ça s'arrangera.

— Calvin ?

Un sanglot étranglé m'échappe. Des larmes commencent à se former, et je ne sais même pas pourquoi. Tout va bien. Tout va bien. Alors je le dis.

— Tout va bien.

Il me croit. Ou en tout cas, il n'insiste pas. Quoi qu'il en soit, je suis soulagé. Je lui dis au revoir et raccroche avant de supplier la tension qui monte en moi de libérer mon corps.

Le casque sur la tête, je me répare avec de la musique pour être en mesure de réparer le monde.

***

Il est vingt heures. Papa est toujours absent, mais maman ne semble pas inquiète. Le croit-elle toujours en Floride ? Y est-il vraiment ?

Nous nous installons sur le canapé, la télé allumée sur *Étoiles filantes*. Elle est pelotonnée sous une couverture tricotée, et moi je lis les commentaires sur mon téléphone.

Je relève les yeux au moment où Josh Farrow lance l'émission.

Il porte un costume bleu sombre, un peu plus habillé que d'habitude. Je vois une lueur familière dans ses yeux, une lueur machiavélique. L'opposé de ce qu'il dégageait la dernière fois que je l'ai vu, lorsqu'il est parti de chez les Tucker honteux et en colère.

— Une explosion dévastatrice, un amour adolescent, un retournement de situation inattendu : votre émission sur la vie des astronautes de la mission Orpheus démarre maintenant !

Il commence par la base, des images du satellite avant le lancement, et explique brièvement à quoi il devait servir. Mais il le fait à la va-vite, et d'un ton plat. Comme s'il forçait les téléspectateurs à passer par cette étape d'ennui.

— Il pense que personne ne s'intéresse à tout ça, dis-je. C'est insultant pour tout le monde, en fait.

— Ton père a toujours aimé les deux côtés, les drames personnels et la science.

— Avec modération, je suppose.

Josh raconte le lancement en détail, avec des images tournées sur place, et soudain je nous vois, Leon et moi. Nos mains serrées. Je souris et jette un coup d'œil à ma mère, guettant sa réaction.

— Tu savais qu'ils vous filmaient ?

— Je les ai vus, oui. Kiara m'a dit qu'ils changeaient d'image, qu'ils voulaient une histoire heureuse. Je me suis dit que ça aiderait pour l'audience, et pour l'intérêt du public pour la mission.

— Et Leon était au courant ?

Je déglutis avec difficulté. Son regard me laisse comprendre que ce ne serait pas forcément une bonne idée dans le cas contraire. Mais elle ne sait pas comment il se sentait. Parce qu'il n'était jamais le centre de l'attention dans sa famille, dans sa propre vie.

Et le voilà – pas sa mère, pas sa famille, *lui*.

—Je crois ? dis-je tandis que mon téléphone se met à vibrer.

Je lis le texto de Leon :

Ouuuuuuuh.

À l'écran, l'antenne explose.

Immédiatement après, Josh Farrow s'avance vers la caméra en expliquant pourquoi l'explosion s'est produite, quitte à simplifier pour les téléspectateurs.

Ils repassent l'explosion trois, quatre, cinq fois. Au ralenti.

Puis ils montrent la suite. Les astronautes, les familles, les journalistes courant dans tous les sens, et la caméra zoome sur moi. J'ai le téléphone brandi devant moi et je fais ma vidéo pour mes abonnés FlashFame.

—Après l'explosion, la superstar des réseaux sociaux Cal Lewis a donné des nouvelles à ses abonnés sur FlashFame. Oui, vous l'avez sans doute remarqué maintenant, c'est un sujet pour le jeune Calvin Lewis Junior, qui est passé d'un demi-million d'abonnés à un million deux depuis qu'il couvre la mission de la Nasa et qu'il interviewe des scientifiques et des astronautes qui travaillent sur le projet.

—Quel rapport ? dis-je en me tournant vers maman.

Elle fixe l'écran avec une certaine incrédulité.

—Dès le moment où il est arrivé à Clear Lake City, il semble que Calvin Junior ait manipulé bon nombre des personnes qu'il a interviewées, sans parler de ses abonnés. Comme le disait le regretté Mark Bannon, « la mission Orpheus V pour Mars est un voyage difficile mais sublime ». Et ici, sur StarWatch, nous nous sommes toujours efforcés de vous montrer les difficultés, techniques et interpersonnelles, qui rendent cette mission compliquée.

Josh prend un air grave, et j'ai l'impression que mon cœur va s'arrêter de battre. C'est totalement orienté, et ça n'a aucun sens. Évidemment que je cherche toujours le moyen d'élargir mon audience, mais je le fais en racontant des choses qui intéressent les gens.

—Notre invité ce soir est Kiara Samuel, notre assistante productrice pour *Étoiles filantes*. Kiara, expliquez-nous un peu sur quoi vous avez travaillé ces dernières semaines.

Elle s'éclaircit la voix et regarde la caméra ; son regard me transperce.

—Quand on pense aux reportages de Cal, commence Kiara, on pense à son authenticité. Mais à force de le fréquenter, j'ai découvert un aspect plus troublant de sa personnalité, pour dire le moins. Par exemple, lors du dernier jour dans les jardins avec Mara Bannon, mais nous ne savions pas que ce serait le dernier, bien sûr, il s'est plaint à de nombreuses reprises auprès de moi qu'on ne l'y reprendrait pas, et qu'il se ferait porter pâle la prochaine fois. Pourtant, dès que la caméra a été allumée, son comportement a changé du tout au tout. J'ai mis cela sur le compte de la chaleur écrasante, mais ce manque d'honnêteté m'a frappée.

Je suis suffoqué par ce que j'entends. La malveillance de Kiara, son culot. Josh bat des records, et Kiara l'aide dans cette entreprise.

—Et si je peux me permettre, Kiara, certains journalistes ont tendance, disons, à s'arranger avec la vérité.

C'est un gros problème dans notre métier, et nous essayons à tout prix de l'éviter ici, sur StarWatch. Il nous arrive de nous tromper (il regarde la caméra en feignant l'humilité avec brio) mais nous essayons. Cela dit, j'aimerais comprendre pourquoi Cal agit comme cela vis-à-vis du programme spatial. Quel est son objectif ?

— Eh bien, Josh, nous avons des images qui vont répondre à votre question.

« J'ai été approché par des tas d'agences. Je pense que je pourrais facturer quelque chose comme cinq mille dollars par vidéo sponsorisée. Ces gens lâchent facilement leur fric, et mes abonnés sont plus actifs que jamais depuis que j'ai accès aux coulisses du projet Orpheus. »

Je me souviens, à l'aéroport, le téléphone coincé dans la poche de sa veste en jean. C'était la seule touche de couleur de son ensemble. Ce que je ne savais pas et ne pouvais pas savoir, c'était que la caméra filmait.

Josh reprend la parole.

— Il pourrait ne pas avoir très longtemps encore accès aux coulisses du projet Orpheus, Kiara, c'est ça ?

— Tout à fait, Josh.

Ma mère se glisse contre moi et passe un bras par-dessus mes épaules. Elle cherche la télécommande, mais je retiens sa main. Il faut que je voie.

StarWatch passe vidéo après vidéo.

« Vous pourriez m'avoir un stage chez Teen Vogue ? »

« Bien sûr que je vais rentrer à Brooklyn. Dès que possible. »

— Cal n'a pas encore fait de commentaire à l'heure actuelle, nous ne savons pas s'il continuera ses reportages sur FlashFame ou s'il a conclu un accord pour vendre sa chaîne à Condé Nast. Dans tous les cas, il semble que Cal

Lewis ait tiré tout ce qu'il avait à tirer de ses missions : des contenus viraux, de nouveaux abonnés, des contrats d'influenceur, et peut-être même une carrière.

— C'est… Ce n'est pas comme ça que la conversation s'est déroulée.

C'est tellement coupé, monté de partout. Bien sûr que je retournerai à Brooklyn, un jour. Mais les téléspectateurs ne savent pas ce qui me retient ici ni ce qui me donne envie d'y retourner. Mes abonnés vont penser que j'essaye de faire du fric en monétisant la chaîne avec des pubs, ou pire – BuzzFeed voulait mettre en valeur mes reportages, mais l'idée qu'une plus grosse entreprise comme Condé Nast achète mon compte ? Le mensonge est presque plausible.

Leon, Kat… Ils vont croire que j'essaye de me faire de l'argent sur leur dos. Alors que c'est pour eux que je veux rester.

— Ça fait beaucoup de choses d'un coup, Kiara, reprend Josh, mais je crois que ça vaut la peine de le rappeler : c'est le même Cal qui nous a jetés sous le bus quand nous préparions l'hommage à Mark Bannon, qui n'a pas pu être diffusé.

Je me rappelle ce que Kiara m'a dit à l'aéroport. *« Dès qu'on parle de toi, ça attire l'attention. »* Eh bien, ce soir, ils vont avoir beaucoup d'attention dans ce cas. Et leur histoire est sacrément bien ficelée. Je suis le méchant. StarWatch existe depuis des décennies, leurs fans sont nombreux et fidèles. Moi, j'ai commencé à streamer il y a deux ans.

Tout ça me donne envie de vomir. Non seulement Kiara m'a piégée pour m'attaquer, mais elle me manipule depuis des semaines, et pour quoi ? Pour que je dégage du terrain de chasse de StarWatch ? Pour être dans les bonnes grâces de Josh Farrow ?

Elle était un vent d'air frais au départ : une fille de Brooklyn, comme moi, coincée au fin fond du Texas. Mais en fait, on n'a rien en commun. J'en pleurerais si je me laissais aller.

Après le déroulement implacable de ce réquisitoire, j'ai droit à un répit sous la forme d'une page de pub. J'essaye d'appeler Leon. Il est sur messagerie. Je me lève et fais les cent pas, ne sachant pas quoi faire de moi.

— Ne t'inquiète pas, mon chéri, c'est ce que font les émissions de ragots comme celle-là. Ils sont injustes avec ta famille depuis le début. Ça va aller. Tu veux que j'appelle l'un des autres astronautes ? Ou peut-être que tu devrais parler à Leon. Je suis sûre qu'ils ont tous des histoires similaires.

Ses paroles ne m'aident pas, et je me sens mal de ne pas faire attention à ce qu'elle dit, mais ça pourrait très, très mal tourner. Les conséquences pourraient être terribles. Et si ce reportage de StarWatch devenait le premier résultat qui s'affiche quand on google mon nom ? Ça pourrait ruiner ma vie.

Je n'ai pas le droit de perdre le contrôle.

Le roc doit rester inamovible. Je vais bien. Tout va bien.

J'entends le bruit d'une clé qui se glisse dans la serrure, et, un court instant, en voyant mon père, je retrouve de l'allant. Il y a quelque chose de réconfortant à avoir mes parents autour de moi alors que ma vie s'écroule. Mais son regard est vitreux et je me demande s'il a pleuré. L'ai-je jamais vu pleurer ?

Et il va s'enfermer dans sa chambre.

Je baisse les yeux sur mon téléphone. Les notifications s'empilent dans mon application FlashFame, et je sais ce qu'ils disent. Je n'ai pas le temps de les lire et je serais incapable de formuler une réaction cohérente en si peu de temps. Je regarde ma mère, paniqué.

Elle est déchirée entre mon père et moi. Elle ne sait pas lequel consoler et lequel laisser gérer seul ses émotions. Je sais qui elle choisira. Ce ne sera pas moi, parce que je vais toujours bien. Je me tiens debout. Je contrôle mes émotions.

J'ai envie de hurler que pour une fois j'ai besoin d'elle. Que je ne vais pas bien. Que le roc se fissure et va éclater en mille morceaux. Mais je ne le ferai pas. J'inspire. Je ne peux pas faire ça.

Je reprends le contrôle de mes émotions. Inspire. Respire. Et lui fais un petit signe de tête. Elle n'attendait que ça pour suivre mon père dans leur chambre.

Quand l'émission reprend, je suis tellement éberlué que j'en oublie presque d'y prêter attention. *Pitié, qu'ils changent de sujet.*

Sur le plan logique, je peux tout expliquer à Leon, qu'il soit sûr que je ne suis pas sur le point de prendre la tangente. Ce n'est pas impossible à régler. Il comprendra que mes citations ont été prises hors cotexte. Je sais qu'il me croira, moi, plutôt qu'un enfoiré comme Josh Farrow. Il le faut.

Ensuite, je pense à mes abonnés, ceux qui sont avec moi depuis mes tout premiers reportages. J'étais assez mauvais, la qualité des vidéos était nulle, mais ils m'ont fait confiance. Ils sauront que ce n'est pas aussi simple qu'une médiocre ambition carriériste, comme l'a prétendu StarWatch. J'ai pour moi des heures et des heures de contenu gratuit, et ils me soutiendront jusqu'au bout. Enfin, je crois.

Je peux régler ça.

Je peux régler ça.

Et maintenant, le plat de résistance.

Je grogne. La personnalité de Josh provoque chez moi une réaction de répulsion physique.

— Nous avons un extrait vidéo qui nous vient de la bouche de Todd Collins de l'équipe des relations publiques de la Nasa.

La vidéo est floue, mais ça vient indiscutablement de la première soirée, chez les Tucker. Celle où j'ai rencontré Donna Szleifer et Mark Bannon. La soirée où je me suis rapproché de Leon. À vrai dire, l'image semble avoir été intentionnellement floutée pour rendre la scène plus intrigante.

— Nous sommes ravis que Calvin nous rejoigne, déclare Todd. Il va nous apporter beaucoup dans l'équipe.

Je plisse les yeux sans comprendre ce que ça signifie. Il dit quelque chose de gentil pour mon père, mais beaucoup de gens l'ont fait ce soir-là. Il discute avec Mark Bannon, et vu le nombre de gens dans la pièce, c'est bien avant que nous arrivions à cette fête.

— C'est un bon pilote d'après ce que j'ai entendu, répond gentiment Mark.

Todd rit.

— Non, non. Je ne parlais pas de Calvin. Enfin, si, lui aussi. Mais Donna et moi l'avons reçu en entretien. Il a une bonne expérience mais rien d'extraordinaire par rapport à d'autres. Sauf que Donna a immédiatement reconnu son nom. On était au courant des vidéos de son fils sur FlashFame et on cherchait un moyen d'intéresser les jeunes. Alors on a demandé qu'on lui donne une chance pour que Cal Junior vienne ici et ramène ses abonnés avec lui. Ça a déjà augmenté la visibilité de nos comptes sur les réseaux sociaux.

Il y a un message tandis que le présentateur laisse le téléspectateur comprendre la portée de ses propos.

—Quelle histoire, dit Josh en secouant la tête. (Chaque mot qu'il prononce est chargé de venin.) Combien de candidats plus qualifiés ont été refusés parce que le fils de Calvin Senior avait plus d'abonnés sur les réseaux sociaux ?

Kiara secoue la tête à son tour.

—Et qui aurait cru que si Cal se servait de la Nasa pour se faire un nom, la Nasa se servait aussi de lui ? Dans tous les cas, ces nouvelles sont troublantes et je compte bien suivre cette affaire.

Mara et Kiara y avaient déjà fait allusion, mais je n'écoutais pas : quand les audiences de StarWatch déclinent, ils en rajoutent une couche. Et le but de toute cette émission est clair : ils veulent faire passer le message que les rats sont en train de quitter le navire. Qu'on ne peut faire confiance à personne.

Ils veulent que la Nasa s'écroule, et leurs caméras seront aux premières loges pour s'en délecter.

22

J'attends que les hurlements reprennent, mais ça n'arrive pas. Un silence irréel emplit la maison, alors je me précipite sur mon lecteur de cassettes et appuie sur « Play » sans regarder ce qui est dedans.

Les prouesses vocales de Dolly Parton retentissent dans mes oreilles, mais ça ne marche pas. Rien ne me sortira de la tête les événements de l'heure écoulée. J'étais habitué à me distraire en m'agaçant des disputes de mes parents, mais là, la situation est si terrible qu'une dispute ne pourrait même pas la résoudre.

J'imagine mes parents assis sur le lit, fixant le mur, incrédules face à ces révélations sur la Nasa.

Ils se sont moqués de mon père depuis le début, et c'est ma faute.

Je me sens coincé. J'aimerais pouvoir faire quelque chose, mais je ne vois même pas par quoi commencer. La tâche semble insurmontable. Je retire mon casque et laisse le silence me vriller les tympans. Rien ne va.

J'aurais besoin d'entendre la voix de Leon. Mais lui ne veut pas m'entendre, comme le prouvent mes dix appels restés sans réponse. Je l'imagine triste, ou en colère, ou un peu des deux, et mon cœur saigne.

Je prends mon téléphone en espérant que la onzième fois soit la bonne.

— Cal.

La voix chaleureuse, réconfortante, de Leon, a disparu. J'avais tellement besoin de l'entendre, mais pas comme ça.

— Il faut que je te parle, dis-je. Je dois t'expliquer.

— Vraiment ?

Et j'entends sa froideur, sa douleur rentrée.

— C'était très clair dès le départ. C'était temporaire. Tu as toujours dit que tu retournerais à New York.

Je soupire.

— Je ne sais pas si c'est vrai.

— Pourtant, tu l'as dit.

— Oui, dis-je. Je voulais rentrer. Dès que je suis arrivé, j'ai voulu repartir. Mais une fois que je l'ai pris comme un déménagement temporaire, je me suis aperçu que ce n'était pas si mal. Et ensuite, je vous ai rencontrés, Kat et toi, et les autres familles. Et je pensais que je pouvais aider la Nasa avec mes vidéos, et… oui, je me disais aussi que ça pourrait m'être utile mais…

— Tu l'as dit toi-même la première fois que… (il hésite)… que nous nous sommes embrassés. Que tu ne voulais pas être avec quelqu'un qui ne savait pas ce qu'il voulait. Mais toi, tu ne savais pas ce que tu voulais.

— Avec toi, j'ai toujours, toujours su.

Ma voix est rauque, désespérée. J'ai besoin qu'il comprenne, même s'il ne doit rien retenir d'autre de cette conversation.

— Je suis déchiré, oui. Elle m'a dit qu'elle pouvait m'aider à décrocher une opportunité de rêve. Elle pouvait me faire rentrer chez moi. Elle m'a menti pour obtenir des réponses qui l'arrangeaient. Mais j'ai plein de choses ici qui me donnent aussi envie de rester.

— Alors prends le temps de savoir ce que tu veux. (Il soupire.) Je t'aime, mais quand je t'ai entendu prononcer ces mots, ça m'a pétrifié. L'idée que tu puisses me quitter et partir de Clear Lake me terrifie. Je n'arrivais même pas à répondre à tes appels, je pensais que tu voulais me dire adieu.

— Je suis désolé, dis-je.

Que pourrais-je dire d'autre ?

— Je ne m'attends pas à être ta priorité dans la vie. Mais passer au deuxième ou troisième rang des priorités n'est pas facile pour moi. (J'entends sa respiration hachée et le sens prêt à pleurer.) Tu peux m'accorder du temps, *nous* accorder du temps ?

Un frisson d'effroi me parcourt en entendant ces mots. Du temps ? Combien de temps ? Je peux lui écrire, ou veut-il couper la communication pour de bon ? Comment saurai-je que je peux de nouveau lui parler ?

Est-ce que je serai capable de lui reparler ?

— Je… (Je ne trouve pas les mots. Les larmes montent et je ne vois pas comment les arrêter.) OK. Comme tu veux.

Après avoir raccroché, je m'étends sur le tapis dans ma chambre, parce que j'ai besoin d'exprimer par ma position à quel point je suis ravagé. Je sais que Leon n'est pas parfait. Et je sais que je suis loin d'être parfait moi-même.

Mais d'une certaine manière, nous sommes parfaits ensemble. Et bien sûr, je n'ai aucune envie de le quitter.

Je sursaute en entendant la notification d'un texto, j'espère que c'est lui mais ce n'est que Deb qui m'envoie sa nouvelle adresse.

Non. *Que Deb ?* Quand Deb a-t-elle été reléguée au second rang ? Elle était tout mon monde ; on passait nos journées sur l'escalier de secours à échafauder des projets d'avenir et à maudire nos parents.

Elle a été blessée par mon départ, je m'en rends compte maintenant. Et cela me rappelle tous ceux que j'ai blessés. Tout ce bordel est entièrement ma faute. Tant de gens que j'aime sont affectés, et je suis incapable de rien régler. Je n'arrive pas à aider maman à sortir de ses souffrances et de ses angoisses, ni à dire à papa que je suis désolé d'être la seule raison pour laquelle son rêve est devenu – temporairement – réalité. Je n'arrive pas à expliquer à Leon que je ne vais pas disparaître et que je ne suis pas comme ses parents, qui lui ont donné un tel sentiment de solitude. Et je n'arrive pas à dire à Deb à quel point elle a toujours été géniale avec moi, ni à lui montrer que notre relation n'est pas terminée parce que je veux qu'elle continue.

Comment redresser la barre ?

En me levant, je me cogne accidentellement l'épaule contre le placard.

— Je peux tout arranger, dis-je à voix haute.

Je trouve sa nouvelle adresse sur une carte. Vingt-quatre heures. C'est un grand geste, mais ça marcherait. Je dormirais dans la voiture, je passerais un coup de fil à maman pour qu'elle ne s'inquiète pas. Ça gênerait peut-être un peu mon père mais il utilise à peine la voiture de toute façon, vu qu'il fait du covoiturage avec Grace pour aller au boulot.

Je suis perturbé, pris d'un certain malaise. Je sais que c'est une mauvaise idée. Mais si seulement je pouvais montrer au moins à une personne que je suis là pour elle… Je réglerais quelque chose. Ça me permettrait de continuer à avancer.

Je sors de ma chambre et prends les clés de la voiture suspendues près de la porte. J'éteins les lumières et sors dans l'air chaud de la nuit de Houston. Il fait presque vingt degrés à Brooklyn. Si ça tient, il fera bon à mon arrivée dans un jour environ. Je devrais peut-être prendre un sweat.

Je lance le GPS sur mon iPhone et me mets en route. En roulant, le sentiment de puissance que procure la conduite me redonne goût à la vie. Plus je m'éloigne de cette ville infernale, plus je me détends. Je serre le volant moins fort. Enfin, je respire.

Mais ma respiration se fait plus lourde, plus hachée.

Je suis presque seul sur la route alors que c'est une quatre-voies. Mais le bon côté des choses, quand on roule au milieu de nulle part, au fin fond du Texas, c'est qu'on peut s'arrêter n'importe où. Comme j'arrive à peine à voir à travers les larmes qui coulent sur mes joues, je me gare sur le bas-côté.

Ma poitrine tressaute et je laisse tomber mon front contre le volant. J'éteins la musique et supplie la nuit de me rendre le calme. Mes épaules sont tellement tendues. Je me mets à trembler. Légèrement, au départ, puis de plus en plus fort. C'est comme être pris dans un blizzard, ou sauter dans un lac glacé. Le froid m'envahit alors qu'il fait une chaleur étouffante malgré la nuit.

Trois choses deviennent claires : je ne peux régler les problèmes de personne. Je ne veux pas partir de Houston, ni maintenant ni jamais. Et je l'aime, putain.

Les sanglots me secouent tout le corps, je défais la ceinture de sécurité pour me prendre le ventre à deux mains.

J'aurais honte si je n'étais pas aussi dévasté. Le trou dans ma poitrine grandit de minute en minute, il me fait physiquement mal. Je ne respire plus. Je n'existe plus. Je ne peux plus continuer.

Je n'arrangerai rien de cette façon. C'est une fuite.

Les vingt minutes qui suivent, plié en deux sur le siège conducteur, j'alterne entre halètements entrecoupés de sanglots et spasmes violents. Je ne contrôle rien. Je ne sais même pas quand j'ai pleuré pour la dernière fois. Vraiment pleuré.

Quand je finis par me calmer, je descends de la voiture pour me débarrasser de l'odeur des larmes. Je lève les yeux vers les étoiles et une brise fraîche me caresse. Je voudrais l'apprécier mais je n'y arrive pas. Pas maintenant. Je dois faire marcher arrière. Je ne peux pas fuir comme ça.

23

À mon réveil, je passe vingt minutes à fixer le plafond de ma chambre. La peinture blanc crème quelconque me donne envie de regarder n'importe quoi d'autre, mais je n'ai pas l'énergie. Et soudain, je me demande si je n'en fais pas trop, si je ne suis pas mélodramatique, et je convoque tout ce qu'il me reste de forces pour rouler sur le côté.

Je prends mon téléphone.

Sans surprise, aucune notification. Personne n'a essayé de me joindre. Leon ne m'a pas parlé depuis notre appel. Je lis les commentaires, ils sont remplis de gens qui s'interrogent sur les révélations de StarWatch. Sans déconner, ils parlent de révélations, comme si on pouvait faire des *révélations* sur moi.

Certains affirment que je suis un vendu. D'autres pensent que je « manipule ce mec » pour devenir plus célèbre.

Tous, en tout cas, s'indignent de mon silence. Le compteur d'abonnés continue à grimper, malgré les nombreux commentaires de gens qui déclarent qu'ils vont se désabonner. J'ai envie d'envoyer un texto à Leon pour lui dire que je l'aime, mais impossible.

On frappe à ma porte.

— Entrez, dis-je d'une voix faible.

C'est mon père.

— Je suppose que tu as vu.

— Oui, j'ai vu.

Nous n'avons jamais été très doués pour les grandes conversations, même si ça s'était amélioré ces derniers temps.

— Écoute, dis-je, je n'y crois pas. Qui consulte les responsables des médias sociaux avant d'engager quelqu'un pour un rôle aussi important ? Je pense qu'ils se prennent pour ce qu'ils ne sont pas, surtout que leurs campagnes sont nulles.

— Ça n'a plus vraiment d'importance, dit-il, et j'ai l'impression qu'il le pense vraiment. Je ne crois pas qu'on va rester longtemps ici. Ils font de grosses coupes et je ne crois pas que… ta célébrité aidera plus que ça.

— Mais… le lancement ?

Il secoue la tête en baissant les yeux. Il pourrait ne rien ajouter.

— C'est annulé. Ils nous ont appelés ce matin. Ne le dis pas à tes amis sur l'application. Ce n'est pas officiel. Mais ils n'auront pas besoin de pilote s'ils n'ont pas de navette.

— Désolé, papa.

— Ne sois pas désolé. (Il sort de la chambre.) Ça aura été marrant le temps que ça aura duré, et je ne regrette rien. Je suis fier de toi, tu le sais ? Tu as beaucoup fait pour la Nasa. J'aurais juste aimé qu'on aille au bout de la mission.

La porte se referme, et je nous imagine déjà remballer toutes nos affaires.

Je voulais absolument rentrer mais il faut que je reste. Pour la Nasa. Pour Leon.

Pour moi.

Dans un mois (non, dans une semaine), Leon et moi pourrions être séparés par plusieurs centaines de kilomètres. Et je sais que, de toute façon, je dois le revoir. Je l'appelle, mais tombe tout de suite sur la messagerie. J'appelle Kat, et elle décroche immédiatement.

—Eh, Cal. (Un silence.) Ça va ?

Je fais le tour des réponses automatiques à cette question. Ça va. Tout va bien. Aucun problème. Sauf que… non. Pour une fois, je vais être honnête.

—Non, pas vraiment. Comment va Leon ? J'ai vraiment besoin de lui parler.

—Il… Il ne va pas très bien non plus. Mais je peux aller voir s'il a envie de te parler.

—Dis-lui juste que j'arrive dans quelques minutes, on pourrait aller marcher et parler. S'il ne sort pas de la maison, je comprendrai. Et dis-lui… (*Que je l'aime*, ai-je envie de dire. Mais les mots ne franchissent pas mes lèvres.) Peu importe. Dis-lui juste ça, d'accord ?

—Compte sur moi. J'espère qu'il ira te retrouver.

Je souris.

—Moi aussi.

Debout devant mon placard, je sens un frisson d'excitation me parcourir pour la première fois depuis des jours. J'essaye de faire simple, mais je veux avoir de l'allure. Sans donner l'impression d'en faire trop. En tout cas, pas le chapeau John Mayer. Houston n'est toujours pas prêt.

Je finis par enfiler un jean gris et un tee-shirt rouge uni. Dans le miroir, je vois un sourire grandir sur mon visage. Bon Dieu, même mon propre sourire m'a manqué.

Je sors. À chaque maison que je dépasse, ma respiration devient plus lourde. À hauteur du réverbère où nous nous sommes croisés le soir de la mort de Mark Bannon, je fonds en larmes. La chaleur et les larmes font équipe pour déshydrater tout mon corps. Un vertige me saisit. Je me sens faible. Quitte à faire dans le cliché, je décide de m'asseoir sur le trottoir.

Et soudain, je ne suis plus seul. Je lève la tête, espérant voir Leon, espérant qu'il pourra me remettre sur pied et me réparer.

Mais c'est Kat.

— Eh, dit-elle.

— Oh, eh, dis-je. Pardon.

Je m'excuse pour ma faiblesse, mais aucun mot ne pourrait exprimer tout ce pour quoi je suis désolé.

— J'allais retrouver ta mère pour une nouvelle leçon de codage.

Elle s'accroupit à côté de moi et passe un bras autour de mes épaules.

— Une leçon de codage ? Maman n'est pas là. Je crois qu'elle est partie se promener au parc. Elle est pas mal stressée.

— OK, très bien. Je suis venue voir comment tu allais, parce que je m'inquiétais pour toi. (Elle me tend la main.) Viens, marchons.

Par une sorte de miracle, je trouve l'énergie de me lever. Elle glisse son bras sous le mien et nous nous mettons en route.

— Je ne vais pas le quitter, finis-je par dire. Du moins, si c'est moi qui décide.

— Je sais. Et je pense qu'il le sait aussi. Il voulait que je te dise qu'il ne se sent pas encore prêt, quoi que ça veuille dire. Mais il t'aime.

Je renifle.

— Il t'a aussi dit la dernière phrase ?

Elle secoue la tête et je dois me retenir pour ne pas recommencer à pleurer.

— Il ne l'a pas dit, mais c'est évident. Écoute, je ne sais pas trop ce que je suis censée dire, mais son psy lui a demandé d'être indépendant, c'est-à-dire de ne pas être dépendant des autres pour savoir s'il est heureux ou malheureux. Et je pense que tu devrais régler la même question avant de le revoir.

— Je ne…

J'allais protester, mais je m'arrête. Parce que c'est exactement ce que je fais. Je suis en colère quand mes parents sont en colère. Je suis heureux quand Leon est heureux. Je prends le fardeau des autres sur mes épaules.

— C'est plus facile à dire qu'à faire, dis-je. (Je souris, et elle sourit aussi.) Tu vois ?

On rit tous les deux, et je m'assieds sur le trottoir devant chez moi. Je tapote le sol à côté de moi pour l'inviter à prendre place, ce qu'elle fait.

— Je l'aime aussi, dis-je. Enfin, je ne le lui ai pas dit et je ne veux pas que tu lui répètes, mais… c'est vrai.

— Bien ! Alors j'espère que vous arrangerez bientôt ça pour qu'on puisse recommencer comme avant.

— Sauf que ça n'a aucun sens si on se fait tous dégager d'ici.

— Si la Nasa n'avait pas traité ce projet comme une émission de téléréalité, ils n'auraient pas tout gâché. (Elle serre le poing.) Putain de StarWatch.

— Putain de StarWatch.

Je comprends soudain quelque chose. Je me lève, aide Kat à se lever aussi.

C'est comme si une décharge électrique éclairait soudain tout ce qui était sombre jusqu'alors.

— Je crois que j'ai une idée.

Étoiles filantes

Saison 2, contenu en ligne

INTERVIEW EXCLUSIVE : Connectez-vous à 13 h 15, nous interviewerons la députée Halima Ali, qui parlera de son projet de loi pour mettre un terme au financement du projet Orpheus.

— Bonjour, je suis Josh Farrow, le présentateur d'*Étoiles filantes*, et j'ai l'honneur d'accueillir aujourd'hui Mme Halima Ali, députée du Maryland. Vous vous rappelez sans doute d'elle car elle a été l'une des plus farouches adversaires de l'allocation de fonds à la Nasa. Madame la députée, je suis ravi de vous avoir avec nous aujourd'hui.

— Merci de me recevoir. J'avoue que j'ai été assez surprise que vous, Josh Farrow, qui faites la promotion de ce projet, vous souhaitiez me recevoir pour une interview.

— Nous aimons donner la parole à tous ceux qui ont un rapport avec ce projet, et un aspect de cette aventure que nous avons peu abordé fait de nouveau parler de lui aux informations. Tout le monde a envie de savoir, madame la députée : croyez-vous que le gouvernement va stopper le financement du projet Orpheus ?

— Je l'espère, en tout cas. Et je ne souhaite pas manquer de respect à tous ceux qui se sont investis dans ce projet. J'ai conscience des répercussions, mais les fonds pourraient être alloués à bien d'autres projets plus importants.

— Vous pensez que l'exploration spatiale n'est pas importante ?

— Je pense que toutes les formes d'exploration sont extrêmement importantes. C'est ce qui nous a conduits là où nous en sommes. Mais les gens qui ont voté pour moi ne font pas confiance à la Nasa pour employer cet argent avec prudence. On a pu s'en apercevoir à plusieurs reprises récemment. Je m'inquiète – excusez-moi de dire cela, mais je pense qu'envoyer sur Mars six individus parmi les plus intelligents de ce pays ne peut se conclure que par un désastre.

— Nous avons eu l'occasion de recevoir la patronne de JET-X, comme vous l'avez peut-être vu. Que pensez-vous des projets financés par le privé ? Ça vous embête moins ?

— Je pense toujours que cet argent pourrait être plus utile ailleurs. Les infrastructures américaines sont mal en point et on essaye de construire une base sur Mars ? Notre système scolaire manque d'argent, nos tribunaux manquent d'argent. Et je jure que je ne poursuis pas une vendetta personnelle, mais quelqu'un doit parler le langage de la raison. Il faut contester ces milliardaires idéalistes pour être sûr qu'ils n'agissent pas par simple goût de la célébrité. Mais puis-je revenir un instant sur le financement public ?

— Bien sûr.

— Comme vous le savez sans doute, je défends une loi qui vise à retirer une grosse partie du financement de ce projet, et le vote préliminaire aura lieu demain. La Nasa pourra toujours fonctionner, mais nous n'entreprendrons pas d'opération aussi risquée.

— Intéressant. Et si la loi est adoptée ?

— Elle a de bonnes chances de passer aussi au Sénat. Je crois qu'il est temps de mettre un terme à tout cela et de laisser l'exploration à JET-X ou à d'autres. Cela n'engendrera pas de licenciements massifs, et la Nasa pourra se concentrer sur des sujets qui concernent réellement les citoyens, les questions climatiques par exemple.

— Bien, je vous remercie d'être venue nous donner votre point de vue, et nous continuerons d'informer les téléspectateurs de StarWatch de l'évolution de la situation. Pour conclure, si je peux me permettre, au train où vont les choses, la saison 3 d'*Étoiles filantes* pourrait bien avoir pour décor le siège de JET-X.

24

— Papa ?

— Je viens d'arriver à la maison. Ça me fait bizarre d'être celui qui crie ici. Je fais irruption dans la chambre de mes parents – la porte était ouverte, pas d'inquiétude – et le trouve en train de faire la sieste.

— Papa ! J'ai besoin que tu m'aides.

Je lui explique brièvement la situation. Il met quelques secondes à comprendre ce que je lui dis, mais quand ça fait tilt, il saute du lit et me fait signe de sortir en se dirigeant vers le placard pour s'habiller.

Une fois prêts, nous montons en voiture. Je baisse les fenêtres et nous roulons à toute vitesse sur les routes de campagne qui conduisent au centre spatial. En passant devant l'endroit où Leon et moi nous sommes embrassés, un élan de culpabilité me tombe dessus.

Nous nous garons dans le parking quasiment désert après que papa a montré son badge. Il coupe le moteur, nous descendons et nous mettons à courir jusqu'au bâtiment.

— Il me faut quelqu'un qui travaillait sur le satellite, dis-je à papa. Ah, et aussi un des astronautes titulaires que StarWatch jugeait trop ennuyeux pour être mis en vedette. Et je vais chercher Brendan pour qu'il parle de la mission et de ce qui se passera pour l'équipe si la mission est annulée.

Papa lève un pouce en l'air.

— Je m'en occupe !

Nous nous séparons et je programme la fonction de diffusion en différé sur FlashFame. Je préfère le direct, tourner sans répétition, mais je veux faire ça bien.

Je m'arrête d'abord au labo où travaille Brendan. Je l'appelle par son nom et je le vois arriver vers moi, une paire de lunettes accrochées à son cou.

— Oh, salut, dit-il, j'ai regardé tes reportages et fait quelques vidéos. Je ne sais toujours pas bien me servir de l'application mais j'ai quelques abonnés.

— Vous en voulez plus ?

Je lui explique que, pendant la diffusion, je ferai la promotion de sa page et que les gens pourront s'abonner à son flux. Il sourit, content de la proposition, et je lui rappelle de ne pas avoir l'air prétentieux. Comme le démontrent les commentaires que je subis depuis l'émission de StarWatch, Internet peut parfois être un cloaque et il y a des chances pour que la vidéo devienne virale.

— OK, commencez par nous dire sur quoi vous travaillez en ce moment. Ensuite, je vous demanderai ce que l'arrêt de la mission signifierait pour votre équipe et pour le pays.

Il commence avec une pointe d'hésitation, parce qu'il n'est toujours pas habitué à la caméra, mais quand il se lance sur son travail en cours – qui permettra de transporter les échantillons de roche avec une exposition minimale à notre atmosphère –, il devient captivant. Ce n'est pas un beau parleur, il n'a pas une tête spécialement télégénique, mais il est passionné. Il aime ce qu'il fait.

C'est ce que l'Amérique a aimé chez lui la première fois, et c'est ce qu'elle aimera encore cette fois.

Je le remercie et programme le lancement de la diffusion à vingt et une heures cinq, juste après mon intro. Quand je ressors dans le couloir, je vois Carmela qui arrive en courant vers moi.

— Ton père m'a expliqué ! Viens, on va montrer le cockpit de simulation aux gens qui te suivent.

Je souris. Elle aime tellement ce qu'elle fait. Comme tous les autres.

Dès que j'entre dans la pièce, elle me fait signe d'approcher de la station. Je pointe la caméra vers elle.

— Oh non, petit Cal. Pas moi.

— Allez, dis-je. Les gens veulent voir les coulisses et ils adorent les gens qui travaillent ici. Ils ont adoré Brendan.

— Brendan est jeune !

— Arrête ! dis-je en riant.

— Bon, mais tu restes sur ce profil.

— Présente-toi juste brièvement aux gens, dis-je, et ensuite tu nous fais faire le tour du cockpit ? Fais comme si toute l'Amérique te regardait. Trois… deux… un…

— Bonjour à tous ! Je m'appelle Carmela, et je suis censée faire comme si toute l'Amérique me regardait. Bon, vous savez quoi, c'est exactement ce que je vais faire. (Son air satisfait de sa plaisanterie la fait rayonner. Elle a trouvé son style, et son enthousiasme me donne déjà envie d'entendre la suite.) Je vis ici au Texas, en Amérique, parce que mes parents ont tout risqué pour immigrer du Mexique avant ma naissance. Un Texan sur six est immigré, et je suis fière d'en faire partie. Mes parents, qui m'ont encouragée à poursuivre mes rêves et à réussir mes études, seraient heureux aujourd'hui non seulement de savoir ce que je fais, mais surtout que j'adore ce que je fais.

Sa confiance naturelle est renversante. StarWatch est rarement venu ici, et quand ils l'ont fait, ils ne l'ont jamais laissée parler. Ça me rappelle quand je couvrais les élections. Quand j'ai trouvé le moyen d'amplifier ma voix.

Elle passe sans transition à un ton plus professoral pour détailler les tests qu'elle conduit dans cette pièce, tout en montrant le cockpit en détail. Elle monte à l'intérieur, commence à expliquer à quoi servent les différents boutons et commandes.

— Et ne le répétez à personne, mais personne n'est plus rapide pour résoudre mes simulations que M. Lewis. Je lui balance des scénarios truffés d'erreurs, et il ne se trompe presque jamais. J'ai dû me renouveler depuis qu'ils me l'ont mis dans les pattes.

Mes épaules se redressent, je ne pourrais pas me tenir plus droit. Quelle fierté. Même si ces vidéos ne résolvent rien et que la mission est annulée, papa saura ce que les gens pensent de lui ici. Et si ça n'enlèvera rien à sa frustration, il saura qu'il avait plus que sa place sur cette mission.

Elle explique plus en détail certains tests et en quoi ils aideront la mission sur Mars. Je lui demande pourquoi il est important de ne pas la repousser.

— Parce que j'aime ce boulot et qu'ils n'auront plus besoin de moi s'ils n'ont pas de vol à préparer. (Elle sourit à la caméra.) Mais sérieusement, Calvin, tu le sais mieux que n'importe qui. C'est extrêmement important pour tous les astronautes et leurs familles. Personne n'a jamais fait une chose pareille. Mais pour moi, il y a plus. Je pense que Mars sera habitable un jour. Peut-être pas pour notre génération, peut-être pas non plus pour la tienne, mais on ne le saura jamais si on n'en passe pas par ces premières étapes.

Un texto s'affiche sur mon écran. Mon père :

Viens en salle 4501 quand tu auras fini ce que tu fais. Il y a un gars des satellites qui adore parler antennes.

Je mets fin à l'enregistrement avec Carmela et le programme à vingt et une heures quinze ce soir. J'ai une carte mentale de cette « émission ». Si j'enchaîne les vidéos et que je fais une intro et une conclusion, ça devrait durer une heure, avec des pauses minimes. Cette succession de vidéos sera peut-être mal prise par une partie des abonnés, mais ça vaudra le coup si certains les regardent ou les partagent, et encore plus si d'autres médias en ligne les reprennent.

Mais chaque chose en son temps.

Quelques minutes plus tard, je suis au quatrième étage et je cherche la salle 4501. Je m'attendais à trouver un grand atelier avec des machines à moitié démontées, mais c'est juste un bureau normal. Des bureaux en bois, des tables à dessin, de gros iMac.

— Ah, Cal. Je te présente Kyle, c'est lui qui a conçu l'antenne.

— Désolé pour… vous savez.

Je fais un geste d'explosion avec mes mains. Il secoue la tête.

— Je suis dégoûté. J'ai conçu dix antennes, et la plupart des lancements ont été annulés. Celle-là est finalement construite, elle est censée être ma première dans l'espace, et, comme tu dis… (Il reprend mon geste.) Sans parler des conséquences pour Orpheus V.

— Attendez, vous pourriez redire ça à la caméra ? StarWatch a à peine expliqué à quoi elle devrait servir, donc vous pouvez aussi en parler rapidement.

— Tu es sûr ? (Il nous regarde tout à tour.) D'habitude, quand je parle de mon antenne, les gens s'ennuient.

Je ris.

— Je vous interromprai si vous êtes trop ennuyeux, mais je suis sûr que ce ne sera pas le cas.

Il commence, et je n'ai pas à le couper.

Je passe de bureau en bureau. Je parle avec les techniciens spécialistes de la propulsion qui ont cherché les causes de l'explosion, j'emmène les spectateurs voir un prototype de la fusée Orpheus V et fais une table ronde avec des ingénieurs.

— Et maintenant, toi, dis-je en braquant la caméra sur mon père. Vas-y.

— Quoi ? Tu…

— Papa, je filme déjà.

Il détourne la tête, le rouge aux joues, puis sourit. C'est peut-être un astronaute hors pair, mais ça n'en reste pas moins marrant de voir mon père gigoter, mal à l'aise, quand la lumière est braquée sur lui.

— D'accord, donc je suis Cal Lewis – Senior, évidemment – et je suis pilote remplaçant sur la mission Orpheus V. Je suis né dans les années 1980, mais comme ma mère n'avait pas jeté un magazine depuis les années 1950, j'ai grandi avec les vieux articles de *Life* sur les Mercury Seven, les missions Gemini et Apollo. J'ai vu les premiers costumes d'astronautes qui vous faisaient ressembler à un sumo, et je devais tourner six à sept pages de pubs pour des cigarettes avant de lire une interview d'astronaute. J'étais obsédé, et j'ai toujours eu le sentiment que j'appartenais à ce monde-là.

Il poursuit sur sa carrière, ses années comme pilote de chasse dans l'armée, puis les avions de ligne chez Delta.

— Et un beau jour, j'ai vu l'appel à candidatures. La Nasa voulait ressusciter cet état d'esprit, l'énergie des années 1960. Et voilà, je suis ici.

— Tu crois que c'est ce que la Nasa a fait ? Qu'elle a ressuscité l'état d'esprit des années 1960 ?

Il rit en secouant la tête, et je vois réfléchir à la meilleure manière de répondre à cette question.

— Non, pas vraiment. Au fond, cet état d'esprit n'était pas mort. Personne ne s'est réveillé un matin en se disant : eh, mais en fait, les fusées, c'est nul. La Nasa a juste voulu jouer la carte du mythe des années 1960, celui de la famille parfaite. (Son regard se fixe au-delà de la caméra, et il me sourit.) Mais on sait *tous* qu'il n'y a pas de famille parfaite. Et quand ça a échoué, StarWatch s'est cru obligé de dramatiser les relations entre nous, et qui peut leur en vouloir ? Ils veulent juste des téléspectateurs.

Il marque une pause, et je m'inquiète un instant qu'il s'arrête sur cette note plutôt sombre. Mais il regarde plus loin en prenant une longue inspiration.

— Mais en dehors des petites histoires personnelles, il y a beaucoup de choses qui valent le coup qu'on s'y intéresse. Nous irons sur Mars. Et pas parce que nous sommes en compétition avec la Russie cette fois – on travaille avec la Russie, avec le Canada, le Japon, et tous les pays de l'Agence spatiale européenne. Les gens me demandent toujours à quoi bon, et je n'ai pas de réponse à vous fournir. Mais je crois que si vous avez écouté toutes les histoires que Cal a rassemblées ici, vous aurez découvert que le but est différent pour chacun de nous, et que chacun a raison à sa façon.

Il rougit en se rendant compte qu'il se montre assez sentimental. Alors il me prend le téléphone des mains et le retourne vers moi. Mais je sais ce que je veux dire. J'y ai longuement réfléchi.

Je souris à la caméra et me racle la gorge.

StarWatch News

Édition spéciale

— Bonjour, c'est Josh Farrow, d'*Étoiles filantes*, en direct de la rédaction de StarWatch avec des informations concernant le projet Orpheus.

« Nous avons appris que Cal Lewis Junior a programmé ce soir une émission entière sur la mission Orpheus, presque sûrement condamnée. La vidéo sera diffusée à vingt et une heures et nous ignorons de quoi il sera question. D'après les commentaires sur sa page, nous pouvons au moins dire que ses abonnés sont très intrigués par cette annonce, même si la plupart d'entre eux semblent ne pas être en âge de voter.

« Nos experts nous disent qu'il sera très difficile de retourner la situation maintenant. Le vote à la Chambre des représentants est pratiquement déjà fait, mais donnez-nous votre avis sur notre sondage en ligne : la Nasa, stop ou encore ?

« Nous verrons ce que vous en pensez !

25

Papa étant resté à la Nasa, je profite d'un moment de calme. J'aime conduire quand il n'y a pas beaucoup de circulation, tout semble si automatique. C'est très apaisant et ça me permet de réfléchir à tout ce que je viens de vivre. Et à la suite.

Je me gare près d'un champ où paissent des vaches très pittoresques pour tourner une vidéo en extérieur, et j'annonce à mes abonnés que je diffuserai sur mon compte, à vingt et une heures, une émission d'une heure pour sauver la mission Orpheus V. Après avoir terminé mon streaming, je reprends la route en admirant le paysage. De jour, il y a quelque chose de très beau dans la nature du Texas. La vie est lente, calme, il y a plus de place pour respirer qu'à Brooklyn.

Et bon Dieu, Brooklyn me manque pourtant, mais je me sens bien ici. Beaucoup mieux que je ne l'aurais cru. Mon cœur se serre en pensant à Leon. Au goût de ses lèvres, à la manière dont son corps me rassure et me fait me sentir à ma place quand il est contre moi.

J'ai beau sans cesse élaborer des projets, m'organiser, je ne sais pas de quoi demain sera fait. Serai-je ici, au soleil et au grand air, ou à l'ombre d'un escalier de secours dans la grande ville ? Serai-je de nouveau dans ses bras ou finirai-je par… trouver quelqu'un d'autre ? Mon agitation menace de déborder, et je dois serrer le volant de toutes mes forces pour retenir mes larmes.

Il faut que j'apprenne à aller bien tout le temps. Il faut que je puisse regarder les mille détours que ma vie peut prendre et m'en contenter. Mais il n'y a qu'un chemin devant moi qui m'attire. Celui qui me fait rester ici, avec Leon. Et Kat, et les autres astronautes et la mission Orpheus.

Quand j'ouvre la porte de la maison, maman, allongée sur le canapé, lève la tête.

— Oh, mon chéri. Kat m'a dit ce que tu faisais. Assieds-toi.

J'obtempère.

— C'est tout ce que je pouvais faire. J'espère que ça va aider.

Elle pose son bras dans mon dos, et je me tends. Je pense encore à toutes les directions que ma vie pourrait prendre, et ça me rend nerveux, fébrile. Respirer est un défi, et je serre tellement les dents que ma mâchoire me fait mal.

— Je veux que tout s'arrange, dis-je. Je sais que je ne peux pas changer les gens. Même en donnant tout ce que j'ai, c'est impossible. Et ce n'est sans doute pas grave. Mais ça, peut-être que je pourrai y faire quelque chose. J'ai des abonnés, et je crois qu'ils s'intéressent vraiment à la mission. C'est juste…

— Calvin, stop. Ce n'est pas ta responsabilité, tu n'as pas à t'inquiéter de savoir si la mission continue, du travail de papa ou de changer les gens dans ta vie. Il n'y a rien à réparer. Personne n'est cassé.

Mais ce n'est pas vrai. Moi, je suis cassé. En miettes. Je pourrais m'écrouler sur le canapé tellement tout me paraît difficile.

— Ne te donne pas pour but de changer les gens ou de les réparer. Tu n'y arriverais pas de manière permanente, ou absolue. Essaye d'améliorer les choses. Tes vidéos ne changeront peut-être pas du tout au tout l'opinion du pays sur la mission, mais ça l'améliorera. Les gens connaîtront toute l'histoire d'Orpheus V, que la fusée décolle ou non. (Elle se penche pour me regarder dans les yeux.) Sois content de ce que tu as fait.

— Merci.

Ses mots s'ancrent dans mon esprit, et je commence à m'apaiser. Je ne sais pas si c'est vraiment ce qui compte ou si tout ça me semblera futile demain parce que personne n'aura regardé. Mais son sentiment compte pour moi. Il me va droit au cœur. Et ça comptera au moins pour beaucoup de gens à la Nasa.

J'aurai au moins ça pour moi.

En me levant, je remarque un carton rempli de matériel de jardinage ouvert sur la table de la cuisine.

— Qu'est-ce que c'est ? Tu te mets au jardinage ?

— Ne ris pas, dit-elle. Je vais au parc, avec les jardins. Celui où on a fait du bénévolat juste après notre emménagement.

Je grogne sans réfléchir, me souvenant de la fournaise et de ma suée.

— Je déteste cet endroit.

— C'est joli. Les buissons ne sont pas aussi noueux et bizarres que ceux que tante Tori a plantés, mais ils ont quand même besoin d'un peu d'élagage. (Elle essuie une larme isolée.) Bref, j'ai rencontré la dame qui tient la cantine du jardin, et elle m'a dit que personne n'a pris la suite de Mara, alors je me suis portée volontaire.

— Et ça veut dire…

— Que tu vas m'aider à récolter cet automne. Tes poivrons commencent déjà à sortir de terre, d'ailleurs.

Je finis par arriver dans ma chambre, et sur mon bureau, j'aperçois une cassette : *Heart* par… Heart. Je ne comprends pas de quoi il s'agit, ni ce que ça fait dans ma chambre, mais je la mets dans le lecteur et appuie sur « Play ». Dans mon casque, une voix rock entonne *If Looks Could Kill* sur des accords puissants de guitare et de synthétiseur. C'est incroyable. Je mets plus fort, au point que les notes stridentes de guitare finissent par me faire mal aux oreilles.

Je rouvre les yeux et vois ma mère sur le seuil. Je retire mon casque.

— Où tu as trouvé ça ?

— Ah, ce n'est pas moi, répond-elle. Quelqu'un est venu te la déposer aujourd'hui. Il n'était pas sûr que ce soit bon. Je lui ai dit que Heart était génial et qu'il devrait l'écouter. Mais apparemment, il l'a trouvée dans son garage et ils n'ont pas de magnétophone. (Elle sourit et commence à s'en aller.) Il n'arrêtait pas de se chercher des excuses pour justifier le fait qu'il venait te l'apporter, mais je pense qu'il n'y avait qu'une seule raison : il voulait que tu ailles mieux.

J'écoute le reste de l'album. Et à la fin, maman a raison : je ne vais pas parfaitement bien, mais je vais mieux. Je me sens rechargé, excité, heureux même qu'il soit venu à la maison, qu'il ait espéré me voir pour m'offrir un cadeau. Ce qui signifie qu'il commence peut-être enfin à me faire confiance, à faire confiance à ce qu'il y a entre nous.

Je ne lui ai pas encore envoyé de message, parce que je ne vois pas quoi écrire d'autre que : « Merci », mais c'est insuffisant. Il faut que je le voie.

Je n'ai qu'à faire ça. Je vais le voir ce soir.

***

À huit heures cinquante, je sonne chez les Tucker. Après une longue délibération avec moi-même, je porte un simple tee-shirt à col V, un jean délavé et des chaussures sans lacets marron. Et le chapeau. Le chapeau de safari John Mayer, trop grand, pour lequel Houston n'est peut-être pas encore prêt.

Mais moi, je suis prêt.

Kat m'ouvre et se met à rire en me voyant.

— Stop, dis-je. Pas de blague sur mon chapeau. C'est la mode.

— Je suis hyper contente que tu l'aies enfin sorti. Je me demandais si tu ne l'avais pas laissé à Brooklyn, je l'ai vu dans tellement de vidéos. (Elle s'interrompt.) Oh, est-ce que ta mère a ajouté le code à ton app ?

— Oui, et ça a l'air parfait. Je l'ai essayé tout l'après-midi, c'est vraiment facile à prendre en main.

Elle hausse les épaules.

— Je voulais juste filer un coup de main.

— Alors… je peux parler à Leon ? Enfin, s'il est d'accord pour me voir.

— Cal, dit-elle en posant la main sur mon épaule, il m'a obligée à m'arrêter avec lui dans une brocante pour t'acheter une cassette. Oui, il veut te voir.

— Je croyais qu'il l'avait trouvée dans le garage.

— C'était un mensonge, il a dû trouver qu'aller dans une brocante t'acheter une cassette avait l'air trop pathétique.

Je serre Kat dans mes bras, elle doit s'écarter pour ne pas se prendre le chapeau dans le visage. Et du pouce, elle m'indique dans son dos la porte coulissante par laquelle je m'étais faufilé pour parler pour la première fois à Leon.

Je fais le tour de sa main. Leon est en train de regarder les étoiles, le croissant de lune étant très visible de ce côté. Je plonge la main dans mon sac et en sors la bouteille de champagne que j'ai piquée dans la réserve de mes parents. Le bouchon saute, il se retourne.

— Qu'est-ce qu'on célèbre ? demande-t-il.

— Nous, réponds-je avec un sourire. Attends, c'est trop gnangnan. Et si on célébrait le fait que j'ai réussi à tourner une heure de vidéo en une journée et que je suis encore vivant ?

— Kat m'a parlé de ton plan. (Il me fait un demi-sourire tandis que je m'assieds à côté de lui.) C'est... vraiment super. Ça mérite du champagne.

— Eh bien, voilà. Santé !

Je porte la bouteille à mes lèvres et avale une gorgée pleine de mousse et d'amertume.

— Oh, et merci pour la cassette. Je ne savais pas que ta mère écoutait de la bonne musique.

Il rigole.

— Oui, je ne sais pas trop si elle aime. Et elle avait sans doute oublié son existence. Dans le garage, je veux dire.

Je laisse passer, pour l'instant. Le clair de lune se mêle à la lumière du porche, et je suis momentanément aveuglé. Je bois une gorgée et lui passe la bouteille.

— J'ai quelque chose à te montrer.

Après avoir sorti mon téléphone, j'ouvre l'application et découvre que cinq cent mille personnes attendent que ma vidéo démarre. Un demi-million de personnes fixent un écran noir. C'est bon signe, on verra si ça dure.

— Tu veux participer ? (Et je ris, parce qu'il recule avec tellement d'effroi qu'il est à deux doigts de tomber de sa chaise.) Je plaisante.

Je tourne la caméra vers moi. Je ne contrôle peut-être rien d'autre, mais j'ai au moins ça. Je prends une inspiration, puis j'appuie sur le bouton « Live ».

— Bonsoir, c'est Cal, et je n'arrive pas à croire que vous êtes aussi nombreux en ce moment. Si ça continue, on va battre le record de téléspectateurs de StarWatch. À propos de StarWatch, je veux commencer par des excuses. (Je me repositionne sur ma chaise pour pouvoir voir Leon par-dessus mon écran.) Je suis vraiment déchiré. J'ai vécu toute ma vie à Brooklyn et je pensais que mon avenir s'écrirait à New York. J'ai toujours envie d'y retourner, mais j'aime beaucoup le Texas aussi. Et demain, quand j'aurai un stage, ou un vrai boulot d'ailleurs, je n'arrêterai pas d'utiliser FlashFame. Je ne mettrai jamais de publicités et je ne ferai jamais de placement de produits. Certains d'entre vous sont là depuis le début et j'espère que vous ne laisserez pas une erreur, une citation hors contexte d'un épisode d'*Étoiles filantes* gâcher ça. Je suis vraiment désolé.

« Comme vous vous en doutez certainement, j'ai été profondément révolté par l'épisode final diffusé par StarWatch. Nous sommes à un moment critique pour la mission Orpheus, l'intérêt décline et il y a eu deux revers majeurs : d'abord le crash de l'avion qui a coûté la vie à Mark Bannon, et ensuite l'explosion d'un satellite crucial. Nous avons besoin d'informations fiables, aujourd'hui plus que jamais.

« Dans l'heure qui vient, vous verrez des interviews d'astronautes, de scientifiques, d'ingénieurs, tous ceux qui font la Nasa. Ils parlent de leur travail, de leur passion. Ils vous expliquent pourquoi Orpheus V est tellement important. Pourquoi nous ne pouvons pas abandonner maintenant. J'espère que vous écouterez, et j'espère que vous serez convaincus.

Je prends une grande inspiration pour chasser tous les mauvais sentiments.

— Merci de votre soutien, dis-je, et j'en ai fini de mon appel à l'Amérique.

26

— Bonjour, je suis Brendan. Vous m'avez tous vu ici dans la vidéo où je parlais de terre. Un demi-million de personnes ont vu cette vidéo, ce qui est extraordinaire. J'ai toujours été fasciné par ce sujet mais je n'aurais pas cru que ça intéresserait autant de gens.

« J'ai étudié la chimie à l'université de Dayton, et peu après, j'ai commencé à travailler à la Nasa. Et pour moi, c'est vraiment dur d'expliquer à quel point tout ça est important. C'est comme me demander : « Eh, pourquoi la gravité est importante ? » Parce que ça raconte l'histoire de notre planète, disons. La nôtre. Et Mars aussi. Nous ne savons pas s'il y a eu de la vie sur Mars, ni sous quelle forme elle a existé s'il y en a eu, mais nous savons que de l'eau liquide flotte à la surface de Mars au moment où nous nous parlons. Nous savons que la planète est vivante, et remplie de matière inorganique. Quel a été le problème sur Mars : comment est-elle devenue cette planète stérile ?

« Je ne joue qu'un petit rôle dans la résolution de cette énigme. Nous avons ici des scientifiques qui étudient le climat sur Mars, d'autres qui étudient quelle forme de vie végétale pourrait pousser dans son sol. Des biochimistes qui testent l'air, des engins explorateurs qui réunissent des données et nous donnent les plus belles photos que nous ayons eues de cet endroit.

« Bref, continue Brendan, j'espère que vous aurez envie comme moi d'en savoir plus. Je fais le travail de mes rêves et je n'ai pas envie de le perdre. Il nous reste tellement à accomplir !

Pendant qu'il continue, je me tourne vers Leon. Ses yeux brillent en regardant la vidéo, et un petit sourire joue au coin de ses lèvres.

— Tu crois que ça va marcher ? demande-t-il entre deux gorgées de champagne. Genre, vraiment marcher ?

— Je ne sais pas… Ça ne peut pas faire grand-chose de plus que d'apporter aux gens ce qui leur a manqué si longtemps, grâce à la Nasa et à StarWatch.

***

Il y a quelques minutes d'interruption après sa vidéo, et je vois le compteur de vues baisser légèrement. Nous sommes à 1,3 million de vues grâce à un grand nombre de partages.

Quand Carmela apparaît à l'écran, je ne peux m'empêcher de sourire.

— Je suis un peu jaloux que maman travaille avec elle toute la journée.

— Pareil. Je voudrais qu'elle ait sa propre émission sur FlashFame, pour être honnête.

La lumière de mon écran illumine son visage, et j'ai envie de me pencher pour l'embrasser. Ce besoin est si urgent que j'en tremble presque. Sans le vouloir, mon bras fléchit. Leon prend le téléphone et rapproche sa chaise de la mienne sans quitter l'écran des yeux.

Je mets mes mains entre mes cuisses, ne sachant quoi faire au juste et quel degré de proximité il est prêt à m'accorder.

Et puis son épaule touche la mienne. Un contact léger, insignifiant, mais qui me fait tressaillir. Un frisson me parcourt le dos. Je savoure le moment.

Quand la vidéo se termine, il se renverse en arrière, le téléphone dans une main. Son autre main passe dans mon dos, alors je me laisse aller contre lui autant que mon chapeau trop grand me le permet. Et soudain, son odeur est de nouveau là et je nous revois dans la chambre d'hôtel, ses lèvres sur mon cou et ma main sur sa joue.

— Elle est géniale, dit-il. Maman me raconte en permanence toutes les fois où elle leur envoie une énigme sadique qui finit par tuer toute l'équipe.

— Apparemment, elle n'arrive pas à tuer mon père, dis-je d'un ton léger, mais il me regarde d'un drôle d'air.

— Ouais, c'est clair. J'ai entendu maman dire à papa qu'elle s'inquiétait que la Nasa envisage d'intervertir leurs places, que ton père prenne la tête d'Orpheus V au lieu d'Orpheus VI.

— Attends, dis-je. Papa ne va prendre la tête d'aucune mission.

— Cal, si Orpheus VI voit le jour, ton père ira sur Mars, je te le promets.

Je me penche en arrière et regarde le ciel. Le croissant de lune est toujours là, et soudain je suis submergé. Comme si on me plantait des aiguilles dans tout le corps. J'ai du mal à respirer, je me sens si petit et Mars est tellement loin. Tellement, tellement loin.

Il y a cinquante ans, quand on est allés sur la Lune, il y avait des dizaines d'astronautes, d'épouses et d'Astrokids assis sur ces mêmes pelouses. Qui regardaient le même ciel. La lune devait leur sembler très lointaine. Impossible à atteindre. Mais on l'a fait, et on va le refaire.

—Je... euh, je n'y avais jamais pensé. Tu t'inquiètes que ta mère parte en mission ?

—Pas vraiment. Ce sera bizarre qu'elle soit absente pendant deux bonnes années. Ce n'est pas normal d'être éloigné aussi longtemps de ta famille. Et quand elle reviendra, je serai... ailleurs, va savoir. Je ferai autre chose.

Après quelques minutes de pause démarre la vidéo du concepteur d'antennes, Kyle. Il parle longuement de l'antenne qui a explosé.

***

—Ce que vous ignorez sans doute, c'est qu'elle était censée avoir plusieurs usages. Elle devait aider à atterrir sur Mars, comme vous le savez, mais elle devait aussi nous envoyer les relevés météo les plus précis qu'on ait jamais eus. Elle serait rentrée en orbite autour de Mars entre trois et six mois avant que les astronautes n'y arrivent, et elle nous aurait donné une idée précise de la situation climatique de la planète.

***

Je regarde le coin en bas à droite de l'écran et mets une tape sur le bras de Leon en voyant le nombre.

—Quatre millions. Et ça augmente encore.

La règle, c'est que si vous avez plus de vues que d'abonnés, ça marche fort. Et là, ça marche très fort.

La porte coulissante s'ouvre au coin de la maison. Je cache le champagne sous ma chaise, mais c'est Kat.

Son téléphone nous joue en stéréo la voix de Kyle, et elle nous regarde avec de grands yeux ronds, éberluée.

— Le *New York Times* a partagé ta vidéo sur Facebook, dit-elle. On dirait que CNN aussi, et d'autres, mais je n'arrive même pas à suivre. En plus, les vidéos sont vraiment très bonnes.

— Je comprends que nous, ça nous intéresse, dit Leon. Mais pourquoi l'Américain moyen s'intéresse-t-il à ça ?

— Leon, on vit dans un tel désert d'informations que les gens se précipitent sur un contenu bien fait. (Kat sourit.) StarWatch est divertissant, mais personne n'a jamais aimé la Nasa parce qu'elle était divertissante. Personne n'écrit de romans de science-fiction remplis de commérages et de ragots.

— Les gens comme Josh Farrow n'y comprennent rien, dis-je. Ils n'ont jamais rien compris. Mes vidéos ont toujours été sans blabla, juste de l'info pure. J'ai gagné la plupart de mes abonnés en couvrant les élections, alors que la majorité d'entre eux n'avaient même pas l'âge de voter. Ça intéresse les gens, mais c'est dur de trouver de bonnes infos au milieu des putaclics et des *fake news*. (Je me tourne vers Kat.) Mais je n'avais pas envie que la Nasa disparaisse à cause de ça.

Kat s'installe à côté de nous. Je lui tends la bouteille et elle ne perd pas de temps pour en boire une gorgée. Puis elle se penche en avant et s'essuie la bouche du revers de la main. On regarde le reste de la vidéo de Kyle, puis on garde le silence tandis que le spécialiste de la propulsion donne plusieurs théories quant à l'explosion, puis explique pourquoi ça ne peut pas arriver avec un vol habité.

— J'espère que ça suffira, dis-je après que toutes les vidéos ont été diffusées.

Personne ne répond, mais ce n'est pas la peine. Ils se rapprochent de moi tandis que mon visage remplit l'écran.

J'ai encore un léger sourire, je dégage une certaine confiance, mais il y a autre chose. De moins évident. De moins préparé, même.

De plus vrai, plus authentique.

***

— C'est notre appel à toute la nation, dis-je. La Nasa est une grande organisation, avec une histoire prestigieuse et parfois houleuse, comme nous le savons tous. Mais StarWatch et quelques personnes de la communication en ont fait un cirque. Oui, ce qui se passe ici est intense. Il y a de la compétition, du stress, et les gens sont tous différents, donc il peut y avoir des disputes à l'occasion, des mots qu'il est facile de mal interpréter. Mais renoncer à tout ce qu'il y a de bon dans cette mission parce qu'on se concentre sur des futilités, c'est irresponsable.

« Si cette mission vous intéresse, montrez-le maintenant. Il y a un lien sur ma page avec tous les outils pour vous faire entendre. D'un clic, vous pouvez partager ces vidéos, contacter la Nasa ou vos représentants du Congrès, tout cela grâce à Katherine Tucker, que je remercie pour son codage brillant fait à la vitesse de l'éclair. Parlez autour de vous. Faites savoir à quiconque veut bien l'entendre qu'il ne faut pas couper les fonds de cette mission, que vous voulez nous voir mettre le pied sur Mars. Nous y sommes presque.

« Encore une fois, merci d'avoir suivi et merci de partager, passez une bonne fin de soirée.

***

L'écran vire au noir. Apparaissent des liens pour partager ou relire les vidéos. J'éteins mon téléphone et me tourne vers Leon et Kat. Nous soufflons tous les trois un grand coup. Kat me prend la main, et je prends celle de Leon.

C'est notre dernier moment de paix avant un long moment.

— Je vais rentrer, dis-je. Je suis trop nerveux pour rester assis là.

Kat se penche vers moi et me prend dans ses bras.

— Quoi qu'il arrive, ce que tu fais est extraordinaire. Je vais partager ça avec tous ceux que je connais. On ne partira pas sans se battre.

Leon ne dit toujours rien, mais il me fait un petit sourire. Il y a tellement de choses entre nous dont nous avons besoin de parler. Je lui ai montré ce que je pouvais, mais je dois lui laisser du temps. Je ne peux pas le forcer à aller mieux, je ne peux pas le forcer à prendre des décisions pour sa vie. Je ne peux pas essayer de réparer ce qui n'est pas cassé.

Mais je me penche vers lui et je dépose un baiser sur ses lèvres, léger comme une plume. Il ne s'écarte pas, me laisse seulement faire. Nos yeux se ferment et je m'attarde. Juste assez pour faire renaître ce sentiment d'euphorie dans ma poitrine, cet élan.

Et ça va un peu mieux.

27

La première chose que je fais en ouvrant les yeux le lendemain matin, c'est de prendre mon téléphone. Enfin, je l'ai fait à sept reprises au cours de la nuit, presque toutes les heures. Je n'arrive pas à suivre les notifications. Commentaires, partages, likes, vues, les nombres et les mots se multiplient sur mon écran.

Les réseaux sociaux sont un drôle d'endroit, mais en général vous êtes comme isolé avec vos abonnés. Là, j'ai des commentaires de mes abonnés habituels mais aussi de la vieille grand-mère sur Facebook, de l'étudiant en école de commerce, d'élèves ingénieurs, d'un nombre ahurissant de trolls, et de tout ce qui existe entre ces profils. C'est bouleversant, c'est beau, c'est… partout.

Être partagé par le *New York Times* sur Facebook est une chose, c'en est une autre d'avoir droit à la une du *Times* en ligne avec ce titre : « L'appel d'un Astrokid pour sauver la Nasa de la chute. »

Alors que je commence à lire l'article, mon téléphone se met à sonner. Je réponds, et sa voix me transperce les oreilles.

— Tu es célèbre ! s'exclame Deb. Genre, vraiment célèbre cette fois.

— Je ne crois pas, non. La Nasa est célèbre, les partages de vidéos sont juste liés à mon compte.

— Il n'y a pas que ton compte. Je vois ta tête en ce moment même sur *Page Six*. Ils parlent de ton compte FlashFame. Tout ce que tu as toujours voulu. Tu te rends compte comme ça va être facile d'en faire une carrière, maintenant ?

Je ris.

— On verra. Je prendrais un stage chez Buzzfeed sans faire le difficile, pour l'instant.

— Il faudra qu'ils se battent pour t'avoir. Cal, si tu sauves cette mission, tu pourrais carrément changer le cours de l'histoire.

Cette phrase me fait me recroqueviller sur mon lit. Je ne suis qu'un gamin de dix-sept ans avec les cheveux en bataille, qui porte un caleçon jaune vif et un tee-shirt Dolly Parton. Je ne me crois pas capable de changer le cours de l'histoire.

— OK, Deb. C'est un peu perturbant pour moi. Tu ne veux pas qu'on parle d'autre chose ?

— D'AUTRE CHOSE ?

Je voudrais qu'on reparle de notre dispute lors de notre conversation, juste avant qu'elle me raccroche au nez, ce nœud dans ma poitrine qui ne s'est pas encore vraiment dénoué… mais je ne dis rien. J'ai été égoïste, je ne voulais parler que de moi.

— Genre, n'importe quoi. Faisons comme si je n'avais pas changé le cours de l'histoire. (Alors je parle d'elle.) Comment ça se passe, la vie avec ton cousin ?

— Bien, grogne-t-elle, vaincue. Mes parents sont toujours énervés que je sois partie, mais on se parle de temps en temps au téléphone, donc tout n'est pas perdu, j'imagine. Le colocataire de mon cousin déménage dans quelques semaines, j'essaye de m'assurer que j'aurai l'argent pour le loyer. On m'a diminué les horaires au travail, mais ça devrait aller. (Elle soupire.) Bon, ça va très bien.

Une idée me traverse l'esprit, qui m'excite aussitôt. Ce serait le meilleur moyen de jouer un rôle auprès d'elle.

—Attends ! dis-je. Pourquoi ne montes-tu pas un compte FlashFame ? Tu pourrais activer les donations ou quelque chose dans ce genre, tu ferais des vidéos et ça t'aiderait à payer le loyer ?

—Je ne suis pas une personnalité des médias comme le grand Calvin. Ah oui, pardon, on fait comme si tu étais quelqu'un de tout à faire ordinaire. (Elle rit.) En vrai, j'ai déjà un compte. Mais je ne m'en sers pas.

—Eh bien, dis-moi si tu le fais. Je sais que mes abonnés new-yorkais ne sont pas contents que je ne fasse plus de vidéos hebdomadaires d'infos sur la ville. Et tu m'aidais à trouver plein de trucs, de toute façon.

Elle hésite, je sens qu'elle réfléchit même si je la sais réticente à se mettre devant la caméra. Je sais qu'elle ne court ni après l'argent, ni après l'attention, mais peut-être pourrait-elle changer d'avis après son déménagement ?

—J'ai failli prendre la route pour venir te voir, lui dis-je comme un aveu. Genre, j'ai piqué la voiture de mon père et j'étais quasiment sorti du Texas avant de me rendre compte à quel point c'était débile. Je suis vraiment désolé de la façon dont je t'ai traitée.

Je l'entends rire à l'autre bout du fil.

—Moi aussi, tu me manques. Mais ne t'inquiète pas pour moi. On sera toujours amis tous les deux, que ton plan grandiloquent pour sauver l'avenir de l'exploration spatiale réussisse ou échoue lamentablement. Que tu restes au Texas pour l'éternité ou que tu reviennes à Brooklyn, où tu as ta place.

— Je me sens bien ici aussi. Étonnamment.

Il y a une pause.

— Oh mon Dieu, tu as porté ton grand chapeau en public, je suis sûre ?

— Je ne répondrai pas.

— Je te jure, Calvin, tu es incorrigible.

— Je ne répondrai pas.

— Hum. Allez, retourne sauver le pays, je vais rester là à secouer la tête pendant un moment.

— Je ne répondrai pas. (Je marque une pause, pour faire bonne mesure.) Je t'aime, Deb.

— Ouais, ouais. Moi aussi, je t'aime.

On raccroche, et je me sens complètement normal pour la première fois depuis les dernières soixante-douze heures. Je réécoute l'album de Heart, et l'idée que Leon et Kat se sont arrêtés à une brocante pour qu'il puisse fouiller dans des tas de cassettes de groupes qu'il ne connaît même pas me fait mourir de rire.

Je parviens à repousser la panique en marchant en long et en large dans ma chambre. Mon avenir est un point d'interrogation. Je me dis que ce n'est peut-être pas si grave. Mais j'ai envie de rester ici. Je ressens le même stress qu'un jour d'examen, d'élection ou de rendez-vous chez le dentiste.

Je commence à recevoir des messages de numéros que je ne connais pas, et d'autres de numéros que je connais – des membres éloignés de la famille qui critiquaient le temps que je perdais sur mon téléphone me félicitent maintenant pour l'article dans le *New York Times*. Les demandes de journalistes s'accumulent dans ma boîte e-mail. Je voudrais leur répondre, mais le volume de travail que ça représente me décourage d'emblée.

Je sors de la chambre. Ma mère se trouve dans le salon. Je m'assieds à côté d'elle et pousse un profond soupir.

— Je crois que je suis célèbre.

— Oui, je crois aussi. (Elle rit.) On a regardé tes vidéos, papa et moi. Je ne comprends toujours pas bien FlashFame – enfin les ados appellent ça juste Flash, non ? – mais en tout cas, les gens ont eu l'air d'aimer ce que tu avais à dire.

— Je suis submergé de demandes d'interviews, il faut que j'y réponde, et aussi de messages de vieilles connaissances qui réapparaissent pour me congratuler. Ma tête est sur *Page Six*, il paraît. Qu'est-ce qui intéresse tant les gens ?

Elle pose sa console et me caresse le menton.

— Mon chéri, ne le prends pas mal, mais ce n'est pas à toi qu'ils s'intéressent. C'est ce que tu défends. La Nasa, l'exploration spatiale, la science. Tu es le visage qu'ils mettent sur une cause, donc laisse-les faire. Tu es la figure de la rébellion.

Je l'écoute en hochant la tête. Elle n'a pas tort. Il ne s'agit pas de moi, mais de la mission. Enfin, il s'agit aussi de moi, mais je peux rester au second plan.

— Et pour ce qui est des demandes médiatiques, la Nasa a toute une équipe qui sera très heureuse de s'en occuper. Pourquoi ne leur demandes-tu pas de l'aide ?

La pression que je me mettais devient un peu plus supportable.

— Papa est parti au travail avec Grace aujourd'hui ?

— Oui, tu as besoin de la voiture ?

Je prends mon badge de visiteur du centre spatial dans mon portefeuille, celui qui m'a permis d'offrir ma plateforme à tous les merveilleux scientifiques de la Nasa et de trouver des soutiens pour le projet Orpheus.

— Je pense qu'il est temps que j'aille voir si la Nasa veut vraiment changer ses affreuses campagnes de communication.

On ne change pas les gens. Mais les campagnes de communication ? J'en fais mon affaire.

Je saute dans la douche et m'habille convenablement pour l'occasion. Pantalon sombre, bottines, chemise à carreaux verts et marron et cravate orange vif. Le chapeau reste à la maison.

28

J'ai passé les quinze minutes de route jusqu'à la Nasa à inspirer avec le diaphragme, puis à expirer jusqu'à vider complètement mes poumons. Plus je le fais, plus j'ai le sentiment de contrôler la situation. Et plus je suis convaincu – malgré tout le mal que j'ai dit de l'équipe de communication de la Nasa hier soir – que je peux les aider à porter le mouvement.

Je tends mon badge visiteur au garde et il me laisse entrer après m'avoir longuement dévisagé. Je trouve une place au fond du parking. Les bureaux doivent être pleins aujourd'hui. Je n'ai jamais vu autant de voitures.

En m'approchant du bâtiment, je remarque une camionnette de chaîne télé devant l'entrée. StarWatch.

Je m'arrête net. J'envisage un instant de cacher ma voiture jusqu'à ce qu'ils soient partis, mais peut-être que le face-à-face est inéluctable. Peut-être dois-je les affronter une dernière fois, leur mettre mon nombre de vues sous le nez et incendier Kiara pour m'avoir filmé en secret et s'être servie de ma relation comme d'un stratagème au service de son business.

Alors que je vais entrer, je vois du mouvement derrière le camion. Une chevelure brune remue à l'arrière. Kiara.

Elle est en train de charger une grosse valise. Mes jambes m'amènent en un clin d'œil près d'elle. Je veux en finir.

— Kiara.

Je reste à bonne distance de la camionnette.

Elle se fige un instant, puis se redresse lentement. Comme toujours, son style me désarçonne : chemise en jean par-dessus un tee-shirt blanc avec un col V profond.

Nos regards se croisent, et je me sens aussitôt mille fois moins confiant. Elle sourit tranquillement. Je me demande comment elle peut ne pas être troublée par l'horrible personne qu'elle est dans son travail. Les poings fermés, je prends la parole en premier.

— Tu n'aurais pas dû faire ça. Je ne savais pas que tu filmais.

— Tu es toujours filmé avec moi, mon chou, fais attention à ce que tu dis.

Je ris.

— Tu peux utiliser tous les extraits que tu veux de cette conversation. À moins que vous en ayez assez fait ? Peut-être que tu pourrais bricoler d'autres citations compromettantes pour me faire passer pour un profiteur.

— Ouh, dit-elle en haussant les épaules. Ta carrière a l'air de bien se porter, monsieur huit millions et demie de vues. Et ne t'inquiète pas, mon chou. Tu as gagné. Mon boss est là-haut en train de se faire virer de la mission Orpheus V au moment où on se parle, on va devoir chercher autre chose pour la suite.

— Vous allez pourrir JET-X ?

— Non, non. Ils prennent le parti de la Nasa. Ils parlent même d'aider à financer un nouveau satellite avec son lancement. On est au chômage pour l'instant.

— J'aimerais bien avoir pitié de toi, dis-je. Mais c'est dur.

— Tu sais, je suis sortie première de ma promo d'école de journalisme, j'avais de l'expérience, et de bons exemples. J'étais naïve, comme toi.

Je garde le silence, parce que je n'arrive pas à savoir si elle cherche à me faire réagir ou si elle est sincère.

— J'ai le sentiment, reprend-elle, que tu es trop bien pour StarWatch ou les sites d'info sur les people, ou les blogs, ou ce que tu as en tête en ce moment. Tu comprendras un jour.

Elle claque la portière du fourgon et saute sur le siège conducteur.

— Même si je finis par bosser pour une chaîne comme StarWatch, dis-je tandis qu'elle fait ronfler le moteur, je traiterai toujours les gens que j'interviewe avec un minimum de respect.

Je ne sais pas si elle m'a entendu, mais j'ai dit ce que j'avais à dire.

Je m'éloigne de la camionnette avec un goût d'inachevé. Peut-être que c'est comme ça, dans la vraie vie. Quand on est coincé avec ses parents, sa famille, on est bien obligé de s'excuser et de changer de comportement. Alors que tu peux arrêter une relation professionnelle sur une fausse note, ou un échange qui n'est pas à la hauteur des enjeux.

Je croise Josh Farrow en entrant mais il ne fait pas attention à moi. Dans un film, nous échangerions un regard et il me ferait peut-être un léger signe de tête, accompagné d'un rire narquois. Mais il a les yeux rivés sur son téléphone et le front barré d'une ride soucieuse. Il est sans doute déjà en train de préparer le prochain projet avec lequel il gâchera la vie d'autres gens.

Quand j'entre dans le bureau de Donna Szleifer, tout le monde s'arrête. Todd Collins, le directeur des relations publiques, est là, et un siège vide est tiré, où Josh devait être assis.

— Oh, Calvin, dit Donna, visiblement stupéfaite par ma présence.

— On était justement, euh… en train de parler de toi.

Todd ferme la porte derrière moi et ils me regardent en attendant que j'explique ce que je fais là.

— Est-ce que vous avez suivi les reprises par la presse de mes vidéos ?

— Oui, bien sûr. On a aussi demandé à Associated Press de diffuser un communiqué de presse.

— Qu'est-ce que ça signifie ?

— Ah. Oui, pardon, dit Todd. AP est une sorte de service où les médias locaux et nationaux peuvent se servir, soit en reformulant, soit en reprenant tels quels les articles. C'est une bonne manière d'avoir beaucoup de presse locale, et AP est bon là-dessus. On a environ six cents médias locaux avec des articles, et on a inclus les vidéos, donc il est possible que certaines chaînes les reprennent elles aussi.

— Sur les réseaux, intervient Donna, tu as quelques-uns des plus éminents scientifiques à travers le monde, on parle d'influenceurs, qui partagent tes vidéos.

— Pas la peine de m'expliquer ce qu'est un influenceur, Donna, dis-je en riant.

Elle fait comme si je n'avais rien dit.

— Il y a énormément de trafic depuis les sites d'info, surtout ceux à destination des ados, vu qu'ils connaissent évidemment davantage la plateforme FlashFame.

— Est-ce que ça va sauver la mission ?

J'imagine qu'ils vont me rire au nez ou me traiter comme un gamin qui ne comprend pas bien comment marche le monde.

—Eh bien, peut-être. (Todd se gratte la tête.) Ce n'est pas sûr. La Chambre des représentants a repoussé le vote à ce soir, certains députés ont expliqué qu'ils voulaient avoir le temps de prendre la mesure de tous les messages qu'ils ont reçus depuis hier soir. C'était le bon moment, et nous avons déjà pas mal de gens de notre côté.

—Cela dit, dit Donna, nous avons une réunion du conseil d'administration ce soir, et les membres pourraient aussi décider d'arrêter le projet Orpheus. Beaucoup de gens considèrent que les risques sont trop grands.

—Il peut se passer n'importe quoi, conclut Todd.

Je soupire. Tout cela me semble contraire à l'esprit même de la Nasa. L'exploration spatiale est risquée par nature. N'importe quelle exploration, d'ailleurs. Mais je ne peux plus rien faire. Il y a un tas de gens qui doivent peser le pour et le contre, prendre un tas de variables en compte, et je n'en fais pas partie. Mon rôle est terminé.

Je n'ai plus qu'à attendre.

—À quelle heure a lieu cette réunion ?

—Trois heures.

—OK, voilà ce que je propose : j'ai environ soixante-quinze demandes d'interviews dans ma boîte e-mail. Je peux en donner quelques-unes, mais je ne connais pas la plupart de ces publications. Est-ce que je peux vous envoyer ces demandes ? Je pense que c'est la Nasa qui devrait gérer tout ça. L'histoire, ce n'est pas moi. C'est la science. Et ça aurait toujours dû être le cas.

Donna a l'air tellement ravie qu'elle pourrait crier. Elle joint ses deux mains comme si elle se lançait dans une prière, et c'est peut-être ce qu'elle fait – on est au Texas, après tout.

— Transfère-les-nous, me dit-elle. Je vais m'occuper de tous les blogs et des sites généraux. Todd, répartis-toi le reste avec les autres.

Dans l'heure qui suit, je passe du bureau de presse à celui de Donna à traquer les suites de mes vidéos et l'engagement généré auprès des internautes. Donna me montre une tonne d'outils qui lui permettent de savoir combien de gens ont vu les vidéos, combien de gens les ont assez aimées pour les partager, plus des centaines d'autres données qui me rendent un peu nerveux de vivre à l'ère numérique, mais aussi reconnaissant. Et je suis content que la Nasa ait quelqu'un comme Donna, qui sait ce qu'elle fait même si elle semble parfois dépassée et au bout du rouleau.

À la fin, Donna et Todd ont une présentation super bien faite avec les trente meilleurs articles à mentionner, et un grand sourire sur le visage. L'excitation et l'électricité des premières missions spatiales sont ressuscitées.

Je leur dis au revoir et rejoins ma voiture sur le parking. En partant, je rends mon badge visiteur au gardien. Je n'en aurai plus besoin, même si la mission est maintenue. Je peux enfin me concentrer sur mon propre chemin, ou plutôt tenter de savoir ce que je veux devenir.

29

Je n'aime pas trop vendre la peau de l'ours avant de l'avoir tué.

Alors, assister à une fête d'astronautes n'est pas exactement la chose dont j'ai besoin.

Je sais bien que les familles organisent des fêtes presque toutes les semaines, on trouve toujours une raison, mais ce soir ça ne me paraît pas une excellente idée. Le vote a encore été retardé ; le conseil d'administration a lieu en ce moment. Bientôt, on saura si la mission Orpheus V est mise au placard ou si elle aura lien, mais pour l'instant, tout est en suspens.

Je suis assailli par les questions et les doutes tandis que j'arrive avec mes parents à la fête et que des plateaux chargés de crudités et de houmous nous sont présentés par Grace, qui a organisé la soirée. Son stock de champagne est toujours aussi impressionnant. Voyant que je l'admire, Grace se penche vers moi et me murmure :

— J'ai compté les bouteilles, n'essayez pas d'en piquer une avec Leon et Kat.

Elle sourit, me fait un clin d'œil et s'en va. Une plaisanterie. Ce qui veut dire qu'elle ne se doute pas du tout que nous lui en avons vraiment volé par le passé. Je ne vois ni

Leon ni Kat, mais avant que je puisse aller les chercher, je me retrouve pris dans des conversations.

Papa et maman veulent que je reste, surtout qu'ils sont incapables de répondre pour tout ce qui concerne mon profil FlashFame vu qu'ils sont vieux et qu'ils n'ont aucune idée de ce que c'est.

Je me laisse faire, pour une fois.

Quelqu'un pose une main ferme sur mon épaule, je me retourne et découvre Mara Bannon qui me fait un grand sourire avant de me serrer fort dans ses bras. Puis elle me tient à bout de bras et me contemple avec cet air fier et satisfait qu'on ne voit que sur les visages des mères dans les films : la tête penchée, le sourire contenu.

—Cal, tes vidéos m'ont rendue tellement heureuse que je suis revenue pour te le dire en personne. Tu sais depuis combien de temps je n'avais pas souri ? Vraiment souri ? Voir ce message puissant, plein d'espoir… Mark aurait été dévasté si la mission avait été annulée en partie à cause de lui. Je te remercie pour ton aide.

—Merci, madame Bannon, dis-je en la laissant me serrer encore dans ses bras.

—Oh, j'étais furieuse quand j'ai vu comment StarWatch te traitait. J'ai regardé leur émission, et je te jure, ces deux-là sont les pires êtres humains sur toute la surface de la planète.

—N'exagérons rien, dis-je. D'ailleurs, la productrice, la fille, n'était pas entièrement mauvaise. Elle m'a aidé à montrer le vrai visage de Josh Farrow quand il a essayé, vous savez, de vous faire rasseoir par terre.

Je pense à Kiara, à son ambivalence, et j'espère que son bon côté prendra le dessus. On peut être journaliste, même pour un site de potins sur les célébrités, et rester quelqu'un de fréquentable. Peut-être qu'elle est blasée et que c'est moi qui suis naïf, mais j'ai envie d'y croire.

— Bref, de toute façon, j'ai partagé tes vidéos à tous mes amis, et ils ont été ravis de voir quelque chose de positif sortir de la Nasa. Il n'y a eu que des désastres ces derniers temps, mais ça ne peut que s'améliorer. C'est ce que je leur ai dit.

— Espérons, dis-je, ce qui me vaut une dernière embrassade avant de pouvoir m'échapper.

Je retourne voir mes parents. Papa est en pleine conversation avec l'un des astronautes d'Orpheus V et maman les écoute, souriante, une coupe de champagne à la main.

— Merci de m'avoir suggéré d'aller à la Nasa, lui dis-je à l'oreille. Ils m'ont vraiment aidé. Ils ont fait le suivi de la couverture médiatique et pris en main les demandes d'interviews et le reste.

— C'est leur boulot, mon chéri. Ce sont des professionnels. Toi, tu es professionnel quand tu fais tes reportages. Que chacun fasse ce qu'il sait faire.

— Et merci d'avoir aidé Kat pour le site. Je ne sais pas comment vous avez fait toutes les deux, mais il y a énormément de sénateurs du Congrès qui ont annoncé leur soutien à la mission aujourd'hui. Ça ne veut pas dire que la Chambre des représentants ne votera pas contre le financement, mais au moins on les a secoués.

— Ne me remercie pas, dit maman en haussant les épaules. Kat a pratiquement tout fait.

Je veux lui répondre quelque chose, mais je l'oublie aussi sec. Parce que j'aperçois sur le seuil Donna et Todd, et qu'ils ont l'air d'être au courant de quelque chose.

Tous les yeux se tournent vers eux.

C'est le moment.

— Je peux leur dire ? demande Donna à Todd tandis que Grace éteint la platine.

Le temps semble suspendu pendant quelques secondes, puis Todd hoche la tête et Donna se racle la gorge.

— Nous arrivons du conseil d'administration. Il y a eu unanimité. Chaque directeur a fait son petit discours pour expliquer pourquoi il fallait continuer Orpheus V. On a même montré des extraits des vidéos de Cal, qui viennent de dépasser les vingt-cinq millions de vues en vingt-quatre heures.

Elle marque une pause en prenant une bonne inspiration. Comme je le fais quand je médite.

— Et après plusieurs heures de discussion et d'analyse, nous sommes heureux de vous annoncer que le conseil d'administration a validé la continuation du projet Orpheus

— Et je voudrais ajouter, lance Todd, que nous avons eu une conversation avec la députée Halima Ali, qui est prête à travailler avec nous pour s'assurer que les fonds sont dépensés correctement. Elle a reconnu que son projet de loi ne serait pas passé et ils ont carrément annulé le vote. Ce qui signifie…

Donna le coupe en criant :

— Qu'Orpheus V est de retour !

Je suis soudain assourdi par les acclamations et les cris de joie. On me renverse un peu de champagne sur les chaussures. Maman me laisse boire une gorgée dans sa coupe, et sa naïveté me fait rire. Mais je vois quand même, et je commence à comprendre pourquoi on célèbre les grands événements avec du champagne. Ça me donne un coup de fouet, et très vite je me retrouve à crier avec les autres astronautes.

Une chose est sûre, je ne sors pas mon téléphone. Personne n'a à voir ce moment. Il ne sera jamais dans un livre d'histoire. Il ne sera pas aux infos, ni dans un article de *Time* que les enfants du futur liront en s'imaginant ce que c'était de vivre ce moment, cette époque où – l'espace d'une soirée – tout était parfait.

Le regard de Leon croise le mien, il est à l'autre bout de la pièce. Kat serre son père si fort contre elle qu'il semble sur le point de s'évanouir. Ils sautent tous de joie. Des larmes roulent sur les joues de Grace, moi aussi je pleurerais si j'apprenais que je devais aller sur Mars. Elle s'accroche à la chemise de son fils, qu'elle étreint de toutes ses forces. Elle presse sa joue contre la sienne, et mon cœur fond.

Maman s'approche de moi en poussant un cri de pure félicité et elle attire mon père avec elle pour nous prendre tous les deux dans ses bras.

— Je n'arrive pas à y croire, dis-je.

Maman s'écarte de moi et met un petit coup d'épaule à papa.

Mon regard retourne se poser sur Leon, nos sourires s'étirent, et je m'aperçois qu'il reste une chose. Tout n'est pas encore parfait. Il manque une toute petite pièce du puzzle, et je ne peux pas le laisser inachevé.

30

Le vacarme de la célébration est comme assourdi tandis que je traverse la pièce dans sa direction. Mon champ de vision se rétrécit, la foule s'écarte, et j'échappe de justesse à des bouchons de champagne qui sautent. Mais je me fiche de tout ça à cet instant.

La seule chose qui m'importe, c'est lui.

En faisant ces quelques pas, je sens une chaleur monter en moi. Mes sens sont émoussés et affûtés à la fois, et la situation est tellement surréaliste, je me sens si parfaitement au bon endroit que je marche droit sur lui, place ma main derrière son cou et l'attire contre moi pour l'embrasser.

C'est la chose la plus simple du monde. Deux bouches qui se touchent à peine, mais nos corps frémissent déjà. Ses mains m'enveloppent, me pressent. Les gens sont encore en train de crier, de s'interpeller, la musique est assourdissante, et j'ai conscience que nous sommes en public mais je ne peux pas m'arrêter.

Quand l'émotion retombe dans la pièce et que je parviens à m'arracher à ses lèvres, je fixe ses beaux yeux bruns en me retenant de me laisser physiquement emporter par ma fougue amoureuse.

— On peut parler ?

— Oui. Dans le jardin ?

Je secoue la tête.

— Allons marcher.

Nous traversons la foule et je le conduis vers la porte, puis au bas des marches et jusque dans la rue déserte. Les nuages couvrent le ciel aujourd'hui, apportant de la fraîcheur, et un vent léger fait frissonner les arbres. Je mêle mes doigts aux siens et les serre dans mon poing.

Nous partons par une petite rue menant à une impasse bordée de chaque côté par des maisons cachées derrière des haies. Il n'y a qu'un réverbère dans la rue, mais il suffit à éclairer un bout de bitume. Je m'y assieds en tailleur, et il m'imite.

— Je suis désolé, dis-je. Je sais que j'ai été nul avec toi.

— Je suis désolé aussi. J'étais tellement flippé à l'idée que tu partes que j'ai fait empirer la situation. J'étais déprimé, je n'arrêtais pas de penser : je suis amoureux de quelqu'un avec qui je ne pourrai pas être.

— Mais… même si je rentrais à New York, on pourrait rester ensemble. Je t'ai envoyé les…

— C'est exactement ça, me coupe-t-il. Tu voulais qu'on reste ensemble, mais à tes conditions. Je pouvais aller à la fac à New York. Étudier dans l'une de tes universités, je te cite, idéales pour moi. C'était génial que tu aies pensé à tout, mais j'aurais eu l'impression de m'enterrer. Et je n'en ai toujours pas envie.

— L'idée que tu ne saches pas ce que tu veux faire de ta vie me donne des sueurs froides. Je te jure, ça me met physiquement mal que tu ne saches rien de ton avenir et que tu ne ressentes pas le besoin de le découvrir. Et je reconnais que ce n'est pas très *cool*. Mais je ne sais pas improviser. J'ai besoin de planifier. Les plans peuvent changer, ça ne me dérange pas, mais ne pas avoir de plan du tout ? Ça me terrifie.

—Je retourne dans une salle de gym. Toutes les semaines, parfois deux fois par semaine. Et pour une fois, je fais ce que j'ai envie de faire. Je n'arrête pas de réfléchir à ce que tu m'as dit, qu'il fallait que je renoue avec le gamin que j'étais, qui adorait faire des sauts périlleux, et je crois que j'ai réussi.

—C'est fantastique, Leon !

—Et j'ai rencontré un entraîneur là-bas, qui…

—Mais tu viens de dire que c'était pour le plaisir ?

—Il m'a proposé d'entraîner les enfants qui ont entre cinq et sept ans. Et je me suis rendu compte que tous les jours là-bas, ce seraient des sauts périlleux. Je suis sûr que les parents peuvent être pénibles, mais c'est le petit boulot parfait pour moi. Et sans StarWatch sur notre dos, j'ai l'impression que je peux être moi-même.

—Je suis tellement heureux pour toi. (Je me jette à son cou.) Et… la fac ?

—Écoute, il faut que tu me fasses confiance, me dit Leon. Ce ne sera peut-être pas tout de suite, pas en sortant du lycée, mais j'irai un jour.

—OK, dis-je, et je le pense. Je te soutiendrai si c'est ton choix. Fais les choses à ton rythme.

—Soutiens-moi maintenant. J'ai besoin que tu sois d'accord et que tu ne me voies pas comme quelqu'un de dysfonctionnel.

Je lui prends les mains et hoche la tête. Pas pour le réparer, ni pour qu'il se sente mieux, mais pour lui montrer que je le soutiens. J'essaye, j'apprends le long du chemin, et je ferai mon possible pour être à ses côtés.

— J'ai parlé à mes parents, reprend-il. Je leur ai dit comment je me sentais avec eux. J'ai essayé de leur faire comprendre ma dépression, et ils ont eu l'air d'écouter. On a beaucoup parlé de toi. Ils t'aiment vraiment beaucoup.

Un sourire me vient, et ma main va se poser sur sa joue sans que je l'aie décidé. Je dévore son visage des yeux – son menton, ses cheveux, ses oreilles. Il est si beau à cet instant, je veux être sûr de ne jamais l'oublier.

— Je t'aime, dis-je. (Pas parce qu'il a besoin de l'entendre, mais parce que j'ai besoin de le dire.) Je t'aime tellement, Leon.

Il se penche si vite pour m'embrasser que je me retrouve sur le dos, contre le bitume. Je lui ouvre mes bras et nous nous embrassons. Nous nous embrassons comme jamais auparavant – c'est une vague et son ressac, tendresse et violence, lourdeur et légèreté, creux et profondeurs. Mes mains se baladent partout sur son corps, les siennes sur moi, et une partie de moi voudrait que ça ne s'arrête jamais, mais une autre partie a hâte de savoir de quoi sera fait demain.

Moi, Calvin Lewis Junior, je n'ai aucune idée de ce que me réserve l'avenir. Et je ne pourrais pas être plus heureux.

31

J'aurais dû garder mon badge visiteur, en fin de compte. La Nasa fait ce qu'elle peut pour changer sa communication sur les réseaux sociaux, mais ils m'ont demandé de continuer à couvrir les lancements et à interviewer des scientifiques. Évidemment, ça ne peut pas faire de mal à mon CV d'être aussi lié à la Nasa, mais je ne compte pas faire ça trop longtemps. Il est temps pour moi de chercher d'autres histoires, d'interviewer d'autres gens, de retrouver ma voix en revenant aux racines de ce que j'ai fait sur FlashFame.

Lentement mais sûrement, Brendan gagne des abonnés et il pourra me remplacer quand je serai parti voguer vers d'autres cieux. Ses vidéos courtes quotidiennes et son interview hebdomadaire avec d'autres intervenants sur la mission commencent à faire beaucoup de vues. Au moins, ils ne se retrouveront pas sans rien.

Je suis assis au bureau de mon père dans l'open space que partagent les remplaçants, et j'ai les pieds sur une chaise. En attendant qu'ils soient prêts à ce que je lance la vidéo, je parcours mon *feed* et souris en voyant apparaître une vidéo de Deb. Je clique dessus et la vois marcher dans West Village.

— Je suis Deb Meister et je sais ce que vous vous dites : à New York, il n'y a que des meurtres et des disparitions, et ça ne changera jamais. FAUX. Je vais vous montrer dix trucs fantastiques, drôles et flippants que vous pouvez faire ce samedi, et on commence avec le numéro un…

Elle me fait tellement rire pendant sa version personnalisée de mon hebdomadaire que je m'étouffe presque. Je lui envoie un message juste après pour lui rappeler que l'intégrité, c'est important pour un journaliste, et elle m'envoie un emoji doigt d'honneur. Sympa. N'empêche, elle aura bientôt dix mille abonnés et les activités qu'elle présente sont fantastiques, drôles et… flippantes, oui. Elle reçoit des donations qui l'aident à payer son loyer, et ses parents ont commencé à lui envoyer de l'argent pour combler le reste et pour se racheter de l'argent qu'ils lui ont pris par le passé.

Je n'imagine pas à quel point il a dû être douloureux pour eux de prendre l'argent que gagnait leur fille, même si elle était la seule à avoir un revenu stable. Mais maintenant qu'ils se sont remis à flot, ils ne laissent pas l'argent rester un obstacle entre eux.

Elle est vraiment heureuse. Je le vois dans ses vidéos, et je l'entends dans sa voix. Et peut-être qu'un jour, qui sait, on sera vraiment colocataires dans un appartement merdique de Coney Island, à se plaindre du temps qu'il faut pour aller à Manhattan. Je commence en disant que j'adore ses vidéos presque autant que je l'adore elle – je me sens hyper sentimental en ce moment – quand tout à coup mon père me fait signe.

Carmela dirige papa dans le cockpit, et Grace me fait installer la caméra à un endroit d'où je peux aussi facilement la braquer sur la chambre de simulation que sur les bureaux. J'appuie sur « Enregistrer ».

— C'est nouveau, ça, dis-je. Vous avez deux chambres de simulation maintenant ?

— Celle-là est pour six.

Je baisse la caméra.

— Comment cela ?

— Orpheus VI. Ça vient après le cinq, tu te rappelles, mon chou ?

Le sourire ne me quitte pas tandis que je regarde mon père entrer dans le cockpit. *Son* cockpit. Il teste plusieurs leviers et boutons, en notant sans doute des différences entre les deux appareils. Grace pose sa main sur mon épaule et se penche vers moi.

— Je crois qu'elle lui enlève un des propulseurs cette fois, dit-elle. Calvin va avoir le mal de mer, regarde.

La simulation démarre. C'est une simulation d'atterrissage, il fixe un écran qui ressemble au bout de sol martien sur lequel Orpheus VI atterrira. Le site a été triangulé et il est censé y avoir des conditions parfaites pour l'atterrissage. Sol plat et ferme. Il est clair que tout le monde dans la pièce attend que quelque chose parte en cacahuète. Mais le sol se rapproche toujours plus.

Je zoome et vois une goutte de sueur perler sur le front de mon père. Il tire la manette sur la droite, plus fort que l'appareil ne l'accepterait normalement. Sa respiration se fait courte, son regard, acéré. Il est dans un état de concentration totale.

— Ça tangue, dit-il. Un des propulseurs est mort, j'allume le propulseur de secours.

Quelques secondes passent.

— Le propulseur de secours ne fonctionne pas, l'atterrissage va secouer.

Il parle d'une voix calme, mesurée, en tendant la main vers des boutons dont j'ignorais jusqu'à l'existence. Ses mouvements sont fluides.

Et je le comprends pour la première fois, après tout ce temps : papa est un putain d'astronaute !

Atterrissage.

— Et… on est au sol, dit papa. J'ai perdu combien d'astronautes ?

— Brillant, Calvin, brillant ! Tes astronautes auront peut-être une petite bosse sur le crâne, mais c'est tout. Bravo ! s'exclame Carmela. Tu vois, qu'est-ce que je te disais ? Ton père est impossible à piéger. Avec lui, tout le monde sera en sécurité dans deux ans.

— Et d'ici là, tu vas continuer à essayer de le tuer.

— Je ne fais que mon travail, dit-elle, et nous rions.

Je termine la vidéo. En quelques minutes, elle est vue et partagée plusieurs centaines de milliers de fois. De nouveaux sites reprennent instantanément mes vidéos maintenant, et la soif d'information pour tout ce qui concerne Orpheus est inextinguible. StarWatch a disparu du paysage, et tout le monde essaye de se positionner comme le remplaçant.

Je passe le reste de la journée à tourner d'autres vidéos de scientifiques et d'astronautes dans leur habitat naturel. Je garde ces vidéos pour plus tard. Mon nombre d'abonnés est presque au niveau de celui de certaines vraies célébrités, mais les gens recommencent à me ficher la paix. Les demandes d'interviews sont dirigées vers la Nasa, et par principe, je n'en donne pas.

— C'est moi qui pose les questions, ai-je coutume de dire. Je ne donne pas les réponses.

Si Leon n'a toujours pas décidé s'il ira ou non à la fac – ça ne me pose pas de problème, vraiment (enfin, si, un peu, mais j'essaye de prendre sur moi) –, j'ai une liste de dix écoles auxquelles je veux envoyer ma candidature.

En haut de ma liste, il y a évidemment New York University, Columbia et l'université d'Ohio. Mais je vais aussi demander des écoles au Texas, en Californie, et partout sur la côte Est. Leon m'aide à être plus impulsif et à ne pas fermer les portes. Je suis flexible, cool.

OK, peut-être pas.

Je ne serai jamais un mec désinvolte, mais l'important, c'est que je commence à sentir quand mon manque de désinvolture me dessert. Ne me focaliser que sur une seule ville et sur un seul avenir possibles, c'est risquer de me faire du mal.

Quand nous avons fini, vers dix-sept heures trente, papa et moi rejoignons la voiture et il rentre par les petites routes. Il n'est pas parti aussi tôt du travail depuis des semaines, au moins depuis que la Nasa a décidé de finalement maintenir le programme. Je baisse les vitres et l'air s'engouffre dans l'habitacle. L'automne ne va pas tarder à arriver, et je suis presque excité de pouvoir remettre des sweats. J'ai fait le deuil de mon manteau, qui ne sortira jamais du placard à cause de la chaleur qui règne toute l'année ici, mais il ne fait que dix-huit degrés aujourd'hui, ce qui mérite selon moi un petit sweat.

— Cal, dit mon père, merci pour tout. Je sais qu'il a beaucoup été question de moi. J'ai été submergé de travail et je n'ai pas eu le temps de trop réfléchir à ce que vous viviez, ta mère et toi. Je n'avais même pas demandé si tu étais d'accord pour déménager.

— J'aurais dit non si tu m'avais laissé le choix. Si tu m'avais laissé n'importe quelle autre option au lieu de venir ici, je l'aurais prise immédiatement. (Je me gratte l'arrière de la tête.) Mais ça aurait été la pire erreur de ma vie.

32

Après s'être garé devant la maison, papa me fait signe de rester dans la voiture. La main sur la ceinture de sécurité, je le regarde d'un air interrogatif.

— Allons manger dehors ce soir, dit-il. On n'a pas passé un moment tous les trois à parler depuis longtemps. Depuis notre emménagement ici, à vrai dire. Je vais voir si ta mère est d'accord.

— Ce n'est pas grave si elle n'a pas envie, dis-je. La spontanéité n'est pas toujours son truc.

La mienne non plus, aurais-je envie d'ajouter.

— Je sais, dit-il. Si elle n'a pas envie, tant pis. On trouvera autre chose.

Ça me fait bizarre. Un truc aussi insignifiant aurait très bien pu déclencher une dispute entre eux quand on était à Brooklyn. Commence-t-il à comprendre maman ?

Pendant que papa est à l'intérieur, j'envoie un message à Leon, comme je le fais dès que j'ai un temps mort depuis une semaine. Quand vous êtes une star de FlashFame au chômage parce que vous n'essayez pas de sauver l'humanité avec vos vidéos, il se trouve que vous avez pas mal de temps morts.

Tu veux venir ce soir ?

Sans y réfléchir une seconde, je décide que j'ai très envie d'y aller ce soir. Nous nous retrouvons le plus souvent chez lui, surtout parce que sa chambre est plus grande que la mienne. Nous devons laisser la porte ouverte – l'innocence de ses parents me fait sourire –, mais j'ai à peine parlé de Leon à mes parents, même s'ils savent évidemment (ils ne sont pas aveugles). L'inviter, c'est avoir cette conversation. Maman sera très mal à l'aise et le malaise se poursuivra pendant le dîner, puis jusqu'à la fin des temps.

C'est bien mieux chez lui. Je lui réponds :

— Je mange avec mes parents. Je t'appelle après.

Il y a quelque chose de très plaisant dans le fait que notre rapport devient plus quotidien, quitte à ce qu'il soit aussi fait de détails triviaux. J'aime la simplicité de nos échanges. Quand je le vois, le feu de la passion l'emporte, mais il y a chez moi un côté papi qui aime simplement traîner avec lui à regarder un film ou autre.

Papa revient, et je suppose qu'il va me faire signe de rentrer à la maison après une tentative avortée de spontanéité. Mais il continue d'avancer. Et maman le suit jusqu'à la voiture. Je descends de voiture et vais m'installer à l'arrière, puis nous partons tous les trois pour la première fois depuis une éternité.

— Tex-mex ? propose papa.

Nous validons tous les deux, et quelques minutes plus tard nous sommes installés dans le restaurant le plus proche de la maison, papa avec une margarita géante devant lui, moi avec un bol de chips géant.

— C'est agréable, dit maman pour la quatrième fois.

Je me redresse, et mon regard passe de l'un à l'autre, méfiant.

— Que se passe-t-il ?

— Tu sais, ce psy que je consulte en ligne ? me demande maman. Eh bien, ton père et moi, on en a trouvé qui travaille plus spécifiquement sur les problèmes de relation.

— Oh. Euh… Qu'est-ce qui ne va pas dans votre relation ?

Je crois que je connais la réponse.

— Je crois que je sais, dit papa. On est en train d'apprendre, avec environ seize ans de retard, comment gérer les conflits entre nous. Tu vois, maman et moi, nous sommes différents. On ne réagit pas pareil à ce qui arrive et on essaye de… de comprendre nos différences, je pense.

— Oui, dis-je en souriant. Vous êtes très différents.

— Très, confirme maman en piquant une gorgée de margarita à papa. Et on a commencé à se rendre compte à quel point ça t'affectait. Tu étais sans cesse enfermé dans ta chambre ou en bas avec Deb à écouter de la musique ou à poster tes vidéos Flash. On pensait que tu arrivais à nous ignorer.

— J'aurais pu vous dire que je n'aimais pas ça, j'imagine.

— On aurait dû le savoir, dit maman. En tout cas, ce n'est pas à toi d'essayer d'arranger les choses entre nous. C'est notre responsabilité, et on va s'en occuper à partir de maintenant. Avec un peu d'aide.

Je fais le tour de la table et les serre tous les deux dans mes bras. Je sais que c'est dur de se faire aider, je me souviens quand maman a commencé à vouloir gérer son angoisse. Mais je sais aussi qu'elle se sent beaucoup mieux aujourd'hui, grâce à cet effort.

Les gens ne sont pas cassés, les psys ne pourraient pas les réparer si c'était le cas. Mais parfois, quelqu'un peut aider à améliorer les choses et rendre tout le monde un petit peu plus heureux.

— Je vous aime. Et je suis heureux que vous parliez à quelqu'un.

Je reprends ma place et recommence à piocher dans les chips, quand tout à coup je vois une cassette glisser vers moi.

— Qu'est-ce que c'est ?

— Après notre premier rendez-vous, ton père m'a fait cette cassette. C'était la fin des années 1990, donc j'étais super contente, aucun de mes petits amis au lycée ne m'en avait jamais offert, mais je n'avais plus de magnétophone.

— La qualité audio doit être horrible. J'ai enregistré des morceaux qui passaient à la radio, on pouvait faire ça à l'époque. En tout cas, elle est à toi maintenant.

J'ouvre le boîtier et vois une simple cassette blanche avec un cœur dessus. Ça me fait fondre, et ce cadeau me donne envie de voir Leon.

— Peut-être qu'offrir une cassette à quelqu'un que tu aimes bien est bon signe, dit ma mère avec un sourire qui grandit de seconde en seconde. Si tu vois ce que je veux dire.

— Hum, fait mon père. Tu veux nous parler de Leon ?

— Tu sais, dit ma mère, on aurait dû l'inviter. Quel genre de nourriture aime-t-il ?

— Non mais arrêtez, vous me gênez !

— C'est notre rôle, dit maman en passant son bras sous celui de mon père.

Après le repas, ils décident d'aller au cinéma. Je décline en expliquant que j'ai prévu d'aller voir Kat et Leon ce soir. Donc, après que je me suis bourré d'enchiladas, ils me déposent devant leur maison.

Debout sur le trottoir en face de chez les Tucker, j'attends que les phares de la Toyota disparaissent au coin de la rue. Mon cœur cogne, je sors mon téléphone.

— Eh, tu es en route ? demande Leon.

— Non, dis-je en fixant la porte d'entrée. Je suis devant chez toi. J'ai une proposition.

La fraîcheur de la nuit rentre sous mon sweat, c'est agréable. Ça faisait bien longtemps que je n'avais pas eu un peu froid.

— Mes parents viennent de partir au cinéma. (Une pause, et le silence à l'autre bout du fil est assourdissant.) Ce qui veut dire qu'il n'y a personne chez moi.

— Je vois ce que tu veux dire. Viens à l'arrière. Je vais filer en douce.

Saisi par l'excitation, je fais le tour et, en arrivant dans le jardin, il est là, auréolé de la lumière du clair de lune.

Il passe son bras derrière ma taille tandis que nous suivons le chemin arboré qui relie nos deux maisons. Je repense à ce premier jour où il m'a aidé à échapper aux journalistes, je le revois faire de la balançoire, il était beau, inconnu et effrayant à la fois.

Je passe mon bras autour de ses épaules. Pendant un moment, nous peinons à marcher au même pas, cette position ne semble pas pratique, puis nous y arrivons.

— Je n'arrive pas à croire qu'on ne se connaît que depuis quelques mois, dit Leon.

— Je sais, j'ai l'impression que c'était hier que j'ai sauvé la Nasa à moi tout seul.

Il me jette un regard noir.

— OK, avec un peu d'aide.

Il me plante un baiser sur la joue, me faisant rougir. Gênant.

— J'aurais dû davantage t'aider, dit-il. Désolé. J'étais tellement coincé dans ma tête.

Je fais porter mon poids sur lui, légèrement, et sens son odeur me donner le vertige.

— On peut arrêter de s'excuser ? J'adore la Nasa et je suis très content d'être encore là, mais j'ai envie de passer à autre chose. De parler d'autres trucs. De réfléchir aux prochaines étapes.

— Les prochaines étapes ? dit-il en riant. Toujours à planifier, hein ?

— Sérieusement. Plus d'excuses. Je t'aime.

— Moi aussi, je t'aime.

— Voilà, dis-je. Et c'est tout ce qui compte.

Nous nous arrêtons devant la porte de chez moi. Il prend mon visage entre ses mains, nos lèvres se rencontrent, encore et encore, jusqu'à ce qu'il devienne difficile de savoir à qui est quelle langue, à qui est quel souffle.

Son visage s'écrase contre le mien tandis que je sors ma clé et ouvre la porte – un exploit dont je suis extrêmement fier –, puis, accrochés l'un à l'autre comme si notre vie en dépendait, nous entrons dans la maison plongée dans le noir.

Je le conduis dans ma chambre et appuie sur le bouton « Play » du magnétophone. Je me laisse guider jusqu'à ses lèvres…

Et là, la musique commence.

ÉPILOGUE

Lancement d'Orpheus V

Cap Canaveral, Floride, huit mois plus tard
Trois minutes avant le lancement

— Je ne sais pas quoi faire de mes mains, dis-je. Qu'est-ce que je dois en faire ?

C'est une vraie question, mais personne ne me répond. C'est surréaliste. Je suis pourtant habitué à être devant une caméra, c'est mon truc. Mais je savais faire quand c'était mon téléphone. Là, j'ai une vraie caméra braquée sur moi. Et toute une équipe de production pour éditer la vidéo. Oh, et les millions d'abonnés de *Teen Vogue LIVE* à satisfaire.

J'ajuste le casque-micro attaché à ma tête et essuie mes paumes moites sur ma chemise de batiste. C'est une douce matinée de printemps, ce qui signifie qu'il fait déjà vingt-cinq degrés (c'est doux pour le Texas, disons), mais j'ai les mains glacées.

—Trois, deux, un, dit le cameraman. Et… à toi.

—Bonjour, je suis aujourd'hui au cap Canaveral, en Floride, et vous pouvez voir derrière moi la fusée prête à décoller. Nous allons vivre ensemble le lancement historique de la navette Orpheus V. Le compte à rebours est lancé, il reste – quoi ? – deux minutes. Les astronautes Grace Tucker, Amira Saraya, Stephanie Jonasson, Dr. Guarav Jeswani, Joseph Sedgwick et Lloyd Osborne sont dans l'appareil, et ils ne reposeront pas le pied sur le sol terrestre avant cinq cent quatre-vingt-deux jours. Presque deux années dans l'espace et sur Mars. Il y a beaucoup de bruit ici à l'approche du lancement, donc je vais me taire et vous laissez profiter du décollage.

Une caméra reste sur moi, mais je me tourne pour regarder la fusée. Elle se compose de trois parties distinctes : le module martien, qui transportera l'équipage de l'orbite jusqu'à la surface de la Planète rouge ; les propulseurs qui vont faire sortir l'appareil de l'orbite terrestre avant de se détacher ; et le module de commande, qui va abriter l'équipage pendant presque deux ans dans l'espace. Nous sommes loin, mais la puissance des moteurs fait trembler le sol sous nos pieds. Les familles, les astronautes remplaçants et les invités triés sur le volet sont assis dans les gradins à ma droite, mais un cordon me sépare d'eux. Je suis dans la zone de presse.

Et j'ai un badge sur lequel est écrit : *Cal Lewis, « Teen Vogue »*.

Quelques semaines après la diffusion des vidéos qui ont contribué à sauver la mission, une éditrice de Condé Nast m'a contacté. Kiara lui avait vraiment donné mes coordonnées, en me recommandant. L'éditrice m'a dit qu'elle voulait que je les aide à développer une nouvelle offre de contenu en direct. Ce qui signifie qu'au lieu de travailler dans un fast-food ou un magasin comme tous mes amis d'école, je peux techniquement dire que je suis journaliste aujourd'hui. D'où le côté surréaliste de cette journée.

Je scrute la foule du regard, mais je ne le vois toujours pas. Les familles des astronautes d'Orpheus V sont sans cesse sollicitées pour des interviews et des réunions aujourd'hui. Enfin, j'aperçois Kat qui parle à l'oreille de son père. Elle a les larmes aux yeux. Mais où est-il ?

Je reçois un message :

Je sais que tu es un peu occupé, mais je peux t'envoyer quelque chose ?

Je cherche Leon autour de moi, me demandant d'où il m'envoie ce message, et je commence à m'inquiéter. Je réponds en vitesse :

OK ?

Et j'attends. Immédiatement, comme s'il guettait ma réponse, il m'envoie une image. C'est une capture d'écran. J'agrandis, et je vois s'afficher le site de l'université du Texas avec une lettre annonçant que sa candidature a été acceptée. J'ai reçu la mienne il y a des mois, parce que je suis toujours en avance sur ce genre de chose, mais il ne m'avait même pas prévenu qu'il avait déposé sa candidature.

Il m'avait dit qu'il prendrait une décision quand il serait prêt, et je lui avais répondu que je le soutiendrais quoi qu'il fasse.

Je n'en ai pas fini avec le Texas. Je reste pour un tas de bonnes raisons. D'abord, le programme de journalisme de l'université du Texas est l'un des meilleurs du pays. Et la mission de papa étant prévue pour dans deux ans, je ne veux pas partir. Je veux être là, vivre avec lui les hauts et les bas de son entraînement… enfin, peut-être pas avec lui tout le temps, mais assez proche pour revenir chaque fois que quelque chose d'excitant se produit. Je veux rester près des familles d'astronautes et continuer à aller à leurs fêtes. Je finirai par retourner à New York, mais pour l'instant je suis bien au Texas.

Non, je suis *heureux* au Texas.

Une main se pose dans le bas de mon dos. Je sursaute.

—Leon, dis-je. Tu… tu n'as pas le droit d'être ici.

—Je ne pense pas qu'ils oseront me virer. L'avantage d'être un Astrokid un jour de lancement, c'est que tout le monde te traite comme une petite chose fragile.

Comme nous l'avons fait des milliers de fois ces neuf derniers mois, nous nous embrassons. Tout n'a pas toujours été rose, et l'avenir ne sera pas non plus sans encombres. Mais tant qu'il est là, tout va bien.

—Tu es pris à la fac ? Tu ne m'avais même pas dit que tu étais candidat ?

—Je voulais te faire la surprise. Ou pouvoir me taire si je n'étais pas pris.

Je pose ma main sur son épaule.

—Tu as un meilleur dossier que moi.

—Mais je ne suis pas célèbre.

Il marque un point.

J'ai essayé de me fondre dans le décor, de finir le lycée tranquillement en me faisant de nouveaux amis tout en continuant à voir Leon et Kat autant que possible. Mais tout le monde me connaît. Ceux qui ne me suivent pas sur Flash ont au moins entendu parler de moi après les vidéos qui ont sauvé la Nasa. Et soit les gens sont intimidés, soit ils pensent que j'ai la grosse tête, mais en tout cas ils ne m'approchent pas. Alors je me suis mis le nez dans le guidon et je me suis concentré sur les seules choses importantes à mes yeux : devenir un vrai journaliste et passer du temps avec Leon.

— Tu ne devrais pas retourner avec ton père ?

— Je préfère rester avec toi si ça ne te dérange pas.

Bien sûr que non, ça ne me dérange pas. Et il a raison, personne n'osera lui dire de partir. Le cameraman de *Teen Vogue* est même en train de s'accroupir pour pouvoir nous cadrer tous les deux.

Le compte à rebours final commence. On passe de cinquante secondes à quarante, trente… puis dix, neuf, huit… Le grondement des propulseurs devient assourdissant. Mais je ne peux pas me couvrir les yeux ou les oreilles. Le souffle coupé, je prends la main de Leon, qui la serre fort.

Je lui crie :

— Je t'aime, à l'oreille.

La terre tremble, Leon perd l'équilibre et s'appuie sur moi.

La fusée décolle, lentement au départ, puis elle grimpe de plus en plus vite, de plus en plus haut, pour ne plus être qu'une lumière vive transperçant le ciel azuré. Je ferme les yeux pour me forcer à me souvenir de ce moment. Faire provision de nos espoirs, de nos rêves, de notre bonheur.

Je porte la main de Leon à mes lèvres et y dépose un léger baiser.

Et nous entrons dans une nouvelle ère.

NOTE DE L'AUTEUR

Cher lecteur,

J'ai toujours été passionné par la conquête spatiale et par les missions d'exploration. J'ai lu des dizaines de mémoires d'astronautes et d'ingénieurs, regardé tous les documentaires que j'ai pu trouver sur le sujet, et je suis connu dans certains magasins de vieilleries pour acheter de façon compulsive les exemplaires de *LIFE* de cette époque. D'une certaine façon, on peut dire que mes recherches pour ce livre remontent à plus d'une décennie.

Si j'ai toujours été enchanté par le récit scientifique derrière les missions Mercury, Gemini et Apollo, une chose m'a toujours frappé dans ces histoires : les familles des astronautes étaient devenues du jour au lendemain des célébrités de l'époque, elles faisaient la couverture des magazines, donnaient des interviews, etc. Ce qui signifiait que les épouses et les enfants des astronautes devaient avoir un comportement impeccable, être polis, prêts à divertir la galerie, sans savoir si leur mari ou leur père allait rentrer en vie chaque soir. Dans ce livre, j'ai voulu rendre compte de cette tension tout en créant une histoire d'amour queer.

Comme beaucoup d'auteurs, j'ai toujours adoré lire. De la fiction historique à la science-fiction en passant, bien entendu, par le monde de *Harry Potter*, je n'en avais jamais assez. Mes goûts évoluaient sans cesse, au lycée par exemple je me suis plongé dans les romans policiers et j'ai lu les quarante livres d'Agatha Christie qui étaient disponibles dans la bibliothèque de l'établissement en l'espace d'un an. Pour l'enfant secrètement queer que j'étais, qui grandissait dans un village de fermiers de l'Ohio, les livres étaient un refuge.

Mais même dans le monde de la fiction, cet asile que je m'étais choisi, je ne me voyais jamais dans les livres. Bien sûr, je pouvais m'identifier à Hermione avec son côté Mlle Je-sais-tout, mais je ne voyais jamais de garçon homosexuel sur la couverture d'aucun livre. Mon expérience ne figurait pas dans les pages que je lisais, et j'avais l'impression qu'elle n'y aurait jamais sa place. Mais aujourd'hui, les tables de librairie débordent de livres queers extraordinaires, et j'ai le bonheur d'écrire les livres que j'aurais voulu lire quand j'étais ado.

Merci de m'avoir lu.

Je vous souhaite le meilleur.

À bientôt,
Phil Stamper